———— 阅读之前 没有真相

午夜文库

阿加莎·克里斯蒂
赫尔克里·波洛系列

阿加莎·克里斯蒂
Agatha Christie (1890—1976)

无可争议的侦探小说女王,侦探文学史上最伟大的作家之一。

阿加莎·克里斯蒂原名为阿加莎·玛丽·克拉丽莎·米勒,一八九〇年九月十五日生于英国德文郡托基的阿什菲尔德宅邸。她几乎没有接受过正规的教育,但酷爱阅读,尤其痴迷于歇洛克·福尔摩斯的故事。

第一次世界大战期间,阿加莎·克里斯蒂成了一名志愿者。战争结束后,她创作了自己的第一部侦探小说《斯泰尔斯庄园奇案》。几经周折,作品于一九二〇年正式出版,由此开启了克里斯蒂辉煌的创作生涯。一九二六年,《罗杰疑案》由哈珀柯林斯出版公司出版。这部作品一举奠定了阿加莎·克里斯蒂在侦探文学领域不可撼动的地位。之后,她又陆续出版了《东方快车谋杀案》《ABC谋杀案》《尼罗河上的惨案》《无人生还》《阳光下的罪恶》等脍炙人口的作品。时至今日,这些作品依然是世界侦探文学宝库里最宝贵的财富。根据她的小说改编而成的舞台剧《捕鼠器》,已经成为世界上公演场次最多的剧目;而在影视改编方面,《东方快车谋杀案》为英格丽·褒曼斩获奥斯卡大奖，《尼罗河上的惨案》更是成为几代人心目中的经典。

阿加莎·克里斯蒂的创作生涯持续了五十余年，总共创作了八十余部侦探小说。她的作品畅销全世界一百多个国家和地区，累计销量已经突破二十亿册。她创造的小胡子侦探波洛和老处女侦探马普尔小姐为读者津津乐道。阿加莎·克里斯蒂是柯南·道尔之后最伟大的侦探小说作家，是侦探文学黄金时代的开创者和集大成者。一九七一年，英国女王授予克里斯蒂爵士称号，以表彰其不朽的贡献。

一九七六年一月十二日，阿加莎·克里斯蒂逝世于英国牛津郡沃灵福德家中，被安葬于牛津郡的圣玛丽教堂墓园，享年八十五岁。

阿加莎·克里斯蒂 侦探作品年表

波洛系列

1920　The Mysterious Affair at Styles《斯泰尔斯庄园奇案》
1923　Murder on the Links《高尔夫球场命案》
1924　Poirot Investigates《首相绑架案》
1926　The Murder of Roger Ackroyd《罗杰疑案》
1927　The Big Four《四魔头》
1928　The Mystery of the Blue Train《蓝色列车之谜》
1932　Peril at End House《悬崖山庄奇案》
1933　Lord Edgware Dies《人性记录》
1934　Murder on the Orient Express《东方快车谋杀案》
1935　Three—Act Tragedy《三幕悲剧》
1935　Death in the Clouds《云中命案》
1936　The ABC Murders《ABC谋杀案》
1936　Murder in Mesopotamia《古墓之谜》
1936　Cards on the Table《底牌》
1937　Dumb Witness《沉默的证人》
1937　Death on the Nile《尼罗河上的惨案》
1937　Murder in the Mews《幽巷谋杀案》
1938　Appointment with Death《死亡约会》
1938　Hercule Poirot's Christmas《波洛圣诞探案记》
1940　Sad Cypress《H庄园的午餐》
1940　One，Two，Buckle My Shoe《牙医谋杀案》
1941　Evil Under the Sun《阳光下的罪恶》
1943　Five Little Pigs《五只小猪》
1946　The Hollow《空幻之屋》
1947　The Labours of Hercules《赫尔克里·波洛的丰功伟绩》
1948　Taken at the Flood《顺水推舟》
1952　Mrs．McGinty's Dead《清洁女工之死》
1953　After the Funeral《葬礼之后》
1955　Hickory Dickory Dock《山核桃大街谋杀案》
1956　Dead Man's Folly《弄假成真》
1959　Cat Among the Pigeons《鸽群中的猫》
1960　The Adventure of the Christmas Pudding《雪地上的女尸》

阿加莎·克里斯蒂 侦探作品年表

1963	The Clocks《怪钟疑案》
1966	Third Girl《第三个女郎》
1969	Hallowe'en Party《万圣节前夜的谋杀》
1972	Elephants Can Remember《大象的证词》
1974	Poirot's Early Stories《蒙面女人》
1975	Curtain—Poirot's Last Case《帷幕》

马普尔小姐系列

1930	The Murder at the Vicarage《寓所谜案》
1932	The Thirteen Problems《死亡草》
1942	The Body in the Library《藏书室女尸之谜》
1943	The Moving Finger《魔手》
1950	A Murder Is Announced《谋杀启事》
1952	They Do It with Mirrors《借镜杀人》
1953	A Pocket Full of Rye《黑麦奇案》
1957	4.50 from Paddington《命案目睹记》
1962	The Mirror Crack'd from Side to side《破镜谋杀案》
1964	A Caribbean Mystery《加勒比海之谜》
1965	At Bertram's Hotel《伯特伦旅馆》
1971	Nemesis《复仇女神》
1976	Sleeping Murder《沉睡谋杀案》
1979	Miss Marple's Final Cases《马普尔小姐最后的案件》

其他系列及非系列

1922	The Secret Adversary《暗藏杀机》
1924	The Man in the Brown Suit《褐衣男子》
1925	The Secret of Chimneys《烟囱别墅之谜》
1929	Partners in Crime《犯罪团伙》
1929	The Seven Dials Mystery《七面钟之谜》
1930	The Mysterious Mr. Quin《神秘的奎因先生》
1931	The Sittaford Mystery《斯塔福特疑案》
1933	The Witness for the Prosecution and Other Stories《控方证人》
1934	Why Didn't They Ask Evans?《悬崖上的谋杀》

阿加莎·克里斯蒂 侦探作品年表

1934　The Listerdale Mystery《金色的机遇》
1934　Parker Pyne Investigates《惊险的浪漫》
1939　Murder Is Easy《逆我者亡》
1939　And Then There Were None《无人生还》
1941　N or M?《桑苏西来客》
1944　Towards Zero《零点》
1945　Sparkling Cyanide《闪光的氰化物》
1945　Death Comes as the End《死亡终局》
1949　Crooked House《怪屋》
1950　Three Blind Mice and Other Stories《三只瞎老鼠》
1951　They Came to Baghdad《他们来到巴格达》
1954　Destination Unknown《地狱之旅》
1958　Ordeal by Innocence《奉命谋杀》
1961　The Pale Horse《灰马酒店》
1967　Endless Night《长夜》
1968　By the Pricking of My Thumbs《煦阳岭的疑云》
1970　Passenger to Frankfurt《天涯过客》
1973　Postern of Fate《命运之门》
1991　Problem at Pollensa Bay《神秘的第三者》
1997　While the Light Lasts《灯火阑珊》

出版前言

纵观世界侦探文学一百七十余年的历史，如果说有谁已经超脱了这一类型文学的类型化束缚，恐怕我们只能想起两个名字——一个是虚构的人物歇洛克·福尔摩斯，而另一个便是真实的作家阿加莎·克里斯蒂。

阿加莎·克里斯蒂以她个人独特的魅力创造着侦探文学史上无数的传奇：她的创作生涯长达五十余年，一生撰写了八十余部侦探小说；她开创了侦探小说史上最著名的"黄金时代"；她让阅读从贵族走入家庭，渗透到每个人的生活中；她的作品被翻译成一百多种文字，畅销全球一百五十余个国家，作品销量与《圣经》《莎士比亚戏剧集》同列世界畅销书前三名；她的《罗杰疑案》《无人生还》《东方快车谋杀案》《尼罗河上的惨案》都是侦探小说史上的经典；她是侦探小说女王，因在侦探小说领域的独特贡献而被册封为爵士；她是侦探小说的符号和象征。她本身就是传奇。沏一杯红茶，配一张躺椅，在暖暖的阳光下读阿加莎的小说是一种生活方式，是惬意的享受，也是一种态度。

午夜文库成立之初就试图引进阿加莎的作品，但几次都与版权擦肩而过。随着午夜文库的专业化和影响力日益增强，阿加莎·克里斯蒂的版权继承人和哈珀柯林斯出版公司主动要求将版权独家授予新星出版社,并将阿加莎系列侦探小说并入午夜文库。这是对我们长期以来执着于侦探小说出版的褒奖,是对我们的信任与鼓励,更是一种压力和责任。

新版阿加莎·克里斯蒂作品由专业的侦探小说翻译家以最权威的英文版本为底本,全新翻译,并加入双语作品年表和阿加莎·克里斯蒂家族独家授权的照片、手稿等资料,力求全景展现"侦探女王"的风采与魅力。使读者不仅欣赏到作家的巧妙构思、离奇桥段和睿智语言,而且能体味到浓郁的英伦风情。

阿加莎作品的出版是一项系统工程,规模庞大,我们将努力使之臻于完美。或存在疏漏之处,欢迎方家指正。

新星出版社

午夜文库编辑部

Agatha Christie

Over the next few years, we plan to celebrate two very important Agatha Christie anniversaries. In 2015, it is the 125th anniversary of her birth in Torquay, South Devon, England, and in 2020 it will be 100 years after her first book, THE MYSTERIOUS AFFAIR AT STYLES, featuring her famous detective, Hercule Poirot, was published. This is therefore a very appropriate moment to publish a new edition of her works, and I am delighted that HarperCollins has chosen to work with New Star on these new editions. New Star is China's top crime publisher, and has a strong and dedicated editorial staff and a continued passion for Agatha Christie, making them the ideal partner. It is the right time to make these classic books available in modern translations and so to bring Agatha Christie's books anew to her many fans in China, giving them a new reason to re-read these much-loved stories, as well as introducing them to a whole new audience. How delighted Agatha Christie would have been that her stories (as she called them) are still giving so much pleasure to so many people all over the world!

I think there are two very remarkable things about Agatha Christie's stories. The first is that they are so adaptable. It doesn't really matter which language they appear in, the stories and the plots still give the same thrill, still provide the same puzzles, and the characters still have the same attraction. Readers in China will I am sure enjoy Hercule Poirot and Miss Marple just as much as we do in England, and readers in China will still be transfixed by the surprises and horrors of AND THEN THERE WERE NONE, one of the great classics of 20th century detective fiction, as we are here.

Agatha Christie

The second is that the stories give a wonderful picture of England, particularly rural England, at the time Agatha Christie lived. She wrote books from 1920 until 1970 but it is sometimes hard to tell which part of her life each book was written in. Her characters and the life they lived were very much the same. The life we all live is changing very quickly these days but "the Agatha Christie world" stays the same. Perhaps the Miss Marple stories provide the best example of this, and in some ways THE BODY IN THE LIBRARY and NEMESIS are quite similar, despite the fact that thirty years elapsed between the time they were written.

Perhaps I might end by mentioning three Agatha Christies (other than the ones mentioned above) which I think demonstrate why she is so popular, even in the twenty-first century. The first is MURDER ON THE ORIENT EXPRESS, one of the most famous with one of the most ingenious and human plots. Read this on one of your long train journeys in China! Next is A MURDER IS ANNOUNCED, a Miss Marple which was her 50th book. It has my favourite murderer in it! And last is ENDLESS NIGHT a story about evil and how it affects three young people, written at the time when I knew her best, and understood how deeply she cared and sympathised with young people and the world they lived in.

Whichever are your favourites I hope you enjoy these stories that New Star are introducing to you again. I think it is a great publishing event.

Mathew *[signature]*
Grandson of Agatha Christie
Chairman of Agatha Christie Ltd

致中国读者

(午夜文库版阿加莎·克里斯蒂作品集序)

在未来的几年中,我们将要筹备两个非常重要的关于阿加莎·克里斯蒂的纪念日。二〇一五年是她的一百二十五岁生日——她于一八九〇年出生于英国的托基市;二〇二〇年则是她的处女作《斯泰尔斯庄园奇案》问世一百周年的日子,她笔下最著名的侦探赫尔克里·波洛就是在这本书中首次登场。因此,新星出版社为中国读者们推出全新版本的克里斯蒂作品正是恰逢其时,而且我很高兴哈珀柯林斯选择了新星来出版这一全新版本。新星出版社是中国最好的侦探小说出版机构,拥有强大而且专业的编辑团队,并且对阿加莎·克里斯蒂的作品极有热情,这使得他们成为我们最理想的合作伙伴。如今正是一个良机,可以将这些经典作品重新翻译为更现代、更权威的版本,带给她的中国书迷,让大家有理由重温这些备受喜爱的故事,同时也可以将它们介绍给新的读者。如果阿加莎·克里斯蒂知道她的小故事们(她这样称呼自己的这些作品)仍然能给世界上这么多人带来如此巨大的阅读享受,该有多么高兴啊!

我认为阿加莎·克里斯蒂的作品有两个非常重要的特征。首先它们是非常易于理解的。无论以哪种语言呈现,故事和情节都同样惊险刺激,呈现给读者的谜团都同样精彩,而书中人物的魅力也丝毫不受影响。我完全可以肯定,中国的读者能够像我们英国人一样充分享受赫尔克里·波洛和马普尔小姐带来的乐趣;中国读者也会和我们一样，读到二十世纪最伟大的侦探经典作品——比如《无人生还》——的时候，被震惊和恐惧牢牢钉在原地。

第二个特征是这些故事给我们展开了一幅英格兰的精彩画卷，特别是阿加莎·克里斯蒂那个年代的英国乡村。她的作品写于二十世纪二十年代至七十年代间，不过有时候很难说清楚每一本书是在她人生中的哪一段日子里写下的。她笔下的人物，以及他们的生活，多多少少都有些相似。如今，我们的生活瞬息万变，但"阿加莎·克里斯蒂的世界"依旧永恒。也许马普尔小姐的故事提供了最好的范例：《藏书室女尸之谜》与《复仇女神》看起来颇为相似，但实际上它们的创作年代竟然相差了三十年。

最后，我想提三本书，在我心目中（除了上面提过的几本之外）这几本最能说明克里斯蒂为什么能够一直受到大家的喜爱。首先是《东方快车谋杀案》，最著名，也是最机智巧妙、最有人性的一本。当你在中国乘火车长途旅行时，不妨拿出来读读吧！第二本是《谋杀启事》，一个马普尔小姐系列的故事，也是克里斯蒂的第五十本著作。这本书里的诡计是我个人最喜欢的。最后是《长夜》，一个关于邪恶如何影响三个年轻人生活的故事。这本书的写作时间正是我最了解她的时候。我能体会到她对年轻人以及他们生活的世界关心至深。

现在新星出版社重新将这些故事奉献给了读者。无论你最爱的是哪一本，我都希望你能感受到这份快乐。我相信这是出版界的一件盛事。

阿加莎·克里斯蒂外孙
阿加莎·克里斯蒂有限责任公司董事长
马修·普理查德
二〇一三年二月二十日

阿加莎·克里斯蒂侦探小说全集⑦⑥

顺水推舟
Taken at the Flood

Agatha Christie®

[英]阿加莎·克里斯蒂 著
周力 译

新 星 出 版 社　NEW STAR PRESS

世间诸事总有潮涨潮落,若能顺水推舟,便可坐拥富贵,功成名就;如若错失良机,则生活的航程便会搁浅,命途多舛。我们此时正漂浮在满潮的海面上,必须要抓住时机,顺势而为,否则就会一败涂地。[1]

---

[1] 出自莎士比亚戏剧《尤利乌斯·凯撒》第四幕第三场。书名 Taken at the Flood 同样出自这部戏剧。

序幕

1

每个俱乐部里都会有个招人烦的家伙,加冕俱乐部也不例外。就算外面的空袭进行得如火如荼,这里的正常运转也没有受到丝毫影响。

前印度军军官波特少校一边把报纸翻得沙沙作响,一边清了清嗓子。大家纷纷避开他的目光,但没什么用处。

"我看见他们在《泰晤士报》上宣布了戈登·克洛德的死讯,"他说,"当然啦,措辞还挺小心谨慎的。说是'十月五日,死于敌军的行动'。也没给个地址。其实呢,那地方就在寒舍附近,坎普登山顶上那些大宅子当中的一所。我可以告诉你们,这事儿还真让我有点儿吃惊呢。你们也知道,我是个督察员。克洛德刚刚从美国回来。他去那边是为了政府的那桩采购交易。那段时间里他还结了婚,迎娶了安得海太太,一个年轻的寡妇——年轻得都够当他闺女了。事实上,我在尼日利亚的时候就认识她的第一任丈夫。"

波特少校停顿了一下。没有人表现出一丁点儿兴趣或者要求他继续往下讲。大家都刻意地把手里的报纸举起来挡住脸,不过这样还是不足以打消波特少校的兴致。他总是有很长很长的故事可讲,主角绝大多数都是些无名小卒。

"有意思。"波特少校不为所动地说道,他的目光无意间停在了一双鞋头极尖的黑色漆皮鞋上——这是一种他打心眼儿里就不喜欢的鞋。"我说过了，我是个督察员。这次轰炸有些说不清道不明。让人怎么都搞不懂它究竟是怎么炸的。把地下室炸了个一塌糊涂，房顶也给掀了，二楼却几乎毫发无损。房子里有六个人，其中三个是仆人：包括一对夫妇和一个女仆，戈登·克洛德，他太太还有他太太的哥哥。当时所有人都在地下室里，只有他太太的哥哥除外——他以前是个突击队队员——更喜欢待在二楼他自己那间舒服的卧室里。结果老天爷保佑，他躲过了一劫，只是身上添了几处擦伤。三个仆人全都在轰炸中送了命——戈登·克洛德的身家肯定得远超一百万了。"

波特少校又一次停了下来。他的眼神从那双黑漆皮鞋开始向上游移——条纹西裤，黑色外衣，蛋形的脑袋以及那一大把八字胡。甭问，外国来的！难怪会穿那样的鞋子。"真是的，"波特少校心想，"俱乐部还要搞成什么样儿啊？就连在这儿都躲不开外国佬们。"他一边讲，心里一边涌起这股不相干的思绪。

那个颇为可疑的外国佬看上去似乎正在全神贯注地听他说话，然而这个事实却丝毫没能减少波特少校心里的偏见。

"她最多也不会超过二十五岁吧，"他继续说道，"就已经第二次当寡妇了。或者不管怎么说——她自己是这么觉得的……"

他顿了一下，期待着有人会刨根问底——或者发表些议论。尽管没能得偿所愿，他却依然自顾自地往下说道：

"实际上呢，关于这件事我有些自己的想法。挺蹊跷。我跟你们说过，我认识她的第一任丈夫安得海。好人一个——一度在尼日利亚当上了地区行政长官。对自己的工作绝对是喜欢得不得了——是个一等一的小伙子。他在开普敦娶了这姑娘，她当时正跟某个巡演剧团一起在那儿，倒霉透顶，人长得又漂亮，一副无依无靠的样子，大概就是这样吧。她听着可怜的老安得海大肆吹嘘他的辖区和非比寻常的开阔空间——然后叹上一口气，说上一句'这难道不令人惊叹吗？'以及她有多想'要摆脱眼前的一切'。好啦，她嫁给了他，也摆脱了那一切。可怜的家伙，他倒是爱得情深意浓——可这桩婚事从一开始就不是那么四平八稳。她不喜欢灌木丛，害怕当地的土著，厌烦得要死。她对于过日子的想法就是去当地的酒吧转转，结识那帮演戏的人，真是三句话不离本行啊。至于说两个人隐居在丛林之中，那可一点儿都不对她的胃口。听好喽，我是压根儿没见过她——所有这些都是我从可怜的老安得海嘴里听来的。这一来对他的打击非常大。他处理得已经相当不错了，把她送回了家，并且同意跟她离婚。我认识他也就是在那之后。他那会儿极其紧张烦躁，正处在那种必须跟人说话的情绪里。从某些方面来说，他是个挺有意思的老派人——一个罗马天主教徒，不愿意离婚。他跟我说：'要给一个女人以自由，还有其他的方法。''嘿，老伙计，'我说，'别去干任何蠢事儿啊。这世界上可没有哪个女人值得你用脑袋瓜子去吃枪子儿。'

"他说那根本就不是他的想法。'但我可是孤家寡人一个，'他说，'没有任何亲戚会惦记我。要是我的死讯传回来，罗萨琳就会变成寡妇，而那正是她求之不得的。''那你呢？'我说。'呃，'他说，'或许在千里之外的某个地方会冒出个伊诺克·雅顿先生[1]，生活又重新开始了。''没准儿哪天会让她陷于尴尬。'我告诫他说。'哦，不会的，'他说，'我会光明正大地按规矩办。罗伯特·安得海会死得其所。'

"嗯，对这些话我没再多想，然而六个月之后，我听说安得

---

[1]出自丁尼生的叙事长诗《伊诺克·雅顿》。

海在某个地方的丛林里生病发烧而死。他管辖的那帮当地人还挺值得信赖,他们详细讲述了事情的经过,带回了用安得海的笔迹潦草写就的几句话,上面说他们已经为他竭尽所能,而他则恐怕是大限将至,然后还盛赞了他那位队长。此人对他忠心耿耿,其他所有人也都是。无论他让他们对着什么起誓,他们都会照做。所以说就是这样啊……也许安得海被埋在了赤道非洲中间的某个地方,但也有可能并没有——而如果没有的话,那戈登·克洛德太太没准儿哪天就要大吃一惊了。要我说,那也是她活该。我从来没见过她,但我知道用美色骗钱的小拜金女是个什么样子!她可是把可怜的老安得海害惨了。这是个挺有意思的故事。"

波特少校有些渴望地环顾了一下四周,盼着能够有人对这一论断给予确认。他碰上了两束既无聊又呆滞的目光,其中一个是年轻的梅隆先生带着几分闪躲的凝视,另一个则是赫尔克里·波洛先生那出于礼节的关注。

接着传来一阵报纸的沙沙响声,一名坐在火炉边扶手椅里的灰发男子静静地站起身来走了出去,脸上的表情异常冷漠。

波特少校惊得目瞪口呆,年轻的梅隆先生则轻轻地吹了声口哨。

"看看你干的好事儿吧!"他议论道,"知道那是谁吗?"

"我的天哪,"波特少校有点儿焦虑不安地说道,"当然知道啦。我跟他虽然不是很熟,但我们认识……杰里米·克洛德,不是吗,戈登·克洛德的弟弟?说实在的,真是要多倒霉有多倒霉!我要是知道——"

"他是个律师,"年轻的梅隆先生说,"我敢打赌,他会告你个诽谤中伤或者损毁名誉什么的。"

年轻的梅隆先生就喜欢在这种场所制造恐慌和沮丧,反正

《领土防御法》[1]对此并不禁止。

波特少校还在心烦意乱地反复唠叨着:

"倒霉透顶。真是倒霉到家了!"

"等到今天晚上,沃姆斯雷希斯就会传遍了,"梅隆先生说,"那儿可是整个克洛德家族居住的地方。他们会连夜商讨将要采取什么措施。"

但就在此时,空袭警报解除了,年轻的梅隆先生也不再说什么恶毒的话,而是亲切地领着他的朋友赫尔克里·波洛走出门来到街上。

"这些俱乐部啊,气氛真够差劲的,"他说,"招人烦的老家伙们全都凑到了一起。不过波特还是轻而易举就能独占鳌头。他讲个印度的绳索魔术都能讲上四十五分钟,而甭管任何人,只要他们的老妈曾经去过浦那[2],他就全都认识!"

这是一九四四年秋天的事情。到了一九四六年的暮春时节,赫尔克里·波洛接待了一位访客。

2

那是个舒适宜人的五月清晨,赫尔克里·波洛正坐在他整洁的写字台前,男仆乔治走到他身边,毕恭毕敬地低声说道:

"先生,有位女士要求见您。"

"什么样的女士啊?"波洛谨慎地问道。

他一向喜欢听乔治所做的描述,一丝不苟,明察秋毫。

"要我说的话,先生,她年纪在四十岁到五十岁之间。外表

---

[1] 英国于一九一四年八月八日通过并颁布的法案。
[2] 印度西部马哈拉施特拉邦第二大城市。

看起来不修边幅,有点儿艺术家的劲儿。脚上的步行鞋很不错,粗革厚底。她穿着一件花呢大衣和裙子——却配了一件带花边的衬衫,戴着些不怎么像真货的埃及珠链以及一条蓝色的雪纺绸围巾。"

波洛的身子微微一颤。

"我觉得,"他说,"我并不想见她。"

"那要我告诉她您身体不舒服吗,先生?"

波洛若有所思地看着他。

"我猜,你已经告诉她我正有要事在忙,不能被打扰了吧?"

乔治又咳嗽了一声。

"先生,她说她是专程从乡下赶来见您的,她不在意等多久。"

波洛叹了口气。

"是祸躲不过啊,"他说,"如果一位戴着假埃及珠链的中年女士拿定了主意要见到大名鼎鼎的赫尔克里·波洛,并且已经从乡下来到这里的话,那就没法打消她这个念头了。她会一直坐在门厅里,直到遂了她的心愿为止。带她进来吧,乔治。"

乔治退了出去,没一会儿工夫便又返回来,很正式地通报道:

"这位是克洛德太太。"

一个身着破旧花呢外衣和飘曳围巾的人影走了进来,脸上挂着盈盈笑意。她伸出一只手朝着波洛走上前去,脖子上所有的珠链都在摇来晃去,叮当作响。

"波洛先生,"她说,"我是在神灵的指引之下到这儿来见您的。"

波洛轻轻眨了眨眼。

"真的呀，夫人。或许您愿意坐下来告诉我——"

他没能再继续说下去。

"我是从两方面得到指引的，波洛先生。自动手写还有占卜板。就在前天晚上。艾尔瓦瑞夫人（她是个妙不可言的女人）和我用的正是占卜板。我们一而再再而三地得到同样的姓名首字母：H.P.，H.P.，H.P.。当然，我并没能立即领会它所代表的含义。您知道，这件事得费点儿时间。以凡夫俗子的眼光来看，那是没法参透的。我绞尽脑汁地想，谁的姓名首字母是这样的呢。我知道这肯定跟上一次降神会有连带关系——那次还真是恰到好处，切中要害呢，不过我也是过了一段时间才明白过来。然后我买了一份《图片邮报》（您看，又是靠神灵的指引啊，因为我通常都是买《新政治家》的），接着我就看见了您——一张您的照片，以及对您事迹的介绍。所有的事情都这么自有深意，您不觉得简直太令人惊奇了吗，波洛先生？一目了然，您就是神灵派来解决这件事情的人啊。"

波洛仔细地审视着她。说来奇怪，真正吸引他注意的是她拥有一双非常机警敏锐的浅蓝色眼睛。在某种程度上可以说，也正是这双眼睛给她那杂乱无章的开场白平添了几分力量。

"那么是什么事情呢，克——洛德太太——我没叫错吧？"他皱了皱眉头，"我以前似乎听过这个名字——"

她用力地点点头。

"是我那可怜的大伯——戈登。他极其富有，报纸上也经常提到他。一年多以前，他在那次空袭中遇难——这对我们所有人来说都是个巨大的打击。我丈夫是他的弟弟，是个医生，莱昂内尔·克洛德医生……当然，"她压低声音紧跟着说道，"他一点儿都不知道我来找您征求意见。要不然他不会同意的。我发现，医生们所持的观点都特别唯物,对神灵什么的似乎都视若无睹。他们把信仰全都寄托在科学上——不过要让我说的话……科学究竟算什么玩意儿,它又能干什么呢?"

在赫尔克里·波洛看来,要回答这个问题,除了不厌其烦地给她讲讲巴斯德①、李斯特②、汉弗莱·戴维③发明的安全灯,以及电力和另外上百种类似的东西给千家万户带来的便利之外别无他法。但这些当然不是莱昂内尔·克洛德太太想要的答案。她的问题其实就跟许许多多问题一样,压根儿也算不上是问题,仅仅是一种炫耀自己的表达方式罢了。

赫尔克里·波洛很满意自己询问时所采取的那种务实态度:

"克洛德太太,那您觉得我能为您帮上什么忙呢?"

"您相信神灵世界是真实存在的吗,波洛先生?"

"我是个虔诚的天主教徒。"波洛很慎重地说道。

克洛德太太带着怜悯微微一笑,对波洛的天主教信仰表现出不屑一顾。

"愚昧啊!教会就是瞎了眼——带着偏见,愚蠢——不愿意欣然接受这个世界背后所存在的现实和美好。"

"十二点钟,"赫尔克里·波洛说,"我还有个重要的约会。"

这话说得正是时候。克洛德太太身子往前一倾。

"我必须马上言归正传。波洛先生,您有没有可能把一个下落不明的人找出来呢?"

---

① 路易·巴斯德(Louis Pasteur, 1822—1895),微生物学之父,法国微生物学家、化学家,近代微生物学奠基人,巴氏灭菌法的发明者。
② 约瑟夫·李斯特(Joseph Lister, 1827—1912),维多利亚时期英国外科医生,受巴斯德启发创始并推广了外科消毒法。
③ 汉弗莱·戴维(Humphry Davy, 1778—1829),英国化学家、发明家,矿业中检测易燃气体的戴维灯的发明者。

波洛的眉毛挑了起来。

"有这种可能——是的,"他回答得小心翼翼,"但是我亲爱的克洛德太太,警方做这种事情会比我容易得多。需要的手段他们应有尽有。"

克洛德太太挥了挥手,就像她拒绝天主教教会那样也拒绝了警方。

"不,波洛先生,我接收到的指引是让我来找您,它来自人死后的未知世界。您听我说。我的大伯戈登在去世之前几周娶了个年轻的寡妇,一位姓安得海的太太。她的第一任丈夫(可怜的孩子,对她来说是多么不幸啊)据说死在了非洲。一个神秘莫测的国家——非洲。"

"或许应该说是,"波洛纠正她道,"一块神秘莫测的大陆。是在非洲什么地方——"

她还在滔滔不绝。

"中非。就是那个诞生了伏都教,还魂尸——"

"还魂尸是西印度群岛的东西。"

克洛德太太依然口若悬河:

"妖术邪术,以及奇怪而隐秘的习俗之地,是个人可能会消失,并且从此之后就再也杳无音信的国家。"

"或许吧,有可能,"波洛说,"不过在皮卡迪利广场也同样如此。"

克洛德太太手一挥,把皮卡迪利广场也同样打入了冷宫。

"最近已经有两次了,波洛先生,一个自称是罗伯特的魂灵传来了信息,每次的消息都是一样的。没有死……我们就纳闷儿了,我们认识的人里面没有罗伯特啊。请求再给些指点的时候我们就得到了这个。'R.U.,R.U.,R.U.——然后是告诉R.,

告诉R.''告诉罗伯特吗？'我们问。'不，消息来自罗伯特。R.U.''那这个U.又代表什么呢？'紧接着，波洛先生，至关重要的答案出现了。'小男孩布鲁，小男孩布鲁。哈哈哈！'您明白了吗？"

"不，"波洛说，"我没明白。"

她满怀同情地看着他。

"就是那首童谣《小男孩布鲁》啊。'在干草堆下睡得正香'——安得海①——您懂了吗？"

波洛点点头。他忍住才没问出口，既然罗伯特这个名字能够完整地拼出来，那么对安得海为什么就不能如法炮制呢？又有什么必要非得采取这样一种低劣的像特务机关才会使用的晦涩难懂的隐语呢？

"而我大嫂的名字叫罗萨琳，"克洛德太太得意扬扬地准备收尾，"您明白了吧？所有这一大堆R把人给搞糊涂了，但其实意思一目了然。'告诉罗萨琳，罗伯特·安得海没有死。'"

"啊哈，那您告诉她了吗？"

克洛德太太看上去似乎有点儿吃惊。

"呃……嗯……没告诉。要知道，呃，我是说，人都是很多疑的。我确信罗萨琳也是这样。而且那么做的话，可怜的孩子啊，这会让她烦恼不安——您知道，她会纳闷他人在哪儿——还有他在干些什么。"

"况且他的消息还是从九霄云外传来的？的确如此。若是要宣布自己安然无恙，这还真是个挺诡异的方法吧？"

"啊，波洛先生，您对这类事情还真是所知寥寥啊。我们又

---

① "在干草堆下"原文为"Under the Haycock"，与"安得海"的原文"Underhay"发音相近。

怎么知道现在的情形是什么样子的呢？可怜的安得海上尉（要么就是安得海少校）也许在非洲腹地的某个阴暗角落里沦为了阶下囚。但假如他能够被人找到，波洛先生，假如能把他带回到他年轻可爱的罗萨琳身边的话，想想她得有多高兴吧。哦，波洛先生，我是被送到您这里来的——想必您一定不会拒绝来自神灵世界的请求。"

波洛沉思着看着她。

"我的收费，"他柔声说道，"可是非常高的。也可以说是昂贵至极！而您提出的这件任务可不简单啊。"

"天哪，但这可——可真是太不幸了。我和我丈夫生活非常拮据，简直是穷困潦倒。我自己的境况实际上比我亲爱的丈夫所知道的还要糟糕。我买过些股票——在神灵的指引之下——而迄今为止它们都让人极其失望——说实话，简直让人忧心忡忡。它们一直在跌，而据我所知，现在实际上连抛都抛不出去了。"

她看着他，一双蓝色的眼睛显得有些沮丧。

"我还没敢告诉我丈夫呢。我告诉您这些只是想解释一下我眼下的处境。但是亲爱的波洛先生，让一对年轻的夫妇重新团聚真的是——是一项很高尚的使命啊……"

"高尚，亲爱的夫人，是没法用来支付轮船、火车和飞机费用的。也同样涵盖不了拍发长电报和讯问目击证人所需要的花销。"

"可如果他被找到了——如果安得海上尉能生还的话，呃……那么……嗯，我想我可以很有把握地说，这件事只要一完成，那些……把那些费用偿付给您就不会有……呃，任何困难。"

"啊，这么说来，他很有钱吧，这个安得海上尉？"

"不。嗯，不是的……但是我可以向您保证，我可以跟您担保……这个……在钱这方面不会有任何问题。"

波洛缓缓地摇了摇头。

"我很抱歉，夫人。我的答复是不行。"

他发现要让她接受这个答复有一丝难度。

当她最终离开以后，他眉头紧蹙，站在那里陷入沉思。他现在回想起来为什么克洛德这个名字让他觉得耳熟。空袭那天在俱乐部里的谈话又回荡在他的脑海之中。波特少校那隆隆作响的令人乏味的声音，滔滔不绝地讲述着一个没人想听的故事。

他回忆起了那阵报纸的沙沙声，以及波特少校脸上那突然之间惊慌失措、目瞪口呆的神情。

但困扰他的事情却是刚刚从他面前离去的这位急切的中年女士，他试图在心里勾勒出对她的看法。说起降神会时的伶牙俐齿，言谈话语间的闪烁其词，飘摇不定的围巾，绕在脖子上叮当作响的项链——还有，就是和所有这些显得格格不入的那双淡蓝色眼睛中疾速闪过的一丝狡黠。

"她来找我究竟是因为什么呢？"他心中暗想，"而且我也想知道，那地方到底发生了什么事情，那个叫——"他低头看了看书桌上的名片，"沃姆斯雷谷的地方？"

3

整整五天之后，他在一份晚报上看见了一小段报道，里面提到一个名叫伊诺克·雅顿的男人死了，地点就在沃姆斯雷谷，一个距离人气颇高的沃姆斯雷希斯高尔夫球场大约三英里之遥的古老小村落。

赫尔克里·波洛又一次暗自思忖：

"真不知道沃姆斯雷谷出了什么事情……"

第一部

第一章

1

沃姆斯雷希斯由一个高尔夫球场、两家旅馆、几栋面向高尔夫球场的极其昂贵的现代别墅、一排在战前曾经很奢华的店铺，以及一座火车站组成。

从火车站走出来，左手边是一条喧闹的通往伦敦的主路，右手边则是一条穿越田野的小径，路标牌上写着：

通往沃姆斯雷谷的步道

沃姆斯雷谷隐藏在林木葱郁的山间，跟沃姆斯雷希斯有着天壤之别。它其实就是个很小的旧式集镇，如今已经衰败退化成了一个小村庄。村里有一条高街，两边是乔治王时代风格的房子，有一些小酒馆和几家土里土气的商店，整体上的感觉就像是距离伦敦有一百五十英里远而非区区的二十八英里[①]。

这里的居民对于沃姆斯雷希斯日新月异的飞速发展无一例外

[①] 1 英里约合 1.61 千米。

抱着一种嗤之以鼻的态度。

在村子的周边有一些带有赏心悦目的旧式花园的漂亮房子。一九四六年初春,林恩·玛奇蒙特从皇家海军女子服务队退伍以后就回到了其中一座人称白屋的房子里。

回家后的第三天清晨,她从卧室的窗口向外望去,目光越过参差凌乱的草坪,落在远处草地边的榆树上,然后高兴地用力吸了一口气。这是个温和的灰色清晨,空气中弥漫着一股潮湿泥土的淡香。在过去的两年半中,这种气味正是她一直怀念着的。

重归故里的感觉真是太棒了,待在这间她在海外期间日思夜想的小小卧室中的感觉真是太棒了。能够脱掉制服,穿上花呢裙和套头衫的感觉真是太棒了——哪怕那些蛀虫在打仗的这几年里一直都孜孜不倦、勤勉有加也无所谓!

尽管她真的非常喜欢在海外服役的那段日子,但离开皇家海军女子服务队,重新成为一个自由自在的女人还是很好。那份工作相当有意思,还有各种联欢活动,妙趣横生,却也有令人生厌的例行公事和那种与同伴们一起被圈养着的感觉,有时候这种感觉使她不顾一切地想要逃离。

也就是在那段时间,那些在亚洲度过的漫长的炎炎夏日里,她无比思念起沃姆斯雷谷和这栋破旧寒酸却又凉爽舒适的房子来,还有她亲爱的妈妈。

林恩对她的母亲爱怒参半。远离家乡的时候,她更加爱她,那些令人气恼的事情都已经被抛到了一边,就算想起来,也只会让她越发思乡心切。亲爱的妈妈呀,简直能把人气疯!要是能不听妈妈用她那亲切悦耳又牢骚满腹的声音字正腔圆地说那些陈词滥调就好了。噢,又回到了家里,而且永远、永远都不必再离开了。

现在她就在这里,结束了服役,自由自在,再一次回到了白屋里。她已经回来三天了,而一种莫名其妙的不满和烦躁不安正逐渐爬上她的心头。一切如故——几乎可以说是一成不变——房子,妈妈,罗利,农场,还有家人。唯一不同却又不应该不同的就是她自己……

"亲爱的……"玛奇蒙特太太纤细的叫喊声从楼下传来,"需要我给我闺女端一盘精美的早餐到床上去吃吗?"

林恩急忙大声喊道:

"当然不用啦。我这就下去。"

"为什么呢,"她心想,"妈妈非要说一句'我闺女'。这也太傻了!"

她跑下楼去,来到餐厅里。这不是一顿特别丰盛的早餐。林恩已经意识到弄口饭吃会牵扯她们太多的时间和精力。除了一个不太可靠的女人每周来四个上午帮忙之外,玛奇蒙特太太都是一个人在家里跟做饭和打扫卫生的事情较劲。林恩出生的时候她已经年近四十,而且身体状况不好。林恩还带着几分沮丧意识到她们的财务状况已经发生了改变。战前那笔虽然不多但尚能确保她们衣食无忧的固定收入,如今因为纳税几乎被砍掉了一半,而物价、开销、仆人的薪酬却齐刷刷地往上涨。

"噢!这个美好的新世界啊。"林恩想想都觉得可怕。她的眼神不经意间停在了日报的求职栏上。

空军妇女辅助队前队员愿求一重视进取心和主观能动性之职位。

皇家海军女子服务队前队员愿求一需组织能力及权威之职位。

事业心，进取精神，指挥控制能力，这些都是求职人自己提出的认为有价值的东西。可人家需要什么呢？人家需要的是会做饭，会打扫屋子，或者能正经八百速记的人，需要那些做事熟练又服务周到的勤勉工作的人。

好吧，这些对她都不会有什么影响。摆在她面前的路一清二楚，那就是嫁给她的表兄罗利·克洛德。他们在七年前，恰好在战争爆发之前已经订了婚。差不多打从她能记事起，她就想要嫁给罗利。他所选择的务农生活她也已经欣然默许，那种生活挺不错的——或许不够激动人心，还要整日操劳，不过他们俩都喜爱露天的环境，也都喜欢照顾牲畜。

如今他们的前途与曾经的憧憬——戈登舅舅以前一直允诺的——可不一样了……

玛奇蒙特太太哀怨的声音恰如其分地打断了她的思绪：

"林恩亲爱的，就像我给你的信里写的那样，这件事对我们大家来说都是个极其可怕的打击。戈登回英国才不过两天，我们甚至都还没见着他呢。他要是没待在伦敦，直接来这儿多好啊。"

2

"是啊，要是那样的话……"

远在异国他乡的时候，舅舅去世的消息就让林恩感到震惊和悲痛，不过直到现在她才开始认识到这件事情的真正意义。

就她的记忆所及，她的生活，他们所有人的生活，都在戈登·克洛德的掌控之中。这个无儿无女的有钱人把所有的亲戚都完全置于他的羽翼庇护之下。

就连罗利也是……罗利和他的朋友约翰尼·瓦瓦苏已经开始

合伙经营农场。他们的资金很少,却满怀着希望,干劲儿十足。而戈登·克洛德也表示了赞许。

而对她,他说得更多。

"要经营农场的话没有资金你是寸步难行的。但首先要搞清楚的是,这两个小伙子是不是真的有决心和能力把这件事干成。假如我现在就出钱帮助他们,那我要想知道这个,没准儿就需要花上很多年时间。如果他们正好是这块料,如果他们干得没什么问题,能够让我满意的话,那么林恩,你就不需要担心了。我会适当资助他们的。所以不要觉得你的前途黯淡无光啊,我的小姑娘。罗利正好需要你这样的妻子。不过我跟你说的话你可得保密哟。"

好吧,她确实保守住了这个秘密,可是罗利自己已经感觉到他伯父善意的关注,也意识到该轮到他来向老爷子证明罗利和约翰尼是很好的资助对象了。

没错,他们大家全都仰仗着戈登·克洛德。这倒并不是说家里的哪个成员是寄生虫或者游手好闲。杰里米·克洛德就是一家律师公司的高级合伙人,而莱昂内尔·克洛德则是个执业医生。

不过,在日常工作和平凡日子的背后,是有钱作为坚实后盾的,这种后盾让人觉得颇为安逸。从来都不需要节俭,也从来都不用攒钱,未来的一切都有保障。戈登·克洛德,一个没有子嗣的鳏夫,会负责到底。他告诉过大家,而且还不止一次,那是板上钉钉的事。

他寡居的妹妹阿德拉·玛奇蒙特也许本来是要搬进一所小一些、打理起来更省事的房子,但她还是留在了白屋里。林恩上的都是一流的学校。要不是因为战争爆发,她本有机会接受任何她愿意接受的昂贵培训。戈登舅舅的支票还会有规律地源源不断寄来，使她们能够舒舒服服地添置一些小小的奢侈品。

所有事情都是如此稳定不变，如此安全无忧。然后就是戈登·克洛德这桩彻头彻尾出人意料的婚姻了。

"当然了，亲爱的，"阿德拉继续说道，"我们全都大吃一惊。如果要说有什么事儿看起来确定无疑的话，那就是戈登不会再结婚了吧。你知道，他好像也不能算是没有很多家庭纽带和亲情关系的人啊。"

是啊，林恩心想，家里的亲属已经够多了。可能有时候都会觉得有点儿太多了吧？

"他一向是那么和蔼可亲，"玛奇蒙特太太接着说道，"虽说偶尔或许会有那么一点点专横霸道。他从来都不喜欢在擦得锃光瓦亮的桌子上吃饭，总是坚持让我铺上旧式的桌布。事实上，他在意大利的时候还给我寄来过一块最最漂亮的威尼斯花边桌布呢。"

"去迎合他的心愿自然是有好处的喽。"林恩干巴巴地说。接着她又好奇地问道："他是怎么认识他这个——第二任妻子的呀？您在信里可一直都没告诉我。"

"噢，亲爱的，好像是在哪条船上或者飞机上或者什么其他的地方吧。我记得是在从南美到纽约的途中。可他都一个人过了这么多年了呀！而且身边还有过那么多秘书、打字员、女管家，要什么样的就有什么样的。"

林恩的脸上露出了笑容。从她能记事以来，戈登·克洛德的秘书、女管家和办公室职员们就经受着最为严密的监视与怀疑。

她好奇地问道："我猜，她挺漂亮的吧？"

"呃，亲爱的，"阿德拉说道，"我倒觉得她长了一副蠢相。"

"妈妈，您又不是男人！"

"当然,"玛奇蒙特太太继续道,"那个可怜的姑娘也赶上了空袭,被轰炸吓得够呛,真的被吓出了病,病得还不轻呢,在我看来,她其实一直就没怎么恢复过来。她神经兮兮得要命,不知道你懂不懂我的意思。而且说真的,她有时候看起来笨到家了。对于可怜的戈登来说,我从来都不觉得她能算得上是个很般配的伴侣。"

林恩微微一笑。戈登·克洛德是否会因为才智上的般配而选择娶一个比他年纪小很多的女人为妻,她对此表示怀疑。

"而且,亲爱的,"玛奇蒙特太太压低了声音,"我本来不愿意这么说的,不过很显然她可不是个淑女!"

"妈,瞧您说的!现如今不是淑女又能怎么样?"

"亲爱的,在咱们乡下这件事还是挺重要的,"阿德拉语调平平地说道,"我只是想说,她跟咱们确实不是一路人。"

"可怜的小家伙儿!"

"说真的,林恩,我不知道你这话什么意思。看在戈登的分儿上,我们大家都已经特别小心翼翼了,尽量对她表现得和蔼亲切、彬彬有礼,欢迎她成为我们中的一员。"

"那她人在弗罗班克吗?"林恩好奇地问。

"对啊,那是当然的了。她才从私人疗养院里出来,还能去什么别的地方呢?医生们说她必须离开伦敦。她如今在弗罗班克,跟她哥哥住在一起。"

"她哥哥是个什么样的人?"林恩问道。

"一个无可救药的年轻人!"玛奇蒙特太太停顿了一下,接着又着力强调地加了一句,"粗鲁无礼。"

一丝同情从林恩的内心一掠而过。她想:"我敢说,我要是处在他的境地,也会粗鲁无礼的。"

她问道:"他叫什么名字?"

"亨特。大卫·亨特。我想他是个爱尔兰人。当然了,他们可不是那种我曾经有所耳闻的人。她是个寡妇——安得海太太。我可不是想吹毛求疵啊,不过我总是忍不住问自己——什么样的寡妇才可能会在战争期间从南美跑出来旅行啊?你知道吗?别人会不由得认为她就是为了找一个有钱的老公。"

"要这么说的话,她还真没白费工夫。"林恩评论道。

玛奇蒙特太太叹了口气。

"这事儿看上去也太离奇了。戈登一向都是个那么精明、那么有眼光的人,而且也不是说……我的意思是也不是没有女人努力尝试过。就比如他的倒数第二任秘书吧,真的是够公开、够明目张胆了。我相信她其实特别能干,不过他还是不得不把她给甩掉。"

林恩含糊其词地说道:"我认为谁都可能有惨遭滑铁卢的时候。"

"六十二岁,"玛奇蒙特太太说,"一个极其危险的年纪。我猜还得再加上一场让人心神不宁的战争。但我还是没法跟你形容当我们收到他从纽约寄来的信时有多震惊。"

"信上究竟写了些什么?"

"他的信是写给弗朗西斯的,我真想不明白为什么,或许他想象着以她所受到的教育可能更能跟他产生共鸣吧。他说当我们得知他结婚一事时也许会很吃惊。事情发生得确实相当突然,不过他很有把握我们大家很快就会非常喜欢罗萨琳(这么个戏剧化的名字,你不觉得吗,亲爱的?我是说,绝对跟假名字似的。)。他说她的人生特别悲惨,年纪轻轻就已经历经沧桑。她能以这么有勇气的方式直面生活真是了不起呢。"

"了无新意的开场白。"林恩喃喃自语道。

"噢,我懂。我也同意。这种故事听的次数太多了。不过人家真的会琢磨,按说以戈登那么丰富的阅历——可事情终究还是发生了。她那双眼睛特别大——深蓝色的,用他们的话说就是'特别深邃'。"

"挺吸引人的?"

"噢,是啊,她的确很漂亮。不过不是我喜欢的那种类型。"

"绝对不会是。"林恩带着一丝苦笑说道。

"没错,亲爱的。说真的,男人呢——唉,可话说回来,男人本来就都不靠谱!就算是最明智的男人也会干出最不可思议的蠢事来!戈登在信里还说让我们千万不要觉得这样一来就意味着以前的亲情纽带会变得松散。他依然会视我们大家为他的特别职责。"

"但是他并没有,"林恩说,"在婚后立下一份遗嘱?"

玛奇蒙特太太摇了摇头。

"他立下最近一份遗嘱的时间是在一九四〇年。具体细节我不清楚,不过那个时候他让我们明白,如果他遇到了什么不测,按照遗嘱的内容我们全都可以得到照顾。当然,那份遗嘱随着他的完婚自然也就作废了。我想他本来会在回家以后重新立一份新的——可就是没时间哪。事实上他头一天回到国内,第二天就死于非命了。"

"然后她——罗萨琳——就得到了一切?"

"是的。他一结婚旧遗嘱就作废了。"

林恩默不作声。她并不比大多数人更唯利是图,但如果她对事态的最新进展一点儿都没有不满的话也不合常理。她觉得这种局面完全不符合戈登·克洛德自己的设想。他的大部分财产或许会留给他年轻的妻子,不过对于他一直劝说要仰仗他的这一大家子人,他也定然会未雨绸缪。他一而再再而三地主张让他们不用存钱,也不用为将来做准备。她听见过他对杰里米说:"我死之后你就是个有钱人了。"对她母亲他也经常会说:"别担心,阿德拉。我会一直照顾林恩的——这点你知道,而且我也不愿意你搬出这栋房子——这是你的家。把所有的维修账单都寄给我吧。"他鼓励罗利去经营农场。他坚持让杰里米的儿子安东尼加入护卫队,并且给他零用钱的时候一向都慷慨大方。而莱昂内尔·克洛德那些不会立竿见影带来收益却会让业务经营举步维艰的医学研究也同样得到了他的支持。

林恩的思绪被打断了。玛奇蒙特太太戏剧性地拿出了一沓子账单,嘴唇颤抖不已。

"再看看所有这些吧,"她悲叹道,"我该怎么办?我究竟该怎么办啊,林恩?银行分行的经理刚刚在今天早上写信给我,说我已经透支了。我真不知道我怎么就会透支呢。我一直都非常小心啊。不过似乎我的投资没能像以前那样得到满意的收益,他说税金也增加了。还有所有这些黄单子,战争损失保险什么的——不管你愿不愿意,反正都得缴纳。"

林恩接过账单扫了一眼,里面并没有奢侈挥霍的记录。它们显示的只是屋顶上替换的石板瓦,栅栏的维修,厨房里破旧开水炉的更换——以及一条新的总水管。可它们加在一起也是一笔可观的数目呢。

玛奇蒙特太太哀怨地说道:

"我想我应该从这儿搬出去。可是我又能去哪儿呢?哪儿都找不到一所小房子——就是没有这样的房子啊。噢,林恩,我并不想拿这些事情来烦你。至少也别在你刚刚回到家里的时候就说这些。但我不知道该怎么办。我真的不知道。"

林恩望着她母亲。她已经年逾花甲,而且向来也不是个十分坚强的女人。在战争期间,她收留过一些从伦敦疏散出来的人,为他们打扫做饭,还和妇女志愿服务队一起工作过,做果酱,给学校帮厨。与战前轻松舒适的生活相比,她那会儿一天要工作十四个小时。现在在林恩看来,她已经几近崩溃,筋疲力尽的同时还对未来感到害怕。

一股无声无息的怒火缓缓从林恩的心里升腾而起。她慢条斯理地说道:

"这个罗萨琳就不能——帮个忙吗?"

玛奇蒙特太太的脸腾地红了。

"我们没权利要求她——一点儿权利都没有。"

林恩却表示了异议。

"我觉得从道义上来说您有权利。戈登舅舅一直都帮我们的。"

玛奇蒙特太太摇摇头,说道:

"亲爱的,求人施惠本来就不太好——尤其还是求一个咱们不太喜欢的人。而且不管怎么说,她那个哥哥绝对不会让她掏一个子儿出来!"

随后她又接着说:"也就是说,假如他真是她哥哥的话!"那股英勇气概已然换成了女性纯粹的刁钻刻薄。

第二章

弗朗西斯·克洛德隔着餐桌若有所思地望着她丈夫。

弗朗西斯今年四十八岁。她是那种像灵缇犬一般身材精瘦，穿着粗花呢衣服看起来还挺好看的女人。她那张脸上除了草草涂上的一点点口红之外不施粉黛，透着一种傲慢的被岁月摧残过的美。杰里米·克洛德六十三岁，长着一头灰发，身材瘦削，一脸漠然，面无表情。

而今晚，这张脸显得比平时更加面无表情。

他的妻子只是迅速地扫了一眼就注意到了这一点。

一名十五岁的女孩拖着脚步在桌子周围走来走去地递着盘子，她诚惶诚恐的眼神停留在弗朗西斯脸上。弗朗西斯要是皱皱眉头，她就能吓得险些把手里的东西掉在地上，而一个赞许的目光又能让她笑意盎然。

在沃姆斯雷谷，如果要说有哪个人能拥有仆人，那就非弗朗西斯·克洛德莫属了，这一点大家都心知肚明，并且满怀羡慕。她并不靠高薪来笼络他们，而且对于他们的表现也要求得非常严苛——但她对待辛勤工作的热切赞扬，以及她富有感染力的充沛精力和干劲，把家务劳动都变成了某种具有创造性和个性的事情。她这辈子已经习惯了被人伺候，并且视之为理所当然，对此她浑然不觉。她对一名好厨师或者一位好的客厅女仆的欣赏应该跟对一位优秀钢琴家的赞美是一模一样的。

弗朗西斯·克洛德是爱德华·特伦顿勋爵的独生女,勋爵曾经在沃姆斯雷希斯附近驯养过马匹。爱德华勋爵的最终破产在那些知情者看来倒是不幸中的万幸,这使他得以躲过更糟糕的结果。有传言说那些马在遇到意想不到的情况时明显收不住脚,还有传言说赛马俱乐部的管理人调查过此事。不过爱德华勋爵还是逃过了这一劫,只是名誉受到了一点点损失,同时他和债主达成了协议,使他能够在法国南部过上非常舒适的日子。而对于这一意外之喜,他必须得感谢他的律师杰里米·克洛德的精明强干。克洛德的行为远远超出了一名律师对他的当事人通常所做的事情,甚至亲自做了担保。他还让大家都明白他对弗朗西斯·特伦顿的由衷欣赏,于是,在她父亲这件事情令人满意地尘埃落定之后,弗朗西斯也就顺理成章地成为杰里米·克洛德的太太。

没有人知道她本人对此作何感想。大家都能看到的是她在这笔交易中出色地扮演了自己的角色。对杰里米而言,她是个能干且忠贞的妻子;对他儿子来说,她又是个细心的母亲。她从各个方面去促进杰里米的收益,从来没有哪怕一言一行显露过这桩婚事并非她心甘情愿。

作为回应,克洛德家的人都对弗朗西斯极其敬重,钦佩有加。他们以她为荣,对她的意见言听计从——但他们始终觉得跟她亲近不起来。

谁也不知道杰里米·克洛德如何看待自己的这场婚姻,因为从来就没有人知道杰里米·克洛德心里的想法和感觉。人们在谈论起杰里米的时候都说他就像是"一根干巴巴的枯树枝"。无论是作为一个男人还是作为一名律师,他的声望都非常高。克洛德、布伦斯基尔和克洛德律师事务所从来不碰任何可能有问题的法律业务。人们并不认为他们有多么杰出优秀，但却觉得他们非常可靠。事务所的业务蒸蒸日上，而杰里米·克洛德一家人则住进了一栋漂亮的乔治亚风格的房子，这栋房子恰好位于市场附近，房子后面有一个旧式的带围墙的大花园，花园里的梨树每到春天便绽放成一片白色的花海。

夫妇二人起身离席之后去了一个能够俯瞰屋后花园的房间。那个十五岁的女孩埃德娜把咖啡端了进来，兴奋得气喘吁吁。

弗朗西斯往杯子里倒了一点儿咖啡。咖啡又浓又烫。她言简意赅地对埃德娜赞许道：

"很棒，埃德娜。"

埃德娜高兴得脸涨得通红，不过她走出去的时候心里还是会对有些人的爱好感到惊奇。在埃德娜看来，咖啡本应该是浅黄色的，非常非常甜，还要加上很多很多奶！

在能够俯瞰花园的房间里，克洛德夫妇各自喝着不加糖和牛奶的浓咖啡。吃晚饭的时候他们已经有一搭没一搭地聊过一些话题了，比如遇见的熟人啊，林恩的归来啊，以及不久的将来农场的前景啊之类的，然而此刻，当单独待在一起的时候，他们却一言不发了。

弗朗西斯靠在椅背上看着她的丈夫。他的右手轻抚着上嘴唇，完全没有留意到她的注视。这个姿势很有特征，往往代表着他内心的烦乱，尽管杰里米·克洛德本人并不知道这一点。弗朗西斯并不经常看到她丈夫摆出这个姿势。一次是在他们的儿子安东尼小时候得重病之时；一次是在等待陪审团做出裁定的时候；再有就是在战争爆发的时候，等着听从无线电广播里传来的板上钉钉的消息；还有一次就是在安东尼结束休假即将开赴前线的前夜。

弗朗西斯在开口说话之前先想了一下。他们的婚姻生活一直还是挺幸福的,但是从口头的言语上来看两个人却从来都算不上亲密。她向来尊重杰里米的含蓄克制,而他对她也是如此。即使是收到宣布安东尼在服现役期间阵亡的消息的电报时,他们两个人也都没有表现得悲痛欲绝。

当时他打开电报,随后抬起眼来看着她。她说:"是不是——?"

他低下了头,随后走过去把电报递到了她伸出来的手上。

他们在那里默默地站了片刻。然后杰里米说:"我希望我能帮到你,亲爱的。"而她回答的时候声音很平稳,也没有流一滴眼泪,仅仅是感受到了那种可怕的空虚和心痛:"你心里也一样不好受啊。"他轻轻拍拍她的肩膀:"是啊,"他说,"是啊……"接着他向门边走去,步履僵硬而略带蹒跚,刹那之间竟显得老态龙钟……一边走嘴里还一边念叨着:"没什么可说的——没什么可说的了……"

她发自肺腑地感激,感激他能够如此理解和体谅她,同时她又觉得他很可怜,看着他转瞬之间就老态毕现让她心如刀绞。失去儿子之后,她身上的某些东西变得坚硬起来——平日里待人接物的那种友善也逐渐消失殆尽。她变得比从前更加精明强干,更加精力十足——人们有时候甚至有点儿害怕她的不近人情……

杰里米·克洛德的手指又一次从上唇划过——踌躇不定地像是在搜寻着什么。房间对面的弗朗西斯干脆利落地开口道:

"出什么事儿了吗,杰里米?"

他吓了一跳,手里的咖啡杯险些掉了下去。他定了定神,将杯子稳稳地放在托盘上,随后抬眼向她这边看过来。

"你什么意思,弗朗西斯?"

"我在问你是不是出了什么事儿?"

"能有什么事儿啊?"

"猜来猜去的太傻了。我希望你亲口告诉我。"

她说话的时候有条不紊,不带一丝感情。

而他说的话却让人无法相信:

"什么事儿都没有——"

她并没有反驳,只是以一种探询的态度等待着。对于他的否认她似乎压根儿也没当回事儿。他有些拿不准地看着她。

而他灰色面庞上那副泰然自若的面具只是滑落了那么一瞬间,她就瞥见了一种汹涌激荡的巨大痛苦,使得她几乎要大叫出声。虽然只是眨眼间的事情,她却丝毫不怀疑自己所看到的东西。

她不带感情色彩地轻声说道:

"我觉得你最好告诉我——"

他长叹了一声——透出深深的愁苦。

"当然,你总得知道的,"他说,"迟早的事儿。"

随后他又加上了一句让她觉得非常诧异的话。

"恐怕你是做了笔亏本儿的生意,弗朗西斯。"

她没明白这句话在暗示什么,于是索性直击要害。

"怎么回事,"她说,"钱?"

她不知道为什么一上来就提到了钱。他们的经济状况在眼下这个时期还算是正常的,并没有什么特别的迹象显示出手头拮据。他们办公室里的人员不够,业务又多得让他们应付不过来,但其实无论走到哪里,情况也都是一样,上个月还有几个他们的员工从军队里复员回来了呢。另外也很容易想到会不会是他在隐瞒什么病情——他最近的气色不太好,一直都在超负荷工作,身体过于疲劳。然而尽管如此,弗朗西斯的直觉首先还是想到了钱,而且看起来她猜对了。

她丈夫点了点头。

"我明白了。"她沉默了片刻,思考着。她本人其实一点儿都不在乎钱——不过她也知道杰里米完全不会了解这一点。钱对他来说就意味着一个四平八稳的世界,意味着安定和持久,义务和责任,生活中一种明确的地位和身份。

而对她来说,钱就是种被人随手扔在你腿上让你玩儿的玩具。她在经济状况阴晴不定的环境中出生和长大。她家养的马的表现能够达到预期的时候他们就可以过上好日子;而当商人们不给他们放贷,爱德华勋爵被迫陷入窘境,体面全无地躲避那些找上门来的执达员时生活又会变得步履维艰。有一次他们靠只吃干面包撑过了一个星期,并且把所有的仆人都打发走了。另有一次他们不得不让那些执达员在家里待了三个星期,而那时弗朗西斯还是个孩子呢。她当时发现有个执达员特别招人喜欢,能跟她玩到一起,而且满肚子都是他家小女儿的故事。

一个人若是没钱,那么无非是去四处讨要,或者远走海外,要么就是依赖朋友和亲戚的接济度日,再不然就是有人能借给你一笔钱帮你挺过难关……

但望着她的丈夫,弗朗西斯心里明白,在克洛德这个家族里面,你不会去做这种事。你不会去乞讨,不会去借钱,不会以其他人为生。(反之,你也别指望他们去乞讨,去借钱或者以你为生!)

弗朗西斯为杰里米感到非常难过,同时又为自己能够如此镇定自若感到一丝内疚。于是她决定用现实来帮助自己避开这些思绪。

"我们是不得不变卖所有的东西吗?公司是要垮了吗?"

杰里米·克洛德的脸上抽搐了一下,显得有些畏缩,她意识到刚刚有点儿过于实事求是了。

"亲爱的,"她柔声说道,"告诉我吧,我猜不下去了。"

克洛德语气生硬地说道:"两年前我们经历过一次很糟糕的危机。你还记得吧,年轻的威廉斯潜逃了。我们在重整旗鼓的过程中遇到了一些困难。接着继新加坡之后,远东那边的局面又横生枝节——"

她打断了他的话。

"这些都不重要。那时候你陷入了困境,而你现在依然没能从困境中走出来吗?"

他说:"以前我都是靠戈登。戈登本来是可以把事情摆平的。"

她马上不耐烦地叹了口气。

"当然。我不想责备那个可怜人——归根结底,为了一个漂亮女人而失去理智只不过是人之常情罢了。如果愿意的话他凭什么就不能再结一次婚呢?然而他还什么事情都没解决,没立下一份正经遗嘱,也没安顿好他自己的事务就在空袭中丧了命,也真是够倒霉的。事实是,无论身处何种险境,人压根儿就不相信送命的会是自己。炸弹通常都会落到别人脑袋上!"

"抛开他去世不说,我其实是非常喜欢戈登的——而且也以他为荣,"戈登·克洛德的弟弟说道,"他的死对我来说就像是晴天霹雳一样。在那一瞬间……"

他没再往下说。

"我们会破产吗?"弗朗西斯带着聪明的关切问道。

杰里米·克洛德几近绝望地看着她。然而她并没有意识到,他应付起泪眼婆娑和惊慌失措来可能会好得多。这种冷静超然又实实在在的态度彻底地把他击垮了。

他没好气儿地说道:"比那个可糟糕多了……"

他瞧着她一声不吭地坐在那儿,心里掂量着那句话。他心中暗想:"再有一会儿我就不得不告诉她了。她会知道我是个什么样的人……她非得知道不可。或许她都不会相信。"

弗朗西斯·克洛德叹了一声,在她的大扶手椅里坐直了身子。

"我明白了,"她说,"是挪用公款。或许就算我用词不当,也是那类的事情……就像年轻的威廉斯一样。"

"是的,只是这一次——你不明白——我得负责。我挪用了交给我负责管理的信托基金。到目前为止,我一直都掩盖得很好——"

"但是现在整件事情就要败露了?"

"除非我能弄到必需的钱——还得快。"

他感受到了一种这辈子前所未有过的羞愧。她又会怎样看待这件事呢?

此时此刻她表现得安之若素。但另一方面,他想,弗朗西斯从来都不会大吵大闹,也从来不会怨天尤人或者责骂训斥。

她皱着眉头,用一只手抚着脸颊。

"真是气人啊,"她说,"我自己是一点儿钱都没有……"

他语气生硬地说道:"还有一份你的婚前财产协议呢,但是——"

她心不在焉地说道:"但是我想那笔钱也已经没了。"

他沉默了,接着用干哑的声音费力地说道:"我很抱歉,弗朗西斯。我的歉意无以言表。你做了笔亏本儿的生意。"

她突然抬眼看着他。

"你刚才也说过这句话。你到底是什么意思?"

杰里米冷冷地说道:

"当你大发善心嫁给我的时候,你有权利去憧憬——呃,家庭的完整——以及一种远离肮脏、无忧无虑的生活。"

她惊讶万分地看着他。

"瞧你说的,杰里米!你到底觉得我嫁给你是为了什么呀?"

他浅浅地一笑。

"你一直都是个忠贞不渝的妻子,亲爱的。但我很难自我感觉良好地认为你会在迥然不同的情形下——呃——接纳我。"

她凝望着他,突然之间放声大笑起来。

"你这个可笑的老家伙!你那副一本正经的面孔背后得藏着一颗多么多愁善感的心啊!你真的以为我嫁给你是作为你把我父亲从那群狼——或者说从那些赛马俱乐部的管理人之类的人手里救出来的回报或代价吗?"

"你非常喜欢你父亲,弗朗西斯。"

"我是很喜欢老爸!他太有魅力了,跟他在一起生活乐趣无穷!但我一直都知道他是个坏蛋。而你如果认为我委身于我们的家庭律师是为了要把他从那些始终缠着他的麻烦当中解救出来的话,那就说明你对我从来都不曾了解过。从未有过!"

她目不转睛地盯着他。这太离奇了,她心中暗忖,嫁给一个人二十多年,却还不知道他心里在想些什么。可是如果你和他的想法天差地别的话,你又怎么才能知道呢?他有着一颗浪漫的心,当然,伪装得很好,但是骨子里还是浪漫的。她想:"他卧室里所有那些斯坦利·韦曼①的古老作品啊。我早该从这些里面

---

①斯坦利·韦曼 (Stanley John Weyman, 1855—1928),英国历史演义小说家。

看出来的。这个可怜的亲爱的笨蛋啊!"

她大声说道:

"我嫁给你当然是因为我爱上了你。"

"爱上了我?但你能从我身上看出什么来啊?"

"如果你问我这个,杰里米,我真的不知道。你是那么与众不同,和父亲身边的那一大堆人一点儿都不一样。首先就是你从来都不谈论那些比赛用的马。你都不知道我有多厌恶那些赛马,以及它们在纽马克特杯[①]比赛上能有几成胜算!有一天晚上你过来吃晚饭,你还记得吗?那次我坐在你旁边,问你什么是金银复本位制,而你就告诉我了——是真的告诉我了。那可花了一整顿饭的时间啊——六道菜——我们那会儿还挺有钱,雇了个法国大厨呢!"

"那肯定极其枯燥乏味。"杰里米说。

"简直让人神魂颠倒!以前可从来没有人这么认真地对待过我。你那么彬彬有礼,然而似乎又绝不多看我一眼,或者觉得我招人喜欢或者长得漂亮之类的。这一下就刺激到了我。我发誓要让你注意到我。"

杰里米·克洛德带着几分严厉说道:"我当然注意到你了。那天晚上我回到家以后一夜都没合眼。你穿了一条蓝色的连衣裙,上面有矢车菊的图案……"

两个人都沉默了片刻,随后杰里米清了清嗓子。

"呃——这些都是很久以前的事了……"

她马上给他的尴尬打了个圆场。

"而我们现在是一对遇到了难题的中年夫妇,正在寻求最佳

[①] 纽马克特是英格兰东南部城镇,著名的赛马中心。

的解决途径。"

"弗朗西斯,在你刚才告诉我那些话之后,我就觉得这件……这件不光彩的事儿简直让人无地自容——"

她打断了他。

"咱们还是把事情说清楚吧。你现在觉得歉疚,是因为你做了犯法的事儿,你可能会被起诉——会去坐牢。"(他脸上的肌肉抽搐了一下。)"我不想让这样的事情发生。为了阻止它,我会拼尽全力,不过可千万别觉得我这是出于义愤。别忘了,我们家本来也不是什么有道德观念的家庭。我父亲,不管他怎么有吸引力,都多多少少是个恶棍。还有查尔斯——我的堂兄,他们帮他遮遮掩掩他才没被起诉,然后他们就紧赶慢赶地催着他到北美的殖民地去了。再有就是我的堂弟杰拉尔德,他在牛津的时候伪造过一张支票。但是他去参加了战斗,因为他的英勇无畏、为战友的无私奉献以及他超乎常人的忍耐力,死后还得到了一枚维多利亚十字勋章。我想说的是,人都是这个样子,既没有那么坏也没有那么好。我并不觉得我自己就多么正直——我过去曾经是,因为那时候也没有什么诱惑让我变得不正直。不过我所拥有的是大把的勇气,而且,"她冲他微微一笑,"我忠心耿耿!"

"亲爱的!"他站起身,朝她走过来。随后他停下脚步,用嘴唇贴住了她的秀发。

"那么现在,"爱德华·特伦顿勋爵的女儿对他微笑着抬起头说道,"我们要怎么办呢?无论用什么方法去筹点儿钱来?"

杰里米的表情僵住了。

"我不知道该怎么去筹。"

"用这栋房子抵押。噢,我明白了,"她的反应很迅速,"已经抵押了。我真傻。你当然已经把所有明摆着的方法都试过了。

"那接下来就是借钱的问题喽?我们能找谁借呢?我认为也只有一条路了。找戈登的遗孀——那个让人看不透的罗萨琳!"

杰里米踌躇不定地摇了摇头。

"这肯定会是一大笔钱……而且不能从本金里面拿。那笔钱只是让人为她托管,供她生活所需而已。"

"这个我还真不知道,我还以为完全归她支配呢。那她要是死了会怎么样?"

"那就归戈登最近的亲属了。也就是说在我、莱昂内尔、阿德拉以及莫里斯的儿子罗利之间分配。"

"归我们……"弗朗西斯慢条斯理地说道。

有什么东西仿佛从房间中飘过——似乎是一股寒气——一个念头留下的阴影……

弗朗西斯说:"你以前没跟我说过……我还以为全都归她呢——你没说过她喜欢留给谁就可以留给谁吧?"

"没说过。根据一九二五年关于无遗嘱死亡的法律规定……"

也不知道弗朗西斯究竟有没有在听他的解释。他话音刚落,她就说道:

"对我们自己来说,这个已经没什么用了。她还远不到中年我们就已经入土为安了。她多大岁数?二十五?二十六?她没准儿能活到七十岁。"

杰里米·克洛德迟疑不决地说道:

"我们可以找她贷一笔款,看在是一家人的分儿上。她也许是个慷慨大方的姑娘呢,其实我们对她的了解真是太少了——"

弗朗西斯说:"不管怎么说,我们一直对她还是相当不错的,不像阿德拉那样恶毒,她可能会有所回应。"

她丈夫用警告的口吻说道:

"那可绝对不能让她看出来——呃——咱们真的急等着用。"

弗朗西斯不耐烦地说道:"当然不会啦!麻烦在于我们不得不去打交道的人不是这个姑娘本人。她完完全全处于她那个哥哥的控制之下。"

"一个特别不招人待见的年轻人。"杰里米·克洛德说。

弗朗西斯的脸上突然绽放出一抹微笑。

"噢,错了,"她说,"他挺招人喜欢的。非常招人喜欢。我猜也有那么点儿无所顾忌和不择手段,不过就眼下看来,我同样也挺无所顾忌、不择手段的!"

她的笑容变得冷酷起来。她抬眼看着她的丈夫。

"我们不会一败涂地,杰里米,"她说,"一定会有办法的……哪怕我不得不去抢银行!"

第三章

"钱!"林恩说道。

罗利·克洛德点点头。他是个大块头的年轻人,肤色砖红,长着一双沉思的蓝眼睛和一头金发。他表现出来的慢条斯理似乎并非出自天生,倒更像是有意为之。别人妙语连珠巧舌如簧的时候他都在深思熟虑。

"是啊,"他说,"这年头似乎所有事情归根结底都是钱的问题。"

"可我怎么觉得在战争期间农民都还过得不赖呢?"

"噢,是不赖——不过那也不可能永远让你好下去啊。过上一年好日子,我们就又回到原来的老路上了——工钱要涨,工人还不愿意干活儿,所有人都不满意,没有人知道该怎么办。当然,除非你真的能够大规模地经营农场。老戈登懂这个。那恰好是他当时正准备要做的事情。"

"而现在呢——"林恩问道。

罗利咧着嘴笑了。

"而现在戈登太太会去伦敦,花上好几千英镑买一件漂亮的貂皮大衣。"

"这也——这也太不像话了!"

"噢,不。"他顿了顿,然后说道,"我倒宁可给你买一件貂皮大衣,林恩——"

"她是个什么样的人,罗利?"她想要听听同龄人的看法。

"你今天晚上就能见到她。在莱昂内尔叔叔和凯西婶婶家的派对上。"

"是,我知道。但我想让你亲口告诉我。妈妈说她挺笨的?"

罗利考虑了一下。

"嗯——我不能说她以才智见长。不过我觉得她其实只是看起来比较笨,因为她实在是太小心翼翼了。"

"小心翼翼?对什么事情小心翼翼?"

"哦,就是小心翼翼而已。我猜主要是对她的口音。你知道吗?她说话的时候一口土腔①。要不然就是对话该往哪边说,以及说话的时候时不时可能会冒出来的那些文学典故。"

"这么说来她还真的是——没怎么——呃,受过教育?"

罗利又咧嘴笑了。

"噢,她可不是什么名门闺秀,如果你是想说这个的话。她有一双可爱的眼睛,相貌极佳——我猜老戈登就是看上了她这点,还有就是她身上那股极其天真无邪、不谙世故的劲儿。我不觉得那是装出来的,不过当然啦,这种事儿谁也没法知道。反正她只是站在那儿一言不发,任凭大卫摆布。"

"大卫?"

"就是她哥哥。我敢说就没有什么见不得人的阴招是他玩不转的!"罗利意犹未尽地又说道,"咱们大家伙儿他哪个也不喜欢。"

---

①指爱尔兰口音的英语。

"他凭什么要喜欢啊?"林恩脱口而出,在他有点儿惊讶地看着自己的时候她又接着说道,"我是说,你也不喜欢他呀。"

"我当然不喜欢他。你也不会喜欢的,他跟咱们不是一路人。"

"你又不知道我喜欢谁或者不喜欢谁,罗利!过去这三年来,我见了不少世面。我——我觉得我的眼界已经开阔了。"

"你见过的世面已经比我多了,这是事实。"

他说这句话的时候很平静,然而林恩却猛地抬起头来。

在他波澜不惊的语调后面隐藏着什么东西。

他也定定地回望着她,脸上没有表情。林恩知道要想了解罗利心里究竟在想些什么从来都不是一件容易的事情。

这是个多么奇怪的颠三倒四的世界啊,林恩心想。以前都是男人去上战场,女人留在家里,可眼下他们的位置却掉了个儿。

对于罗利和约翰这两个小伙子尼来说,必须有一个人待在农场里。他们靠掷硬币来做决定,该上前线的是约翰尼·瓦瓦苏。结果他几乎立刻就丢了小命——那是发生在挪威的事情。而在整个战争期间,罗利的足迹就从未踏出过离家方圆一两英里的范围。

而她林恩呢,去过埃及、北非、西西里,不止一次地面对枪林弹雨。

此刻,一个是从战场上归来的林恩,而另一个是待在家里的罗利。

她突然很想知道,他会不会很在意……

她露出了一个有些紧张的似笑非笑的表情。"有时候事情似乎有点儿乱七八糟的,不是吗?"

"噢,我也不知道。"罗利一脸茫然地望着外面的田野,"要看是什么事儿。"

"罗利,"她有些犹豫,"你是不是还挺在意的,我是说……约翰尼的事儿——"

他冰冷的目光直直地射向她,让她不由得有点儿畏缩。

"咱们别再说约翰尼了吧!战争已经结束了,而我很走运。"

"走运,你是指——"她迟疑地顿了顿,"不必非得……上战场?"

"运气太好了,你不觉得吗?"她完全不知道该怎么接这句话。他的语气很平静,话里却带着刺儿。他又微笑着接着说道:"不过当然啦,你们这些当过兵的女孩子会觉得很难在家里安定下来。"

她有些生气地说道:"噢,别犯傻了,罗利。"

(可是为什么要生气呢?为什么——除非是因为他的话触及了某些真相而戳到了她的痛处。)

"噢,好吧。"罗利说,"我想我们或许也该考虑考虑结婚的事情了。除非你已经改了主意。"

"我当然没改主意。为什么要改?"

他有些含糊其词地说道:

"这谁也不知道。"

"你是说你觉得我变得——"林恩停顿了一下,"不一样了吗?"

"那倒也不至于。"

"或许是你改主意了呢?"

"噢,才没有呢,我可没改主意。你也知道,在农场这种地方是不会有什么变数的。"

"好吧,那,"林恩说道,不知为什么她总觉得有点儿扫兴,"咱们结婚吧。你想什么时候结都可以。"

"六月份前后?"

"好。"

他们两个人都沉默下来。婚事就这样决定了。林恩不由自主地觉得非常沮丧,然而罗利还是罗利——就像他一直以来的那样,心里充满深情,表面看起来却又无动于衷,就算煞费苦心也要摆出一副轻描淡写的姿态。

他们彼此相爱,一直以来都爱着对方。关于两个人之间的爱情他们向来很少谈及——那么现在又何必要开口说这个呢?

他们会在六月份完婚,婚后住在长柳居(她一直都觉得这是个很好听的名字),然后她就再也不会离开了。离开,换句话说,这指的是这两个字如今对她来说所代表的意义。跳板被收起来时的兴奋,轮船螺旋桨的高速旋转,一架飞机掠过大地翱翔于天际时的悸动,看着陌生的海岸线逐渐在眼前现出轮廓。灼热的尘土,还有石蜡以及大蒜的气味——急促不清又喋喋不休的外国话。奇异的花朵,灰蒙蒙的花园里傲然挺立的红色一品红……行李打包,行李拆包——下一站又在何方?

所有这些都已经过去了。战争结束了。林恩·玛奇蒙特回家了。就像远航的水手回到故乡……然而,我已经不再是当年那个离开家乡时的林恩了,她想。

她抬起头来,发现罗利正在注视着她……

第四章

　　凯西婶婶家的派对总是千篇一律，带着一种让人有些喘不上气来的业余特质，这一点倒是跟女主人的特征十分契合。克洛德医生给人的感觉是他一直在克服重重困难，压制着自己的怒气。他对客人们表现出始终如一的礼貌谦恭——不过他们也知道他的这种态度是努力做出来的。

　　从外表上看起来，莱昂内尔·克洛德和他的哥哥杰里米没有什么差别。他也很瘦，一头灰发，但他没有律师所拥有的那种冷静与沉着。他的态度有些粗暴，缺乏耐心，而他那种紧张易怒的性格让他得罪了很多患者，使得他们无法领略到他的医术和仁心。他真正的兴趣在于研究领域，他喜欢的话题则是人类历史上各种草药的使用。他有着严谨精确的思维能力，这也让他发现自己很难忍耐他太太的异想天开和反复无常。

　　尽管罗利和林恩通常都管杰里米·克洛德太太叫"弗朗西斯"，却始终管莱昂内尔·克洛德太太叫"凯西婶婶""凯西舅妈"。他们很喜欢她，但又觉得她有点儿可笑。

　　这个"派对"表面上看来是为了庆祝林恩回家而安排的，其实也只不过是一次家庭聚会。

　　凯西舅妈无比亲切地招呼着她的外甥女：

"亲爱的,你看起来真漂亮,皮肤也成棕褐色的了。我猜是在埃及晒的吧。你看了我寄给你的那本关于金字塔的预言的书了吗?那本书太有意思了,真的是把万事万物都讲了个明白,你不觉得吗?"

戈登·克洛德太太和她哥哥大卫的到来给林恩解了围,让她不必对这个问题做出回应。

"罗萨琳,这是我的外甥女林恩·玛奇蒙特。"

林恩带着含蓄的好奇心不失礼仪地看着戈登·克洛德的遗孀。

是的,这个为了钱嫁给老戈登·克洛德的女孩确实很漂亮。而且罗利说得没错,她真的给人一种天真无邪的感觉。一头黑发带着蓬松的波浪,一双爱尔兰人的蓝眼睛那么深邃——再配上两片微启的朱唇。

她身上的其他部分则尽显奢华。礼服,珠宝,指甲修整过的双手,裘皮披肩。她的身材相当好,但她真的不懂得如何去穿戴昂贵的服饰。要是能有个机会,把她换成林恩·玛奇蒙特的话,绝对不会穿成她这个样子!(但你永远也不会有机会,一个声音在她的脑海里说道。)

"你好。"罗萨琳·克洛德说道。

她有些犹豫地转向身后的男子。

她说:"这位——这位是我哥哥。"

"你好。"大卫·亨特说道。

他是个瘦瘦的年轻人,长着黑色的头发和黑色的眼睛,一脸不高兴的样子,显得目中无人,傲慢无礼。

林恩立刻就明白为什么克洛德家的人全都不喜欢他了。她在国外见过这类人,他们行事草率鲁莽,不计后果,透着几分危险。他们不是那种你能够仰仗的人。他们我行我素,目空一切。

他们既有本事在危急关头扭转局面,也有能耐让前线的指挥官们无心恋战。

林恩就像唠家常似的对罗萨琳说道:

"住在弗罗班克你觉得怎么样啊?"

"我觉得那房子棒极了。"罗萨琳说。

大卫·亨特轻蔑地冷笑了一声。

"可怜的老戈登对他自己还挺好,"他说,"真是不惜血本呢。"

这句话丝毫没有夸张。当戈登决定要在沃姆斯雷谷安家落户——更准确地说是当他决定要在那儿度过他忙碌生活中的一小部分的时候,他选择去盖房子。他这个人相当个人主义,不喜欢被其他人的过往所浸染过的屋子。

他雇用了一位年轻的现代建筑师,并且放手让他去干。沃姆斯雷谷有一半的人认为弗罗班克是一栋糟糕透顶的房子,他们不喜欢它白色的方形外观,不喜欢它嵌入式的家具陈设,不喜欢它的滑动拉门,也不喜欢它的玻璃桌椅。那里面唯一让他们由衷赞叹的是浴室和卫生间。

罗萨琳说那句"那房子棒极了"的时候带着一丝敬佩,大卫的笑让她的脸一下子红了。

"你就是那个解甲归田的皇家海军女子服务队队员,对不对?"大卫对林恩说。

"是的。"

他以品评的目光扫了她一眼——不知道为什么,她脸红了。

凯瑟琳舅妈突然之间又出现了。她有这个本领,总能让人觉得她似乎一下子就凭空出现似的。或许这个本领是她从参加过的那么多降灵会里学来的吧。

"晚餐,"她说话的时候有些气喘吁吁,接着又顺带说明了一下,"我认为比叫晚宴要好。这样大家不会期望过高。任何事情都极其困难,不是吗?玛丽·路易斯告诉我说她每隔一周就会偷偷塞给捕鱼的人十个先令。我觉得这么做不道德。"

莱昂内尔·克洛德医生一边跟弗朗西斯·克洛德说着话,一边发出他那种烦躁而紧张的笑声。"噢,得了吧,弗朗西斯,"他说,"你可别指望我相信你真的会那么想——咱们进去吧。"

他们走进了那间破破烂烂还相当丑陋的餐厅。杰里米和弗朗西斯,莱昂内尔和凯瑟琳,阿德拉、林恩和罗利。这是个克洛德家的家庭聚会——再加上两个外人。对于罗萨琳·克洛德来说,尽管她也跟着姓了克洛德,但还没能像弗朗西斯和凯瑟琳她们那样真正成为克洛德家族的一员。

她是个陌生人,显得局促不安,提心吊胆。而大卫呢——大卫则是个法外之徒,既是出于不得已,但也是出于他自己的选择。林恩一边在桌边落座,一边在脑子里想着这些事情。

整个聚会的氛围能够让人感受到一阵阵的波动,就像一股强烈的电流一般。那是什么呢?是憎恨吗?真的会是憎恨吗?

但无论如何,那至少是某种——具有破坏性的东西。

林恩猛然想道:"但这正是无处不在的问题症结所在,我从一回家的时候就已经注意到了。这是战争所遗留下来的后果。敌意。反感。到处都是。在铁路上,在公交车上,在商店里,在工人、职员甚至是农业劳动者之间。而我猜在矿山和工厂里情况会更糟。敌意。但在这里还不止于此。这里的敌意不同寻常,它是有意为之的!"

她为之一惊,心想:"我们真的就这么恨他们吗?恨这两个拿走了我们认为本应属于我们的东西的陌生人?"

然后呢——"不,还不好说。我们可能会——但也不好说。不对,其实是他们在恨我们。"

在她看来,这个发现简直有些势不可当,以至于她只能默默地坐在那里思索,都忘记了和坐在她身边的大卫·亨特说话。

此刻他正在对她说:"在琢磨什么事情?"

他的声音听上去很令人愉快,还带着几分顽皮,不过她却觉得有些内疚。他可能会觉得她是故意表现得如此没有礼貌。

她说:"不好意思。我刚才正想着世界格局呢。"

大卫从容不迫地说道:"这也太了无新意了!"

"是啊,是有那么点儿。现如今我们全都那么认真热切。而这样看起来似乎也没带来太多好处。"

"通常情况下,你还是盼着那样会带来坏处更实际一些。照那么说的话,在最近这几年里,我们还真的发明出一两样实用的小玩意儿呢——包括那个重头戏,原子弹。"

"我刚才在想的也是这个——噢,我不是说原子弹。我指的是恶意,明确并且实实在在的恶意。"

大卫平心静气地说道:

"恶意肯定是有——不过我不同意你形容它的时候用的那个实实在在。在中世纪的时候,他们的恶意才更实实在在呢。"

"你这话什么意思?"

"笼统地说就是巫术啊。诅咒、蜡人,在月相交替时分使用的咒语。把你邻居家的牛都杀光,甚至把你的邻居本人也杀掉。"

"你不会真的相信有巫术这种事情存在吧?"林恩表示怀疑地问道。

"或许不信吧。不过不管怎么说,人们真的是很努力。现如今,嗯——"他耸了耸肩,"就算你和你们全家人对罗萨琳和我恨得咬牙切齿，你们也没法拿我们怎么样，对吗？"

林恩的头猛地往后一甩。突然之间她觉得非常开心。

"现在恨你们也有点儿晚了。"她很客气地说道。

大卫·亨特哈哈大笑起来。听上去他也觉得很开心。

"就是说我们已经可以拿着我们的战利品全身而退了？没错，我们可以舒舒服服过日子了。"

"而且你们还从中获得了极大的乐趣！"

"因为得到一大笔钱吗？我得说我们还真是。"

"我说的不光是那笔钱。我说的是从我们身上。"

"因为让你们一败涂地？嗯，也许吧。对于老家伙的那笔钱，你们全都那么沾沾自喜，自鸣得意，盲目乐观地把它看成是你们的囊中之物似的。"

林恩说：

"你可别忘了，这么多年来我们之所以这么想也都是他教的，教我们用不着攒钱，也不必考虑将来，鼓励我们放手去实施各种各样的计划和项目。"

（罗利，她想到了罗利和农场。）

"实际上，他没料到有一件事你们还没学会。"大卫愉快地说道。

"什么事？"

"没有什么是安全的。"

"林恩，"凯瑟琳舅妈探着身子喊道，"莱斯特太太的鬼魂[①]之一是个第四王朝的祭司。他告诉了我们那么奇妙的事情。林恩，咱们俩一定得好好聊聊。我感觉埃及肯定已经对你的身体产

[①] 原文为 control，指的是招魂术中支配灵媒的鬼魂。

生了影响。"

克洛德医生厉声说道：

"林恩有的是正事儿可做，才不会跟这些无聊的迷信活动搅合在一起呢。"

"你的成见太深了，莱昂内尔。"他妻子说道。

林恩朝她舅妈微微一笑，然后默不作声地坐在那里，大卫刚才说的那句话的余音还在她的脑海里回荡着。

"没有什么是安全的……"

有些人就生活在这样一个世界里——对他们来说所有的事情都是危险的。大卫·亨特就是这样一个人……那并不是林恩被抚养长大的世界，但对她来说，那是一个充满着吸引力的世界。

大卫此时又在用同样顽皮的声音低声说道：

"你还想跟我说话吗？"

"噢，想啊。"

"挺好。那你还对罗萨琳和我们俩得到这笔不义之财怀恨在心吗？"

"是啊。"林恩饶有兴致地说。

"好极了。那你打算怎么办？"

"买些蜡，再搞点儿巫术！"

他笑了。

"噢，不，你才不会那么干呢，你不是那种会依靠老掉牙的办法的人。你的办法肯定很时髦，或许还非常有效。不过你赢不了。"

"你凭什么觉得一定会打一仗呢？我们不是都已经接受不可避免的结果了吗？"

"你们全都表现得很好啊。太有趣了。"

"你们,"林恩压低了声音说道,"为什么恨我们?"

那双高深莫测的黑眼睛里有什么东西一闪而过。

"我没办法让你明白。"

"我觉得你可以。"林恩说。

大卫沉默了片刻,随后以一种轻松闲聊的口气问道:

"你为什么要嫁给罗利·克洛德呢?他是个笨蛋啊。"

她有些急不可耐地说道:

"你对这件事——或者对他一无所知。你根本不可能了解!"

大卫丝毫没有要换个话题的意思,他又问道:

"那你觉得罗萨琳怎么样?"

"她非常漂亮。"

"别的呢?"

"她看起来似乎不是很快乐。"

"对极了,"大卫说,"罗萨琳有点儿傻了吧唧的。她害怕。她一直以来都是怕这怕那的。她会在不知不觉中卷入某些事情,而且还完全不明就里。要我给你讲讲罗萨琳的事儿吗?"

"如果你愿意的话。"林恩很客气地说道。

"我还真愿意。她最开始的时候一心想当个演员,然后不知怎么着就登上了舞台。当然,她演得不怎么样。她加入了一个三流的巡演剧团,而那个剧团正好去南非演出。她喜欢南非的音乐风格。剧团滞留在开普敦,接着不知怎么搞的她就嫁给了一个从尼日利亚来的政府官员。她不喜欢尼日利亚——而我觉得她也不怎么喜欢她丈夫。他要是那种爱喝酒又对她拳脚相加的精力充沛的家伙的话,倒也没什么问题了,可他偏偏是个很知性的人,在荒郊野外开了一个很大的图书馆,还特别喜欢谈论一些形而上学的东西。于是她就又回了开普敦。那家伙表现得非常不错,给了她足够多的钱。他本来可以跟她离婚,但也有可能不离,因为他是个天主教徒。不过不管怎么样,他算是有些幸运地死在了热病上,而罗萨琳得到了一小笔抚恤金。随后战争就爆发了,她漂泊到一艘去往南美的船上。她不太喜欢南美,所以她又登上了另一艘船,在那艘船上,她遇见了戈登·克洛德,并且把她自己悲惨的一生对他和盘托出。接着他们在纽约结了婚,一起幸福地生活了两个礼拜。之后不久他就被炸弹炸死了,留给了她一幢大房子、一大堆昂贵的珠宝首饰和一笔巨额的收入。"

"这故事能有这么个圆满结局还真不错。"林恩说。

"是啊,"大卫·亨特说,"虽说没什么头脑吧,但罗萨琳一直都是傻人有傻福——这就够啦。戈登·克洛德是个身强力壮的老头儿。他六十二岁,本来可以轻轻松松再活上个二十年,甚至有可能活得更久。那样对罗萨琳来说就没什么意思了,对吧?她嫁给他的时候二十四,而现在也不过才二十六。"

"她看上去比那还小。"林恩说。

大卫从桌子这边望过去。罗萨琳·克洛德正把手里的面包掰得碎碎的。她看起来就像个紧张的孩子。

"没错,"他若有所思地说,"确实是。我猜她完全没有什么思想。"

"可怜人。"林恩突然说道。

大卫皱起了眉头。

"有什么可怜的?"他带着几分尖刻说道,"我会照顾罗萨琳。"

"我料到你会的。"

他沉下脸来。

"谁要是想试试说罗萨琳的坏话就得先过我这一关!说起干

仗的话我有的是方法——其中有些可没那么正统。"

"那我现在是不是要听听你的故事了呢?"林恩冷冷地问道。

"长话短说吧,"他微微一笑,"战争爆发那会儿我不明白自己为什么要为英国而战。我是个爱尔兰人。不过就像所有爱尔兰人那样,我也喜欢战斗,盟军敢死队对我来说有着难以抗拒的吸引力。我玩得挺开心,可很遗憾我还是得走人,因为我的腿受了重伤。随后我去了加拿大,在那边找了份训练小伙子们的差事。我接到罗萨琳从纽约发来的说她结婚了的电报时正无所事事呢!实际上她并没明说可能会有这笔不义之财,不过我对于她字里行间的言外之意非常敏锐。我坐飞机去了那儿,紧跟着那幸福的一对儿,和他们一起回了伦敦。而现在呢——"他厚颜无耻地冲她一笑,"就像远航的水手回到故乡。说的是你啊!犹如山间的猎人重返家园。怎么了?"

"没事儿。"林恩说。

她和其他人一道站起身来。他们走进客厅的时候,罗利对她说:"你似乎跟大卫·亨特相处得非常融洽啊。你们刚才都说什么了?"

"没什么特别的。"林恩说。

第五章

"大卫，我们什么时候回伦敦？我们什么时候回美国啊？"

大卫·亨特从早餐桌的另一边惊讶地扫了罗萨琳一眼。

"没什么可急的，是吧？这地方有什么不好吗？"

他用欣赏的目光迅速环顾了一下他们正在吃早饭的这个房间。弗罗班克依山而建，从窗户向外望去可以将英国乡间令人昏昏欲睡的风景尽收眼底。草场的斜坡上种着上千朵水仙花。此时它们花期将尽，却依然留下一大片金黄色的花海。

罗萨琳一边把盘子里的烤面包弄碎，一边小声嘀咕着：

"你说过咱们要去美国的——很快，一处理好就走。"

"对，可实际上处理起来没那么容易。办事情都得有个先后次序，无论是你还是我都拿不出什么公务上的理由啊。打完仗以后事情总是会比较难办。"

他说这番话的时候自己都觉得有些恼火。他提出来的这些理由尽管都如假包换，可听上去还是像在找借口。他不知道坐在他对面的这个姑娘听完之后会不会也有同感。而且她为什么突然一下子就那么渴望要去美国呢？

罗萨琳咕哝道："是你说的，我们只要在这儿待一小段时间就可以。你可没说我们要住在这里。"

"沃姆斯雷谷有什么不好吗?还有弗罗班克?说说看?"

"没什么不好。我说的是他们——他们所有人!"

"克洛德一家子?"

"是啊。"

"那正是我的乐趣所在啊,"大卫说,"我喜欢看到他们那一张张自以为是的脸陷入深深的嫉妒和怨恨之中。别不愿意让我找乐子,罗萨琳。"

她带着不安低声说道:

"我不希望你有那种感觉。我不喜欢那样。"

"打起点儿精神来吧,小姑娘。你和我,我们已经被欺负得够可以的了。克洛德一家子一直都过得舒适安逸——舒适安逸啊,就靠着他们的大哥戈登。一只大跳蚤身上的小跳蚤们。我恨他们这号人——向来都恨。"

她吓了一跳,说道:

"我不喜欢恨别人。那样不好。"

"你不觉得他们恨你吗?他们对你好过吗——亲密友善,和睦相处?"

她模棱两可地说道:

"没有什么不友善的。他们也没伤害过我。"

"但他们想啊,小姑娘。他们想。"他不羁地放声大笑起来,"要不是他们对自己的身家性命也那么小心翼翼的话,没准儿哪个晴朗的早晨你就会被人发现后背上插着一把刀。"

她打了个寒战。

"别说这种可怕的事情。"

"好吧——或许不是把刀,而是汤里给你放点儿士的宁。"

她目不转睛地看着他,嘴唇在颤抖。

"你在开玩笑吧……"

这下他又严肃起来。

"别担心,罗萨琳,我会照顾你的。他们得先过我这关。"

她磕磕巴巴地说道:"要是你说的都是真的,他们恨咱们,恨我,那我们为什么不去伦敦呢?在那儿我们就安全了——离他们全都远远的。"

"乡下对你有好处,我的小姑娘。你也知道在伦敦待着你会别扭。"

"那是有炸弹轰炸的时候——那些炸弹。"她闭上了眼睛,浑身颤抖,"我永远都忘不了——永远……"

"不,你会忘记的。"他温柔地揽过她的肩膀,轻轻摇晃着她,"振作起来,罗萨琳。你那会儿是被吓坏了,可现在一切都过去了,再也没有什么炸弹了。别再想这个,把它忘掉吧。医生都说,要你多呼吸呼吸乡下的空气,多过过乡村的生活。这就是我不让你回伦敦的原因。"

"真的是这个原因吗?是吗,大卫?我还以为……或许……"

"你以为什么?"

罗萨琳缓缓说道:

"我还以为你或许是因为她才想要待在这儿……"

"她?"

"你知道我说的是谁。那天晚上那个女孩儿,就是在皇家海军女子服务队待过的那个。"

他的脸色突然黯淡下来,令人生畏。

"林恩吗?林恩·玛奇蒙特。"

"她对你来说还挺重要的,大卫。"

"林恩·玛奇蒙特?她是罗利的女朋友,宅在家里深居简出的老好人罗利。那头长得还不错但脑子迟钝的笨牛。"

"我那天晚上看见你跟她说话了。"

"噢,我的老天爷啊,罗萨琳。"

"而且在那以后你还见过她,对不对?"

"有一天早上我出去骑马的时候在农场附近遇见过她。"

"你还会再遇见她的。"

"我当然还会遇见她!这是个弹丸之地,你恨不得走两步就得被一个姓克洛德的人绊着。不过你要是以为我就此爱上了林恩·玛奇蒙特,那你就大错特错了。她是个骄傲自大、让人讨厌的女孩子,说话的时候一点儿礼貌都没有。我倒希望她能让老罗利乐不可支。不,罗萨琳,我的小姑娘,她可不是我喜欢的那种人。"

她疑虑重重地说:"你确定吗,大卫?"

"当然确定。"

她不无胆怯地说道:

"我知道你不喜欢我把那些纸牌都摆出来。可是它们应验了,它们真的都应验了。有个会带来麻烦和悲伤的女孩儿——一个将会来自海外的姑娘。还有个神秘的陌生人,也会进入我们的生活,他同时会带来危险。还有那张死神牌,还有——"

"你,还有你那些神秘的陌生人啊!"大卫放声大笑,"你可真是够迷信的。别跟神秘的陌生人打任何交道,这是我给你的忠告。"

他大笑着信步走出屋子,不过远离屋子以后,他的脸色便又阴沉下来,皱着眉头低声自语道:

"林恩,你这该死的家伙,偏要从国外回来坏我们的好事。"

他这么说是因为意识到,此时此刻自己正刻意地走上了一条路,他可能希望会在这条路上遇见他刚刚才用极其粗鲁的语言念叨过的女孩。

罗萨琳看着他溜溜达达地走过花园,从通往一条公共的田间小径的那扇小门走了出去。然后她上楼回到卧室,翻看起她衣橱里的衣服来。她一向很享受触摸她那件新貂皮大衣的感觉,想着她竟然也能拥有这样一件大衣,她心里的那分惊奇就总也抑制不住。当客厅女仆上来告诉她玛奇蒙特太太登门拜访的时候,她还在卧室里。

阿德拉双唇紧闭地坐在客厅里,心跳比平时要快上一倍。她已经让自己暗下了好几天决心来向罗萨琳求助,不过就她的本性来讲,她其实是在拖延。同时还令她感到迷惑不解的是,她发现林恩的态度不可理喻地发生了转变,现在的她坚决反对母亲为解燃眉之急去找戈登的遗孀借钱。

然而,那天早上银行经理的又一封来信迫使玛奇蒙特太太要采取积极行动了。她不能再耽搁。林恩一早就出去了,而玛奇蒙特太太看见大卫·亨特沿着小径走去——这么一来障碍就都排除了。她尤其想等到没有大卫在身边,罗萨琳独处的时候,而准确地判断出罗萨琳独自一人则是件简单得多的事情。

尽管坐在阳光明媚的客厅里等候的这段时间让她紧张得要命,但当罗萨琳带着那张比平日更甚的玛奇蒙特太太所认为的"笨到家"的脸走进来的时候,她还是感觉稍微好了一些。

"我真搞不懂,"阿德拉暗自思忖道,"这究竟是那场轰炸闹的,还是说她一直就这样?"

罗萨琳结结巴巴地说道:

"噢,早……早……早上好。有事儿吗?请坐吧。"

"今天早上天气真不错啊,"玛奇蒙特太太欢快地说道,"我所有的早花郁金香都已经开花了。你的呢？"

那姑娘一脸茫然地看着她。

"我也不知道啊。"

阿德拉心想，跟一个既不谈论园艺也不谈论狗——这些乡下人聊天最喜欢的话题的人在一起，你还能干什么呢？

她大声地说，语气中混杂着一种抑制不住的酸溜溜的味道：

"当然啦，你有那么多的花匠呢——他们自会打理所有这些事情。"

"我相信我们人手也不够，老穆拉德说还得再添两个人。不过劳动力似乎依然非常短缺。"

这几句话说出来给人一种鹦鹉学舌不假思索的感觉，就像是一个孩子在重复着从大人嘴里听来的话一样。

没错，她的确跟个孩子似的。阿德拉想知道，这是否就是她的魅力所在呢？难道就是这点吸引住了那个务实又精明的商人戈登·克洛德，使他对于她的愚蠢和缺乏教养视而不见吗？毕竟不可能只是出于美貌，因为有太多长得漂亮的女人想要博取他的欢心却都无功而返啊。

不过孩子气对于一个六十二岁的男人而言，可能真的具有吸引力。那么它是真实的，或者说可能是真实的吗——还是说这是一种装腔作势——一种有利可图的装腔作势，并且已经变成了她的第二天性呢？

罗萨琳正在说话："大卫出去了，恐怕……"而这句话让玛奇蒙特太太一下子回过神来。大卫可能快回来了。此刻就是她的机会，她一定不能放过。那句话本来如鲠在喉，但她还是把它说了出来。

"我不知道——你能不能帮我个忙？"

"帮您忙?"

罗萨琳看上去有些惊讶,不明所以。

"我——日子太艰难了,你也知道,戈登的死给我们所有人都带来了翻天覆地的变化。"

"你个蠢货白痴,"她心想,"你就非得那样瞪着眼睛看我吗?你知道我是什么意思!你肯定知道我是什么意思!再怎么说,你自己也穷过……"

那一刻,她恨死了罗萨琳。恨她是因为她自己,阿德拉·玛奇蒙特,正坐在这里向人哀告着要钱。她想:"我不能干这种事——我归根结底还是不能干这种事。"

在这个短暂的瞬间,所有那些长久以来的思绪、担忧以及模糊不清的规划又再度在她的脑海中闪现。

卖掉房子?可又能搬去哪儿住呢?在售的没有什么小房子,当然也没有什么便宜的房子。招些房客?可又找不来帮手,而她就是没法——她实在没法应付得来所有那些做饭做菜和家务劳动之类的事情。要是林恩能帮忙……可是林恩就要嫁给罗利了。她自己搬去跟罗利和林恩一起住?不,她绝对不会!找份工作?找什么工作?谁会想要一个没受过任何培训、油尽灯枯的老女人呢?

她听见自己的声音,因为鄙视自己反而显得有些争强好斗。

"我说的是钱。"她说。

"钱?"罗萨琳说。

她的声音听起来惊讶得毫无城府,仿佛提起钱是让她最意想不到的事情。

阿德拉还在固执地坚持着,把心里的话一股脑儿倒了出来:

"我的银行账户透支了,而且我还欠着账单——房子的维修——税钱也还没缴。你知道,所有的一切都减半了——我是说我的收入,我猜是因为征税的缘故。戈登,你也知道,过去一直帮我们。我指的是房子的事儿。全部的维修、屋顶、粉刷以及其他的事情他都包了,还给我们一些生活费。他每个季度都把这些钱存到银行里。他一直都说用不着担心,当然了,我也就从来都没担心过。我是想说,在他活着的时候一切都很好,可是现在——"

她停了下来。她觉得很丢人,但同时也感到了一种解脱。毕竟最糟糕的已经过去。如果这个姑娘要拒绝的话,那就拒绝好了,也不过如此嘛。

罗萨琳看上去极其坐立不安。

"噢,天哪,"她说,"我都不知道。我从来没想过……我——呃,当然,我会问问大卫……"

阿德拉死死抓着椅子两边,孤注一掷地说道:

"你就不能给我一张支票吗?就现在……"

"是啊……对,我想我可以。"罗萨琳似乎吓了一跳,她站起身来,朝书桌走去。她在各种文件格子里翻找了半天,最终找出了一本支票簿。"我该给——要多少?"

"能……能有五百英镑就——"阿德拉突然住口。

"五百英镑。"罗萨琳顺从地写道。

阿德拉有种如释重负的感觉。说到底,也就是这么容易啊!这让她觉得有些沮丧,对于轻易到手的胜利,她心中生出的那丝不屑竟然多于感激之情!罗萨琳还真是天真得令人不可思议啊。

那姑娘从写字台前起身向她走来。她笨手笨脚地递过那张支票,现在看上去觉得尴尬的人已经彻底变成了她。

"我希望这样就没问题了。我真的觉得特别抱歉——"

阿德拉接过支票。只见粉红色的纸上散落着孩子气的幼稚笔迹。玛奇蒙特太太。五百英镑£500。罗萨琳·克洛德。

"你真是太好了,罗萨琳。谢谢你。"

"噢,请别……我是说……我本来应该想到的——"

"你太好了,亲爱的。"

有这张支票在手提包里,玛奇蒙特太太感觉就像换了个人似的。这姑娘在这件事上的表现真是太让人高兴了。再待下去只怕夜长梦多,于是她起身告辞。在外面的车道上她与大卫擦肩而过,她愉快地说了声"早上好",随即便匆匆离去。

第六章

"那个姓玛奇蒙特的女人来这儿干什么?"大卫一进门就开口问道。

"噢,大卫。她急需要用钱。我从来没想过——"

"那我猜你给她了。"

他看着她,眼神中半是幽默半是失望。

"你一个人待着的时候还真是让人信不过啊,罗萨琳。"

"噢,大卫,我没办法拒绝。毕竟——"

"毕竟——毕竟什么?给了多少啊?"

罗萨琳小声嘀咕道:"五百英镑。"

大卫笑了,这让她松了一口气。

"就这么点儿啊!"

"噢,大卫,那是挺大一笔钱呢。"

"如今对咱们来说不算什么,罗萨琳。你似乎是真的一直都没明白,你已经是个很有钱的女人了。话虽这么说,但假如她找你要五百块钱,你就算只给她两百五她也会心满意足地走人。你必须得懂借钱人说话的意思!"

她喃喃道:"对不起,大卫。"

"我亲爱的姑娘啊!说到底,这可是你的钱。"

"不是。其实真不算是。"

"可别又从头再说一遍啦。戈登·克洛德还没来得及立遗嘱就死了,这就是所谓运气吧。你和我,咱们赢了。其他人呢——输了呗。"

"这样似乎……不太合适吧。"

"得了吧,我可爱的罗萨琳妹妹啊,难道你不享受这一切吗?有大房子,有仆人,还有珠宝首饰?难道这不算是美梦成真吗?这还不算是?赞美上帝吧,有时候我都以为一觉醒来,我会发觉这些其实就是一场梦而已。"

她也跟着他一起笑了,他仔细地端详着她,心里觉得很满意。他知道怎么跟他的罗萨琳打交道。她竟然会有负疚感,他心想,这可就不太方便了,不过这也是明摆着的事。

"你说得太对了,大卫,这就像是一场梦一样——或者说就像是电影里的某个情节。我真的很享受这一切,真的。"

"不过我们得保住所拥有的东西,"他警告她道,"别再给克洛德家的人送礼了,罗萨琳。他们家里的哪个人都比曾经的你我有钱得多。"

"对啊,我觉得也是。"

"林恩今天早上去哪儿了?"他问道。

"我想她是去长柳居了。"

去长柳居,去看罗利,那个白痴,那个乡巴佬!他的好脾气顿时就消失了。她是准备嫁给那家伙了,是吧?

他闷闷不乐地踱出屋去,信步穿过大片的杜鹃花丛往山上走,直到山顶的那扇小门。小路在穿过那扇小门之后便蜿蜒下山,经过罗利的农场。

大卫站在那里的时候,看见林恩·玛奇蒙特正从农场向山上走来。他犹豫了一小会儿,随即脸上摆出一副好斗的神情,漫步下山去迎她。他们恰好在半山腰的一个台阶上相遇。

"早上好,"大卫说,"婚礼什么时候办啊?"

"这个你以前问过了,"她回敬道,"你清楚着呢。在六月份。"

"你就准备一条道儿走到底啦?"

"我不明白你这话什么意思,大卫。"

"噢,不,你明白。"他轻蔑地一笑,"罗利。罗利算个什么东西?"

"一个比你强的人。你敢碰他一下试试。"她满不在乎地说道。

"我毫不怀疑他是个比我强的人,但我还真敢碰他。为了你我敢做任何事情,林恩。"

她沉默了片刻,最终开口说道:

"你没明白的是我爱罗利。"

"我表示怀疑。"

她情绪激劲地说道:

"我爱他,我告诉你。我爱他。"

大卫目光锐利地打量着她。

"我们都会在脑海里想象出自己的形象——按照自己想要成为的样子。你想象着你自己和罗利相爱,和罗利在这里定居,和罗利一起过着心满意足的生活,再也不想离开。但这不是真正的你,对吗,林恩?"

"噢,那真正的我是什么样子?如果话要这么说的话,那真正的你又是什么样子呢?你想要的又是什么呢?"

"我可能会说我想要的是安全,想要狂风暴雨之后的宁静,想要惊涛骇浪之后的悠闲。不过我也不知道。有的时候我怀疑,林恩，咱们两个人想要的都是——麻烦。"他接着又郁郁寡欢地说道，"我真希望你从来都没在这里出现过。直到你回来之前，我一直都非常开心。"

"难道你现在不开心吗？"

他看着她。她觉得有一股兴奋之情正从心底升腾而起，呼吸也随之变得急促起来。她以前从未如此强烈地感受到大卫那种古怪的喜怒无常所具有的吸引力。他伸出一只手来抓住她的肩膀，猛地把她转了过来……

接着，她感觉到就像他抓住她的时候一样，他的手又突然松开了。他的目光越过她，凝望着她身后的山上。她扭过头去，想看看究竟是什么吸引了他的注意力。

一个女人正穿过弗罗班克上方的那道小门。大卫急切地问道："那是谁？"

林恩说：

"看起来像是弗朗西斯。"

"弗朗西斯？"他眉头紧皱，"弗朗西斯又想要什么啊？我亲爱的林恩！只有那些想要点儿什么的人才会去顺道拜访罗萨琳。你母亲今天早上已经来拜访过了。"

"我母亲？"林恩往后缩了一下，也皱起了眉头，"她想要什么？"

"你难道不知道？要钱啊！"

"钱？"林恩全身都僵硬了。

"她拿到了。"大卫说，脸上带着冷酷而残忍的微笑，此刻这种笑容挂在他脸上真是再合适不过了。

就在刚才，他们彼此还近在咫尺，现在却因为这突如其来的敌意变得远隔千里。

林恩大叫道："哦,不会的,不会的,不会的!"

他则模仿她的口气说:

"会的,会的,会的!"

"我不相信!多少钱?"

"五百英镑。"

她猛然间倒吸一口凉气。

大卫若有所思地说道:

"也不知道弗朗西斯打算要多少?留罗萨琳一个人在家真是哪怕五分钟都不安全啊!那可怜的姑娘都不知道怎么说不。"

"还有没有……其他人?"

大卫嘲弄般地一笑。

"凯西舅妈欠了些债。哦,也没多少,只要两百五十英镑就够用了,不过她很担心这件事会传到医生耳朵里去!因为那些债务是要用来支付给灵媒的,他可能不会心生同情。当然了,她并不知道,"大卫接着说道,"医生自己也来找我们借过钱。"

林恩嘴里低声说着:"你得把我们想成什么人,你得把我们想成什么人啊!"随即令他大吃一惊的是,她转过身,脚步慌乱地跑下山,直奔农场而去。

目送着她跑开,他皱起了眉头。她这是去找罗利了,就像是一只要飞回家的信鸽。哪怕他不愿意承认,这个事实还是搅得他心烦意乱。

他又抬头看看山上,眉头紧锁。

"不,弗朗西斯,"他压低嗓音说道,"我觉得你拿不着钱。你选错了日子。"随后他便果决地迈开大步向山上走去。

他先走过小门,随后又经过杜鹃花丛下坡,穿过草坪,悄无声息地从客厅的落地窗走了进去,正巧听到弗朗西斯·克洛德在说话：

"我希望我能把事情说得更明白一些。不过你瞧，罗萨琳，这实在是太难解释了——"

一个声音从她身后响起：

"是吗？"

弗朗西斯·克洛德倏地转过身去。跟阿德拉·玛奇蒙特不一样，她并没有存心去找一个罗萨琳独自一人在家的时候前来拜访。她需要的这笔钱数目很大，罗萨琳不太可能不跟她哥哥商量就把钱给她。实际上，弗朗西斯宁可把事情拿出来跟大卫和罗萨琳一起讨论，也不愿意让大卫觉得她想趁他不在家的时候从罗萨琳那里拿钱。

她正一心一意地想着怎么把事情讲述得合情合理，因此并没有听见他从落地窗走进来。这一下吓了她一跳，同时她也意识到不知什么原因，大卫·亨特的心情特别糟糕。

"噢，大卫啊，"她从容不迫地说道，"真高兴你回来了。我这儿正跟罗萨琳说呢。戈登这一死可算是把杰里米推到无底洞里去了，我就想知道她有没有可能帮帮我们。是这么回事儿——"

她的话语滔滔不绝——谈起了需要的那一大笔钱……戈登的支持和资助……口头上的承诺……政府的限制条例……抵押贷款……

在大卫心底的阴暗之处不由得升起一股钦佩之情。这个女人说起瞎话来还真他妈是一把好手啊！整个故事讲得是有鼻子有眼，不过那并不是事实。对，他可以为此起誓。那不是事实！他也想知道事实究竟是怎样的，杰里米让自己陷入了经济上的困境吗？如果他都允许弗朗西斯来尝试这种方法的话，那必定是走投无路了。她可是个有自尊心的女人呢。

他说:"一万?"

罗萨琳带着些敬畏低声说道:

"那可是好大一笔钱啊。"

弗朗西斯立刻说道:

"噢,我知道是一大笔。要不是这笔钱这么难筹齐的话我也不会来找你们了。可如果没有当初戈登的支持,杰里米绝对不会掺和这桩买卖。戈登死得这么突然,实在是桩太不幸的事儿——"

"让你们全都暴露在了天寒地冻之中吗?"大卫的声音听起来令人不快,"在结束有他的羽翼庇护的生活之后。"

弗朗西斯开口说话的时候眼睛里闪过一道微光:

"你形容得真够栩栩如生的!"

"你要知道,罗萨琳是不能动那笔本金的,能支配的只有那部分收益。而且她还得缴纳差不多一千九百零六英镑的所得税。"

"噢,我知道。现如今的税额真是高得吓人。不过这笔钱还是能想办法拿出来的,不是吗?我们会偿还——"

他插嘴道:

"这笔钱确实能想办法拿出来,但我们不愿意拿!"

弗朗西斯马上又转向罗萨琳。

"罗萨琳,你是个那么慷慨大方的——"

大卫的声音打断了她的话头。

"你们克洛德家的人以为罗萨琳是什么?摇钱树吗?你们所有人当着她的面的时候都会向她暗示,向她询问,向她乞求。而在背地里呢?嘲笑她,瞧不起她,憎恨她,盼着她死——"

"没有的事儿。"弗朗西斯叫道。

"没有吗?我告诉你,我厌烦你们所有人!她也厌烦你们所有人。你们从我们身上一个子儿都拿不到,所以你们都别再来诉苦要钱了。听明白了吗?"

他气得脸色铁青。

弗朗西斯站起身来,神色木然,面无表情。她心不在焉地戴上一副软皮手套,却又像是特别留意似的,仿佛这个动作举足轻重。

"你的意思已经说得很清楚了,大卫。"她说。

罗萨琳小声嘟囔道:

"对不起。我真的很抱歉……"

弗朗西斯对她视而不见,就好像罗萨琳压根儿没在这个房间里一样。她向窗边走了一步,随后站住脚,面对着大卫。

"你刚才说我憎恨罗萨琳。没有这回事。我并不恨罗萨琳,但是我恨你!"

"你什么意思?"

他对她怒目而视。

"女人得活下去。罗萨琳嫁了一个非常有钱的男人,比她自己大很多。这有什么不可以的呢?可是你呢!你必须得仗着你妹妹才能生活,过着养尊处优的日子,吃着软饭——全得靠她!"

"我是在替她抵挡那些贪心的人。"

他们站在那儿相互对视着。他觉察到了她的愤怒,一个念头从他的脑海中一闪而过,他觉得弗朗西斯·克洛德可以既肆无忌惮又不计后果,是个危险的敌人。

当她再度开口说话的时候,有那么一瞬间他甚至感到了一丝恐惧。然而她说的话却出奇地不疼不痒。

"我会记住你说过的话,大卫。"

她自他身边经过,从落地窗走了出去。

他也不知道为什么自己会觉得这句话是一种威胁，而且这种感觉还如此强烈。

罗萨琳哭了起来。

"噢，大卫啊，大卫。你不该对她说那些话的，她可是那些人里面对我最好的一个。"

他暴怒地说道："闭嘴吧，你个小傻瓜。你就这么想要让他们把脚踩在你脸上，把你的每一分钱都榨干吗？"

"可那些钱如果——如果本来就不该是我的——"

他瞥了她一眼，把她的话给吓了回去。

"我……我不是那个意思，大卫。"

"我希望不是。"

良知，他心想，真是要命的东西！

他以前没有预料到罗萨琳的良知问题。这一点将来会让事情变得棘手。

将来？他皱起眉头看着她，任由自己的思绪在前方飞奔。罗萨琳的将来……他自己的……他一直都知道自己想要什么……现在也知道……可罗萨琳呢？罗萨琳的将来又会是怎样的呢？

就在他的脸沉下来的时候，她突然大叫起来，浑身颤抖："噢！有人从我坟头上走过去了①。"

他好奇地看着她，说道：

"这么说你也意识到可能会是这种结果了？"

"你什么意思啊，大卫？"

"我是说有五个，六个，甚至七个人都一心惦记着要赶快送你进坟墓呢！"

---

①英语中的一种迷信说法，常被说话人用来解释突然发抖的原因。

"你不会是想说——谋杀吧……"她的声音听起来吓坏了,"你认为这些人会来杀人吗?像克洛德家那么好的人是不会杀人的。"

"我可没把握像克洛德他们家那样的好人不会真的来杀人。但只要有我在这儿照顾你,他们想杀你门儿都没有。他们必须得先把我干掉。不过他们要是真的把我干掉的话……嗯……你自己就得多加小心了!"

"大卫,别说这么让人害怕的话了。"

"听我说,"他一把抓住她的胳膊,"如果我不在这儿,罗萨琳,你要照顾好你自己。记住,生活可没有那么安全——它充满了危险,非常非常危险。而且我有种感觉,它对你来说尤其危险。"

第七章

1

"罗利,你能给我五百英镑吗?"

罗利目不转睛地看着林恩。她站在那里,跑得上气不接下气,脸色苍白,嘴巴一动不动。

他很镇定地坐着,就好像他要对一匹马说话一样:

"好啦,好啦,慢慢说,大小姐。到底是怎么回事啊?"

"我想要五百英镑。"

"说实在的,我自己也想要呢。"

"但是罗利,这可是正经话啊。你就不能借我五百英镑吗?"

"事实上,我已经透支了。那台新拖拉机——"

"对,对……"她不想在这些农活的细枝末节上多费口舌,"但你还是能够想办法筹点儿钱的——如果你非筹不可的话,不是吗?"

"你想要这笔钱干什么,林恩?你是遇到什么麻烦了吗?"

"我想把这笔钱给他——"她的头冲着山上那栋方形的大房子一甩。

"亨特?到底为什么啊——"

"都怪我妈,她找他借钱来着。她——她现在手头有点儿紧。"

"嗯,我猜也是,"罗利的口气听起来也满是同情,"她这该死的霉运。我倒希望我能帮上点儿忙,可惜我也没办法啊。"

"我受不了她管大卫借钱!"

"别急,大小姐。实际上不得不拿出这笔钱来的是罗萨琳吧。而且话说回来,这又有什么不可以的呢?"

"有什么不可以的?你还说'有什么不可以的',罗利?"

"我看不出凭什么罗萨琳就不能偶尔救个急。老戈登连个遗嘱都没留就走了,让我们大家全都陷入了困境。如果把这种状况跟罗萨琳明说,她肯定会明白她有必要帮衬大家一下。"

"你不会也从她那儿借过钱吧?"

"没有啊……呃……那可是两码事。我可不会跑去找一个女人要钱。这种事情我不愿意干。"

"难道你不明白我不想欠——欠大卫·亨特的人情吗?"

"可你没欠啊。那又不是他的钱。"

"实际上那就是。罗萨琳对他彻底言听计从。"

"噢,我想大概是吧。不过从法律上来说那不是他的钱。"

"而你就不想,就不能——借我点儿钱吗?"

"听我说,林恩,如果你真的遇到了什么麻烦,敲诈勒索或是债台高筑,我可能会去把土地或者股票卖掉——然而那是个相当铤而走险的做法。事实上我也只是勉强维持着不用借钱的日子而已。而且你还不知道这该死的政府下一步打算要干什么,事事处处给你设置障碍,表格多得都能把人活埋了,有时候为了填这些都得填到三更半夜,一个人真的有点儿吃不消。"

林恩悻悻地说道:

"噢，我知道！要是约翰尼没有阵亡——"

他突然大喊起来：

"别扯上约翰尼！别再谈论那件事了！"

她惊愕地瞪着他。他的脸涨得通红，似乎已经出离愤怒。

林恩转过身，缓缓地走回白屋去。

2

"妈，您就不能把钱还回去吗？"

"哎呀，林恩宝贝！我拿着支票直接就奔银行了。然后我还清了阿瑟斯、博德甘和奈布沃斯的钱。奈布沃斯都快要骂街了。噢，亲爱的，无债一身轻啊！我都有多少个晚上睡不着觉了呀。说实话，在这件事情上罗萨琳真是太体贴、太善解人意了。"

林恩怨愤地说道：

"那我猜您以后就该一次又一次地去找她了。"

"我希望用不着这样，亲爱的。你知道，我会尽量节衣缩食。不过当然啦，眼下什么东西都那么贵，而且情况还越来越糟糕。"

"是啊，而且我们也会变得越来越糟糕。继续去乞讨吧。"

阿德拉的脸红了。

"我认为你这么说不太好，林恩。就像我跟罗萨琳解释的那样，我们过去一直都仰仗着戈登。"

"我们就不该那样。错就错在这儿，我们本来就不该那样，"林恩接着说道，"他瞧不起咱们也是有道理的。"

"谁瞧不起咱们了？"

"那个可恨的大卫·亨特。"

"说真的，"玛奇蒙特太太不失尊严地说道，"我就不明白大卫·亨特怎么想有什么要紧的。幸好他今天早上不在弗罗班克，否则我敢说他肯定会对那个姑娘施加影响。当然了，她完全任他摆布。"

林恩把重心换到了另一只脚上。

"妈，您那句话是什么意思啊——就是在我刚回家的那天早上——您说'假如他真是她哥哥的话'？"

"噢，那个呀。"玛奇蒙特太太看上去有点儿尴尬，"呃，你也知道，总是会有些流言蜚语。"

林恩只是好奇地等着她说下去。玛奇蒙特太太咳嗽了几声。

"那种年轻的女人啊——就是那种靠不正当手段谋取金钱和地位的女人（当然，可怜的戈登是彻底上当受骗了）——她们通常都会有那么一个……嗯，一个自己的年轻男人在幕后。假定她跟戈登说她有个哥哥吧，然后给身在加拿大或者甭管在哪儿的他发个电报，这个男人就出现啦。戈登又怎么能知道他究竟是不是她哥哥呢？可怜的戈登，完完全全为她神魂颠倒，对这一点没有任何疑问，她说什么就信什么。于是她的'哥哥'就跟着他们一起来到了英国——而可怜的戈登对此还毫无戒心。"

林恩愤怒地说道：

"我不信。我才不相信呢！"

玛奇蒙特太太扬了扬眉毛。

"说真的，亲爱的——"

"他不是那样的人。而她——她也不是。她或许是个笨蛋，可她人还挺好的。没错，她真的挺招人喜欢。那只不过是人们心里乱七八糟的想法罢了。我告诉您，我不相信。"

玛奇蒙特太太一脸严肃地说道：

"那也用不着大喊大叫啊。"

第八章

1

一周之后，一列五点二十分到站的火车驶进了沃姆斯雷希斯站，一个古铜色皮肤的高个男子背着背包下了车。

对面的月台上，一群高尔夫球手正在等候上行列车。这个背着背包、留着胡子的高个男子交出他的车票，走出了火车站。他站在那里犹豫了片刻，随后看见了指示路标：通往沃姆斯雷谷的步道。他干脆利落地下定了决心，朝着那个方向走去。

2

罗利·克洛德刚刚在长柳居给自己沏好一杯茶，厨房的餐桌上便蒙上了一个阴影，他随即抬头。

如果有那么一瞬间他以为紧贴着门里站着的姑娘是林恩的话，那么当他看出那其实是罗萨琳·克洛德的时候，他的失望就变成了惊讶。

她穿着一件用某种乡下布料做成的老式连衣裙，上面有鲜艳的橙色和绿色宽条纹——这种人为制造出来的朴素所花费的金钱其实比罗利能够想象到的还要多。

迄今为止，罗利见她穿着的一直都是价格不菲的城里款式的衣服，那些衣服她穿起来也透着一种矫揉造作的感觉。他曾经想，她就跟展示服装的时装模特儿差不多，所穿的衣服并不属于她，而是属于雇用她的公司。

今天下午，在她穿上这件带着乡土气息宽条纹的颜色鲜艳的衣服之后，他似乎看到了一个全新的罗萨琳·克洛德。她的爱尔兰血统变得更加显而易见，那乌黑的鬈发，还有那双漂亮深邃的蓝眼睛，连她说话的声音都带着一种更柔和的爱尔兰腔调，而不再像她通常说话时那么小心谨慎、装腔作势。

"今天下午天气真好啊，"她说，"所以我出来散个步。"

她接着又说道：

"大卫上伦敦去了。"

她几乎是带着些内疚说的这句话，说完脸就红了。随后她从手提包里拿出一个香烟盒，递给罗利一支。罗利摇摇头，接着又环顾四周想找根火柴给罗萨琳点烟。她正摆弄着一个看起来很贵重的金质小打火机，却没能打着火。罗利从她手里拿过打火机，轻巧快速地一打就点着了。她朝他低下头用火点烟的时候，他注意到她眼睛上的睫毛又黑又长，他暗自心想：

"老戈登其实知道自己在干什么……"

罗萨琳退后了一步，羡慕地说：

"你在最高处那片牧场里养的那头小母牛真可爱。"

她的兴趣令罗利吃了一惊，于是他便开始给她讲起农场里的事。她会对此感兴趣让他觉得很意外，但很显然这是出于真心而并非装模作样。令他惊讶的还有她对于农场里的事情相当见多识广，说起黄油的制作和乳制品来竟然也如数家珍。

"哎呦，罗萨琳，你可能是个农场主的老婆吧。"他笑着说道。

那股生气从她的脸上消失了。

她说：

"我们家有个农场——在爱尔兰……在我来这里之前……在……"

"在你登台表演之前？"

她带着几分惆怅，在他看来甚至有一点点愧疚地说道：

"其实也不是很久之前的事……我还都记得挺清楚的呢。"接着她又突然精神一振地说道，"我可以去帮你给奶牛挤奶，罗利，就现在。"

这简直就是个全新的罗萨琳。大卫·亨特会同意她这样随意提起过去的农场生活吗？罗利觉得不会。拥有地产的老牌爱尔兰贵族，这是大卫试图给别人留下的印象。可他觉得罗萨琳的说法才更接近事实。原始的农场生活，随后是舞台带来的诱惑，前往南非的巡演剧团，结婚……在中非的与世隔绝……逃离……中间一段空白……最后嫁给了一个纽约的百万富翁……

是啊，罗萨琳·亨特自从那种要给黑色的小乳牛挤奶的日子之后又经过了很多辗转起伏，但看着她的时候，他发现很难让自己相信她曾经有过那些经历。她的脸上带着那种天真无邪还有点儿傻乎乎的表情，那是一张不谙世事的脸。而且她看上去如此年轻——比她二十六岁的年纪要年轻得多。

她身上具有某种动人之处，那副哀婉可怜的样子和他今天早上赶去屠宰商那里的小牛一模一样。他看着她，就像是又看到了那些小牛一般。可怜的小家伙们，他当时想，真可惜它们全都要被宰掉了……

罗萨琳的眼睛里现出了一丝警觉。她有些不自在地问道："你在想什么呢，罗利？"

"你愿意去看看农场和牛奶房吗？"

"噢，当然啦，我愿意。"

他被她的兴致逗乐了，于是带着她转遍了整个农场。但当他最后提议要给她沏一杯茶的时候，她眼中又流露出那种警觉的神情。

"噢，不了——谢谢你，罗利，我最好还是回家去吧。"她低头看了看表，"噢，都这么晚啦！大卫会坐五点二十的火车回来，他该纳闷我上哪儿去了。我……我必须赶快。"接着她又羞怯地补上一句，"我已经玩儿得很开心啦，罗利。"

罗利心想，这是句实话。她确实玩得很开心。她可以表现得很自然，能够去做回那个不懂世故、质朴无华的自己了。很显然，她害怕她的哥哥大卫。大卫是这个家里的智囊和中枢人物。好吧，就这么一次，她能够出来一下午——没错，仅此而已，就像个仆人能出来一下午一样！这个有钱的戈登·克洛德太太啊！

他站在大门边冷冷地笑着，目送她急匆匆地向着山上的弗罗班克走去。就在她要到达那个台阶之前，有个男人先走了上去——罗利也不知道那是不是大卫，不过那是个块头更大、更壮实的人。罗萨琳退后了一步让他先过，随后便轻巧地跳过台阶，她的步伐几乎已经是在跑了。

是的，她是放了一下午的假——而他罗利呢，则浪费了一个多小时的宝贵时间！好吧，或许这算不上是浪费。罗萨琳看起来似乎挺喜欢自己，他想。这一点可能会派上用场。漂亮的人儿啊——没错，而今天早上那群小牛也挺漂亮的……可怜的小家伙们。

他正站在那里出神，突然间一个声音吓了他一跳，他猛然抬起头来。

一个头戴宽边毡帽、肩头斜挎背包的大个子男人站在大门外的小路上。

"这条路是去沃姆斯雷谷的吗？"

见罗利定定地瞅着他，他又重复了一遍问题。罗利好不容易回过神来，这才回答道：

"是的，就沿着这条小路一直走，穿过旁边的那块地。走到大路的时候往左手边拐，再走差不多三分钟就进村子了。"

这个问题他已经用同样的话回答过不下几百遍。人们从车站出来会踏上这条小路，然后沿着它翻越山顶。可当他们从另一边走下山，发现连一丁点儿要到达目的地的意思都看不到的时候，又会对这条路失去信心，这都是因为布莱克威尔小树林挡住了沃姆斯雷谷。沃姆斯雷谷就掩映其中，只能看到村里教堂的塔尖。

下一个问题不那么寻常，不过罗利还是没怎么考虑就回答了。

"斯塔格或是贝尔斯和莫特利吧。要是我选就选斯塔格。他们两家都一样好——或者也可以说都一样差。我觉得你会找到一个房间的。"

这个问题使他更留意地打量起这个跟他说话的人来。如今人们要去任何地方一般都会提前订好房间……

这名男子个子很高，一张古铜色的脸上留着胡子，还有一双非常蓝的眼睛。他四十岁上下，长得不算难看，透着一股坚忍不拔、还有点儿天不怕地不怕的劲儿。或许这就不是一张特别讨人喜欢的脸。

是从国外的什么地方来的吧,罗利心想。他的口音里是不是还带着一丁点儿殖民地那边的鼻音呢?真奇怪,在某种程度上来说,总觉得这张脸看起来似曾相识……

以前他曾经在哪儿见过这张脸,或者跟它非常相似的脸吗?

就在他对这个问题百思不得其解的时候,这个陌生人又问了一句,把他吓了一跳:

"你能告诉我这附近有没有一栋叫弗罗班克的房子吗?"

罗利缓缓答道:

"嗯,有啊,就在那边的山上。你肯定从那旁边经过了——我是说,如果你是从车站沿着这条小路走过来的话。"

"对——我就是那么走过来的。"他转过身去,凝望着山上,"这么说那栋就是了——那栋样子很新的白色大房子。"

"没错,就是那栋。"

"好大的一块地方,"那个男子说,"养这栋房子肯定得花一大笔钱吧?"

这笔钱可多了去了,罗利心想,而且还是我们的钱……一股怒气让他一时之间竟然忘记了自己身在何处……

他突然一下子惊醒过来,发现那个陌生人正目不转睛地盯着山上,眼睛里浮现出一种好奇猜测的神情。

"谁住在那儿?"他说,"是——克洛德太太吗?"

"对啊,"罗利说,"是戈登·克洛德太太。"

陌生人扬了扬眉毛,他似乎觉得有点儿意思。

"噢,"他说,"戈登·克洛德太太。对她来说很好啊!"

接着他微微一点头。

"谢谢,朋友。"他说着把背包换到另一边肩膀,迈着大步向沃姆斯雷谷走去。

罗利慢慢转过身来，走回农场的院子里。他心里还在为某件事情伤脑筋。

他以前究竟是在哪儿见过这个人呢？

3

那天晚上九点半左右，罗利把乱七八糟堆在厨房桌子上的一大堆表格推到了一边，站起身来。他有些茫然地望着壁炉台上摆着的林恩的照片，然后皱皱眉头，走出屋子。

十分钟之后他推开了斯塔格沙龙酒吧的门。在吧台后面的比阿特丽斯·利平科特微笑着对他表示了欢迎，她一直觉得罗利·克洛德先生一表人才。一品脱苦啤酒下肚之后，罗利开始和身边的酒友聊起通常谈论的话题来，比如对政府的异议、天气，还有各种各样的农作物之类的。

没一会儿工夫，罗利就往前凑了凑，这样他能够小声地跟比阿特丽斯说话：

"这儿来了个陌生人吧？大个子，戴着宽边毡帽。"

"没错，罗利先生，大约六点来的。你说的就是这个人吧？"

罗利点点头。

"他路过我那儿，跟我问的路。"

"那就对了。看起来是个生面孔。"

"我也不认识，"罗利说，"他是谁啊？"

他看着比阿特丽斯，脸上挂着微笑。比阿特丽斯也回以微笑。

"这个简单，罗利先生，如果你想知道的话。"

她探身到吧台下面，出来的时候拿着一本厚厚的皮面册子，那里面登记着到店的客人。

她翻到显示最近登记条目的那一页。只见最后一行上写着:

伊诺克·雅顿。开普敦。英国人。

第九章

1

这是个明媚的早晨。鸟儿们在歌唱，而罗萨琳则穿着她那身昂贵的农妇装，心情愉快地下楼来吃早饭。

近来一直折磨她的疑问和恐惧似乎已经烟消云散。大卫今天心情也不错，一直在打趣。他前一天的伦敦之行令他满意。早餐做得很可口，仆人伺候得也很周到。邮件送达的时候他们刚好吃完。

有七八封信是寄给罗萨琳的。净是些账单、慈善团体的请求，还有一些当地居民的邀请——什么特别有意思的东西都没有。

大卫把两份小账单放在一边，随后打开了第三个信封。里面信纸上的内容和信封外面一样，都是用印刷体字母写的。

亲爱的亨特先生：

　　这封信的内容可能或多或少会使令妹"克洛德太太"感到震惊，为防万一，我觉得跟她联系不如跟您联系更为适宜。简言之，我有一些关于罗伯特·安得海上尉的消息，她也许会乐于闻悉。我现住斯塔格，如果您今晚能大驾光临，我会很高兴与您详谈此事。

您忠实的，
伊诺克·雅顿

大卫的喉咙里发出了一声像是被人掐住脖子的声音。罗萨琳微笑着抬起头来，接着脸上的表情就变得惊慌起来。

"大卫……大卫……怎么啦？"

他一言不发地伸手把信递给她。她接过信读了起来。

"可是……大卫……我不明白——这是什么意思啊？"

"你能看懂，不是吗？"

她胆怯地抬眼看着他。

"大卫……这是说……我们要怎么办？"

他眉头紧锁，机敏而有远见的头脑中在迅速酝酿着计划。

"不要紧，罗萨琳，没必要为这件事担心。我会处理的——"

"可这不是说——"

"别担心，我亲爱的小姑娘，把这事儿交给我吧。听我说，这些才是你必须要做的事情。马上收拾行李，然后去伦敦，到公寓去——待在那儿，等我的消息再说。明白了吗？"

"好的，好的，我当然明白，可是大卫——"

"就照我说的去做，罗萨琳。"他冲她微微一笑，和蔼可亲又给人以安慰，"去收拾吧。我会开车送你去车站，你能赶上十点三十二分的车。告诉公寓门房你什么人都不想见。如果有任何人登门要求见你，他必须得说你出去了。给他一英镑，懂了吗？除了我之外，他不能放任何人上去见你。"

"噢。"她的双手托住脸颊，一双漂亮的眼睛害怕地看着他。

"没关系,罗萨琳。不过这件事有点儿棘手。你对处理这种麻烦事儿不怎么在行,这是我该操心的问题。我想让你回避一下,这样我就可以放手去干,就这么回事儿。"

"我就不能待在这儿吗,大卫?"

"不,罗萨琳,你当然不能待在这儿。懂点儿事吧。不管这人是谁,必须得让我能放开手脚去对付他——"

"你觉得那是……那是——"

他加重了语气说道:

"我现在什么都不觉得。首先要做的事情就是让你回避,这样我就能知道我们的处境了。去吧——你是个好孩子,别跟我争了。"

她转过身去,走出了房间。

大卫皱着眉,低头看着手里的信。

非常含糊其词……很有礼貌……措辞也很讲究。或许怎么理解都可以,它有可能是尴尬处境之下的一份真诚的关怀,也有可能是一种含蓄的恫吓。他在心里反反复复地回味着信中的词句——"我有一些关于罗伯特·安得海上尉的消息"……"跟您联系更为适宜"……"我会很高兴与您详谈此事"……"克洛德太太"。真他妈该死,他不喜欢那个引号——克洛德太太……

他看着信末的署名。伊诺克·雅顿。他心里的某些东西被唤醒了——某段富有诗意的记忆……一行诗句。

2

那天晚上,当大卫迈着大步走进斯塔格的大厅里时,这里和平常一样,一个人都没有。左边的一扇门上写着咖啡厅,右边的一扇门上写着休息室,更远地方的一扇门上则强硬地写着"仅供房客使用"。右手边的一条走廊一直通往酒吧,可以听到从那里传来阵阵微弱的嗡嗡声。一个四周都是玻璃的小房间上面标着办公室的字样,在它的推拉窗旁边很便利地安置了一个按钮式的电铃。

大卫凭经验知道,这种铃有时候你得按上四五次才会有人屈尊俯就出来招呼你。除了用餐时间之外,斯塔格的大厅冷清得就像是鲁滨孙·克鲁索的那座孤岛。

这一次,大卫按铃按到第三下的时候就把比阿特丽斯·利平科特小姐从酒吧里叫了出来。她沿着走廊走过来,一只手还轻轻拍打着她那一头高卷起来的金发,让它们各归各位。她钻进那间玻璃房间,脸上挂着亲切的微笑跟他打招呼。

"晚上好,亨特先生。对于一年中的这个时候来说,天气可真够冷的,是不是?"

"对啊——我也觉得是。你店里有没有一位雅顿先生在这儿投宿啊?"

"让我瞧瞧。"利平科特小姐摆出一副她也说不准的样子说道,她一贯喜欢用这种方法来帮助她凸显斯塔格的重要性,"噢,有了。伊诺克·雅顿先生,五号房间,在二楼。您一定找得到,亨特先生。上楼梯以后别沿着走廊走,往左手边拐,再下三级台阶就是。"

遵照这些复杂的指示,大卫轻轻敲响了五号房间的门,里面有个声音说进来。

他走进房间,关上了身后的门。

3

从办公室出来以后,比阿特丽斯·利平科特叫了声"莉莉"。一个说话带鼻音、爱傻笑并且长着一双死鱼眼的女孩儿应声而至。

"你能照看一小会儿吗,莉莉?我得去安排一下布草的事情。"

莉莉说:"噢,行啊,利平科特小姐。"她咯咯地笑了起来,接着又突然叹了口气,"我真觉得亨特先生一直都那么帅,您不觉得吗?"

"啊,在战争期间他这种类型的人我见得多了,"利平科特小姐带着一种厌世的口吻说道,"都是从战斗机基地来的年轻飞行员什么的。你从来都不敢确定他们的支票是真是假,可对待他们你常常是明知道支票有假还给他们兑换现金。不过当然啦,我那样也挺不可思议的,莉莉,我喜欢的可是出类拔萃、气度不凡的男人。我只喜欢出类拔萃、气度不凡的。要我说,绅士就是绅士,哪怕他只是开辆拖拉机。"发表完这几句有些令人费解的看法之后,比阿特丽斯就把莉莉留在那儿,自己上楼去了。

4

在五号房间里,大卫·亨特进门以后站住脚,打量着这个自称为伊诺克·雅顿的人。

此人四十来岁,带着几分饱经沧桑的样子,显示出他的落魄潦倒——整体上来说是个不容易对付的家伙。这是大卫的概括总结。除此之外,还有点儿难以捉摸。一个不知底细的对手。

雅顿说：

"嗨——你是亨特？很好。坐吧。你想喝点儿什么？威士忌？"

大卫注意到他把自己弄得舒舒服服的。不多不少的一排酒瓶，配上在这个春寒料峭的夜晚里壁炉内熊熊的火苗。衣服并非英式剪裁，但他穿在身上感觉就像个英国人似的。而且这个男人的年纪也正合适……

"谢谢，"大卫说，"我来点儿威士忌吧。"

"够了说一声。"

"够了。别加太多苏打水。"

他们有点儿像两只狗，竞相争夺着有利位置——彼此绕着对方转圈子，后背硬挺，颈毛倒竖，随时准备表示友善或者咆哮猛咬。

"干杯。"雅顿说。

"干杯。"

他们把手中的酒杯放下，稍稍放松了一些。第一回合算是结束了。

自称是伊诺克·雅顿的男人说道：

"接到我的信挺吃惊的吧？"

"说老实话，"大卫说，"我一点儿都没明白。"

"没——没明白——好吧，或许是吧。"

大卫说：

"我明白你认识我妹妹的第一任丈夫——罗伯特·安得海。"

"没错，我非常了解罗伯特。"雅顿一边微笑，一边懒散地吞云吐雾，"或许就跟任何一个可能了解他的人一样吧。你从来都没见过他，是吗，亨特？"

"没见过。"

"哦,可能没见过也好。"

"你这话什么意思?"大卫厉声问道。

雅顿从容不迫地说:

"老兄,这就让一切事情都简单多了——仅此而已。我很抱歉要求你到这儿来,不过我真的觉得最好还是——"他顿了顿,"别让罗萨琳掺和进来。不需要让她感受毫无必要的痛苦。"

"请你有话直说好吗?"

"当然,当然。是这样——你有没有怀疑过……关于安得海的死……怎么说呢……有些什么……呃……不对劲吗?"

"你究竟是什么意思?"

"嗯,你要知道,安得海有一些相当古怪的想法。可能是种骑士精神吧,也可能是出于截然不同的原因,不过我们就先假设说在多年前的某个时候,让大家觉得安得海已经死亡能够带来某些好处吧。他向来很擅长操纵控制当地的土著,编个有鼻子有眼的故事,再加上言之凿凿的细节,让它流传开来。这些对他来说都易如反掌。而安得海所需要做的全部事情只是从千里之外再冒出来——换个新名字就是了。"

"这对我来说似乎是个太荒诞离奇的假设了。"大卫说。

"是吗?真的是吗?"雅顿面露微笑。他俯身向前,轻轻拍拍大卫的膝盖:"假设这些都是真的呢,亨特?嗯?假定都是真的?"

"我会要求你拿出非常确切的证据来。"

"你会吗?好吧,当然啦,没有那么无懈可击的证据。安得海本人可能会出现在这里——就在沃姆斯雷谷。你觉得这个作为证据如何?"

"这个至少是毋庸置疑的。"大卫冷冰冰地说道。

"哦,是啊,毋庸置疑,只不过有一点点让人尴尬,我是说对戈登·克洛德太太而言。当然啦,因为那样一来她就不能做戈登·克洛德太太了。挺尴尬的。你不得不承认,是有那么点儿尴尬吧?"

"我妹妹她,"大卫说,"她再婚的时候完全是真心实意的。"

"她当然是,老兄,她当然是。我对此丝毫都不怀疑,任何一个法官也会这么说。她不会为此受到什么责难。"

"法官?"大卫机警地问道。

对方的回答仿佛带着些歉意:

"我正在想重婚罪的事情。"

"你到底想干什么?"大卫怒不可遏。

"别那么激动,老伙计。我只是想要集思广益一下,看看怎么做最好——换句话说,怎么做对你妹妹最好。谁也不想让自己恶名满天飞。安得海呢……嗯,安得海一向是个具有骑士精神的家伙。"雅顿停顿了一下,"他现在还……"

"现在还?"大卫厉声问道。

"是的。"

"你说罗伯特·安得海还活着。那他现在在哪儿?"

雅顿向前探着身子——说话的声音也变得像是在说一个秘密似的。

"你真的想知道吗,亨特?如果你不知道岂不是更好?就当是如你所知,也如罗萨琳所知的那样,安得海已经死在非洲了。这样很好啊,而且即使安得海还活着,他也不知道他老婆已经再婚,他对此一无所知。当然,因为如果他真的知道的话,他可能就已经找上门来了……你看,罗萨琳从她的第二任丈夫那儿继承了一大笔钱。嗯,当然啦,她没有权利动用这笔钱……安得海是个特别在意荣誉感的人,他不会喜欢她用欺诈的方法来继承财产的。"他顿了一下,"但是安得海当然也有可能对她的第二段婚姻毫不知情。他现在情况不太妙,可怜的家伙——情况非常不妙。"

"你说他情况不妙是什么意思?"

雅顿郑重其事地摇了摇头。

"健康状况出了问题。他需要就医,接受特殊治疗。不幸的是,这一切都相当昂贵。"

最后这两个字很微妙地从他嘴里吐露出来,仿佛水到渠成一般。而这也正是大卫·亨特不知不觉中一直在等待的两个字。

他说:"昂贵?"

"是啊——很不幸,什么都得花钱。安得海这个可怜的家伙其实已经一贫如洗。"他又补充道,"除了身上那身行头之外,他实际上一无所有……"

有那么一瞬间,大卫用眼睛环顾了一下这间屋子。他注意到了挂在椅子上的背包。房间里并没有看见行李箱。

"我有点儿怀疑,"大卫说,他的声音听起来令人不悦,"罗伯特·安得海究竟是不是像你所说的那样一个具有骑士精神的绅士。"

"他曾经是,"对方向他担保,"不过你也知道,生活会让一个人变得愤世嫉俗。"他停了一下,接着又轻声说道,"戈登·克洛德这家伙真的是太有钱了,让人难以置信。太多的财富这种事情会激发起一个人卑劣无耻的本能。"

大卫·亨特站起身来。

"我送你句话吧。见你的鬼去。"

雅顿面不改色，微笑着说道：

"好啊，我就料到你会这么说。"

"你就是个该死的不折不扣的敲诈勒索者。我倒想看看你还有什么底牌可亮。"

"公之于众并且见鬼去吧？真是令人钦佩的情操啊。但我要是真的'公之于众'的话，你恐怕不会高兴。我也不会那么干。你不愿意花钱买的话，我还有别的买主。"

"你什么意思？"

"克洛德家的人啊。设想一下我去找他们吧。'不好意思打扰啦，不过你们想不想知道已故的罗伯特·安得海其实还活得好好的呀？'哎哟，老兄，他们会巴不得听到这个消息的！"

大卫轻蔑地说道：

"你不会从他们那儿得到任何东西。他们全都穷到家了，个个都是。"

"啊，不过凡事都会有个行之有效的解决办法。到了能证实安得海还活着，戈登·克洛德太太依旧是罗伯特·安得海太太，而戈登·克洛德在他婚前所立的遗嘱在法律上依然有效的那一天，这得是多大一笔钱啊……"

大卫坐在那里，在几分钟的时间里一言不发，随后他直截了当地问道：

"要多少钱？"

回答也丝毫没有拐弯抹角：

"两万。"

"绝对办不到！我妹妹动不了那笔本金，她拥有的只是终身收益。"

"那就一万好了。她可以很容易筹到，有珠宝首饰呢，对不对?"

大卫默不作声地坐着,然后出人意料地说道:

"好吧。"

有那么一小会儿,对方似乎有些不知所措。仿佛胜利来得如此简单,让他也觉得很诧异。

"不要支票,"他说,"用现钞支付!"

"你得给我们时间——去拿到钱。"

"我会给你们四十八小时。"

"那是下周二。"

"好。你把钱带到这儿来。"大卫还没来得及开口,他又补充道,"我不会到偏僻的小树林里,或是荒无人烟的河岸边去见你,所以你也不用打这种算盘了。你带钱到这儿来——到斯塔格——下周二晚上九点钟。"

"你是个多疑的家伙,对不对?"

"我知道我的处境,而且我也知道你是什么人。"

"那就按你说的做吧。"

大卫走出房间走下楼梯,气得脸色铁青。

比阿特丽斯·利平科特从标着四号的房间里走了出来。四号和五号之间有一道连通门,但由于有个衣柜笔直地立在门前,所以五号房间的房客很难注意到这件事情。

利平科特小姐面颊绯红,双眼放光,难抑那股愉悦的兴奋之情。她不由得用一只颤抖的手向后理了理那一头鬈发。

第十章

位于梅费尔的牧羊人庭院是一栋提供奢华服务的大型公寓楼，纵然在敌军的侵袭蹂躏之下得以幸免，安然无恙，也保持不住战前的那种舒适水准了。公寓依然提供服务，尽管不是特别出色的服务。以前曾经有过两名穿制服的门房，如今只剩下一个。餐厅仍然供应餐食，但除了早餐之外，饭菜已经不再送到楼上的房间里。

戈登·克洛德太太租用的公寓房间在四楼。它包括一个自带鸡尾酒吧的客厅，两间带有壁橱的卧室以及一个装饰极其华丽，瓷砖和铬色闪闪发光的浴室。

大卫·亨特在客厅里大步地来回踱着，罗萨琳则坐在一个两端方方正正的大靠背沙发上瞧着他。她看上去脸色苍白，一副吓坏了的样子。

"敲诈勒索！"他喃喃自语道，"敲诈勒索！天哪，我是那种能让自己被别人敲诈勒索的人吗？"

她摇摇头，显得既困惑又苦恼。

"要是我知道，"大卫还在说着，"要是我知道就好了！"

从罗萨琳那儿传来了一阵轻声而痛苦的呜咽。

他继续说道：

"这就是熄了灯干活啊——跟瞎子摸鱼似的——"他猛然间转过身来,"你把那些绿宝石拿到邦德街的老格雷特雷克斯那儿去了?"

"是啊。"

"多少钱?"

罗萨琳说话时的声音听起来就像是遇到了什么挫折:

"四千。四千英镑。他说如果我不卖掉它们的话就应该再给它们上一次保险。"

"没错——宝石的价值现在都已经翻倍了。好吧,我们能筹齐这笔钱。可就算我们筹齐了,这也只不过是个开始——那意味着咱们要被他榨取到死——榨取,罗萨琳,被榨干!"

她叫道:

"噢,咱们离开英国吧……咱们走吧……我们就不能去爱尔兰……美国……或者其他什么地方吗?"

他转身看着她。

"你就不是个斗士,对吗,罗萨琳?落荒而逃才是你的座右铭。"

她恸哭道:"咱们错了……所有的一切都错了……都太邪恶了。"

"眼下别跟我说这些道貌岸然的话!我受不了。我们现在日子过得很舒服,罗萨琳。我这辈子头一回过这种舒服日子——而我也不打算让这一切都化为泡影,你听明白了吗?要是没有这场该受诅咒的暗中争斗就好了。你能明白,对不对,这件事从头到尾可能都是在虚张声势——什么事儿都没有,只不过是虚张声势,对吗?安得海很可能就像我们一直以来认为的那样,踏踏实实地埋骨非洲了。"

她浑身战栗。

"别说了，大卫。你弄得我好害怕。"

他看着她，看到她脸上的惊慌失措，态度立刻发生了变化。他走过去到她身边坐下来，握住她冰冷的双手。

"你不用担心，"他说，"把这些事情都交给我，然后按照我说的去做就好。你能办到，对不对？只需要我让你干什么你就干什么。"

"我向来都是啊，大卫。"

他笑了："没错，你一向都是。咱们能摆脱这个困境，你用不着害怕。我会想个办法打发掉这位伊诺克·雅顿先生。"

"不是有首诗吗，大卫——像是什么关于一个归来的男人——"

"是的。"他打断了她的话，"让我担心的正是这个……不过我会把这件事情弄个水落石出，你不用怕。"

她说：

"你是要在星期二晚上……把钱拿给他吧？"

他点点头。

"五千。我会告诉他我没法马上就筹齐剩下的那些钱，但我必须要阻止他去找克洛德家的人。我觉得他那只是在要挟，不过我也没什么把握。"

他停下不说了，眼神变得有些蒙眬而遥远。在那目光后面，他的头脑在运转，在思索和排除着各种可能性。

然后他笑了，笑声放浪而肆无忌惮。能够听出这笑声的人都已经死去……

这是一个即将冒险采取行动的男人才会发出的笑声。笑声中可以听出自得其乐和挑衅的意味。

"我可以信任你,罗萨琳,"他说,"真是谢天谢地,我可以绝对信任你!"

"信任我?"她抬起那双充满好奇的大眼睛,"要干什么啊?"

他再次面露微笑。

"我让你干什么你就干什么。这就是一个成功的行动计划背后的秘密,罗萨琳。"

他哈哈大笑起来:

"伊诺克·雅顿行动计划。"

第十一章

罗利拆开那个淡紫色的大信封时有些惊讶。他想知道，究竟是谁会用这种信纸和信封给他写信——而且他又是怎么想办法搞到这些东西的呢？这些花哨的信笺在战争期间无疑已经销声匿迹。他读道：

亲爱的罗利先生，用这种方式给你写信，我希望你不会觉得我很冒昧。可如果你不介意的话，我真的认为有些事情你应该知道。

他留意到信里标着下划线的部分，感到有些摸不着头脑。

这得从那天晚上你过来打听某个人的时候咱们的谈话说起。如果你能来一趟斯塔格，我会非常乐意给你讲讲来龙去脉。令伯父的过世以及他的财产像现在这般处理是一种无比的遗憾，我们这里所有的人都为此感到沮丧。

希望你不会生我的气，不过我真的认为应该让你心中有数。

你永远的朋友，

比阿特丽斯·利平科特

罗利目不转睛地盯着这封信，心中的疑团好似火焰在燃烧。这一切到底是怎么回事呢？我亲爱的比[①]啊。他从小就认识比阿特丽斯，从她父亲的店里买烟草，和她一起在柜台后面消磨白天的时光。她那时候是个好看的姑娘。他记得小时候听说过关于她的传言，那段时间她正好不在沃姆斯雷谷。她离开了大约有一年时间，大家都说她离开是为了把肚子里的私生子生下来。或许是，或许不是。但如今的她无疑彬彬有礼并且备受尊敬。尽管在背后会有很多人对她恶语中伤，也会有很多人咯咯地笑个不停，但她的举止合于风化到了一种近乎乏味的地步。

罗利抬眼看了一下钟。他打算马上去趟斯塔格，让所有那些表格都见鬼去吧。他想知道比阿特丽斯那么急切地要告诉他的究竟是什么事。

他推开沙龙酒吧门的时候八点刚过。问候，点头，"晚上好，先生"的招呼声一如往常。罗利慢慢挤到吧台跟前，要了一杯吉尼斯黑啤酒。比阿特丽斯冲他微微一笑。

"很高兴看见你，罗利先生。"

"晚上好，比阿特丽斯。谢谢你给我写的便条。"

她迅速地瞥了他一眼。

"我马上就来找你，罗利先生。"

他点点头——一边沉思默想地喝着他的半品脱酒，一边看着比阿特丽斯给大家把酒分发完毕。她回过头喊了一声，不一会儿那个叫莉莉的女孩儿就过来替换她。比阿特丽斯低声说道："你跟我来吗，罗利先生？"

她领着他穿过走廊，进了一间屋子，门上写着私人房间。屋

[①]比阿特丽斯的昵称。

子很小，陈设却显得太多，有豪华的扶手椅，声音刺耳响亮的收音机，一大堆陶瓷装饰品，还有一个相当破旧的小丑娃娃被扔在一把椅子背后。

比阿特丽斯·利平科特关上收音机，指着一张豪华扶手椅让他坐下。

"你能过来我真是太高兴了，罗利先生，我也希望你别介意我写信给你，可我一整个周末心里都在翻来覆去地琢磨这事。而且如我所言，我真的觉得你应该知道发生了什么事。"

她看上去很开心，好像觉得自己很了不起，沾沾自喜之情溢于言表。

罗利带着些微的好奇问道：

"出什么事儿了？"

"嗯，罗利先生，你知道住在这儿的那位绅士——雅顿先生，就是你来打听过的那个人。"

"怎么？"

"就在第二天晚上。亨特先生也到这儿来找他。"

"亨特先生？"

罗利饶有兴趣地坐直了身子。

"没错，罗利先生。我说五号房间，亨特先生点点头，直接就上去了。我必须说这让我吃了一惊，因为这个雅顿先生并没有说过他在沃姆斯雷谷有认识的人，而我也有点儿想当然地觉得他就是个陌生人，在这块地方人生地不熟，谁也不认识。亨特先生的样子看起来怒气冲冲，就好像发生了什么事情让他心烦意乱似的，但当然啦，当时我也觉得莫名其妙。"

她停下来喘口气。罗利什么都没说，只是默默地听着。他从来不催促别人。如果他们想要慢慢说，对他来说倒是正中下怀。

比阿特丽斯神气十足地继续说道：

"又过了一小会儿，我正好要上四号房间去处理一下毛巾和床单、枕套之类的事情。那是在五号房间的隔壁，恰好两个房间之间有一扇连通门——你从五号房间里是看不出来的，因为有个大衣柜正好挡在它前面，所以你不会知道那儿还有一扇门。当然啦，这扇门一般都关着，不过这回碰巧它开了一点点。然而究竟是谁打开的我压根儿也不知道，这一点我可以发誓！"

罗利依然一句话都没说，只是点了点头。

他心想，是比阿特丽斯把它打开的。她很好奇，于是故意上楼去了四号房间，想看看能探听到点儿什么。

"所以你看啊，罗利先生，我一不小心就听到了事情的来龙去脉。说真的，听完之后我是大吃一惊啊，拿根羽毛来都能把我打倒在地——"

那得需要好大的一根羽毛啊，罗利心想。

他听着比阿特丽斯把她偷听来的对话简明扼要地讲述了一遍，脸上的表情几乎就像头牛似的无动于衷。等到说完的时候，她满怀期待地等待着。

足足过了好几分钟罗利才从恍惚中回过神儿来，接着他站起身。

"谢谢了，比阿特丽斯，"他说，"非常感谢。"

说完，他便径直走出屋去。比阿特丽斯多少觉得有几分泄气。她心中暗想，她真的觉得罗利先生本来可以说点儿什么的。

第十二章

罗利从斯塔格出来以后脚步便不由自主地朝家的方向走去，不过才走出几百米，他就突然停了下来，接着又折返回去。

他的脑子接受起事情来比较慢，比阿特丽斯所说的事实最初带给他的惊愕此时才渐渐退去，取而代之的则是他对其重要意义的真正理解。如果她对于偷听到的内容描述属实的话，而事实上他对此毫不怀疑，那么一个与克洛德家族所有成员都息息相关的情况便出现了。最适合处理这种情况的人选无疑是罗利的叔叔杰里米。作为一名律师，杰里米·克洛德会知道如何最好地利用这一令人吃惊的消息，以及下一步该怎么走。

尽管罗利喜欢亲力亲为，但他还是颇不情愿地意识到，把这件事情交给一个精明干练又经验丰富的律师来处理要好得多。杰里米越早知道这个消息越好，于是罗利便掉转方向，直奔高街上杰里米的家而去。

开门的小女仆告诉他克洛德先生和太太还没吃完晚饭。她本要带他去餐厅，但被罗利拒绝了，他说他愿意在杰里米的书房里等他们把饭吃完。他不太想让弗朗西斯也加入这场谈话。其实在他们下定决心要采取明确的行动之前，知道这件事的人越少越好。

他在杰里米的书房里来来回回不安地踱步。表面平滑的桌子上放着一个锡质的公文箱,标签上写着已故的威廉·杰萨米爵士。书架上摆着一大堆大部头的法律著作,有一张弗朗西斯穿着晚礼服的老照片,还有一张照片上是一身骑手装扮的她父亲爱德华·特伦顿勋爵。桌子上还有一张穿制服的年轻人的照片——那是在战争中罹难的杰里米的儿子安东尼。

罗利畏缩了一下,扭过脸去。他在一张椅子上坐下来,转而直愣愣地盯着爱德华·特伦顿勋爵看。

在餐厅里,弗朗西斯对她丈夫说:

"我真不知道罗利来干吗?"

杰里米疲惫地说道:

"或许是跟什么政府的法规制度纠缠不清了吧。没有哪个农民能把那些他们不得不填的表格弄懂哪怕四分之一。罗利是个认真的小伙子,他只是有点儿着急。"

"他人很好,"弗朗西斯说,"但就是太迟钝了。你知道吗?我有种感觉,他和林恩之间的事好像不太对劲。"

杰里米有些茫然地咕哝道:

"林恩——哦,对,当然。原谅我,我——我似乎没法集中精力。都是压力闹的啊——"

弗朗西斯马上说:

"别老想这些了。我告诉你,一切都会过去的。"

"你有时候会吓着我,弗朗西斯。你实在是太不顾一切了。你没明白——"

"我什么都明白。我不害怕。其实你也知道,杰里米,我还挺乐在其中的——"

"这一点,亲爱的,"杰里米说,"就是让我如此焦虑的原因啊。"

她微微一笑。

"好啦,"她说,"你可别让那个乡下小伙子等得太久了。去帮助他填那个编号——九九还是什么的表格吧。"

不过就在他们走出餐厅的时候前门砰的一声关上了。埃德娜走过来告诉他们,罗利先生说他不等了,其实也没什么太要紧的事情。

第十三章

就在那个星期二下午,林恩·玛奇蒙特花了很长时间在外面散步。由于意识到自己心中的不安和对自己的不满与日俱增,她觉得有必要把事情想个明白。

她已经有几天没见到罗利了。自从那天早上她管他借五百英镑而最后又闹得有些不欢而散之后,他们俩见面时仍一如往常。林恩明白自己的要求有点儿不讲道理,而罗利也有很正当的权利予以拒绝,然而情侣之间从来都是没有什么道理可讲的啊。从表面上看,她和罗利之间跟以前没有什么不同,但在内心里她就没有那么大把握了。最近几天她觉得无聊难挨,但又不愿意坦承这可能与大卫·亨特和他妹妹突然去了伦敦有点儿关系。她有几分沮丧地承认,大卫是个能令人兴奋的人……

至于她的亲戚们,此时此刻她发现他们全都让人烦得难以忍受。那天吃午饭的时候她母亲惹恼了林恩,因为她兴高采烈地宣布她打算试着再请个花匠来。"老汤姆真的无法胜任这儿的工作。"

"可是亲爱的,我们花不起这笔钱了。"林恩大声说道。

"胡说,林恩,我真觉得假如戈登看到花园变得如此破败的话,心里肯定会特别难受。他向来对小路两边的长花坛特别挑剔，还要保持草坪的修剪频率，小路也得收拾得井井有条——而你现在再看看。我觉得戈登肯定会想要再整理一下的。

"哪怕我们为了做这件事不得不去找他的遗孀借钱。

"我跟你说，林恩，罗萨琳在这个问题上已经好得不能再好了。我觉得她其实很能了解我的想法。我把所有的账单都付清之后，在银行里还能剩下不少钱。而且我真的认为再找个花匠来还是挺划算的，想想我们能多种多少蔬菜吧。

"我们可以另外再多买好多蔬菜，那样的话一星期也多花不了三英镑。

"亲爱的，我觉得我们花不了那么多钱也能找到人。如今有好多从军队退下来的人想要找工作呢。报纸上是这么说的。"

林恩冷冰冰地说道："我怀疑您在沃姆斯雷谷——或者说在沃姆斯雷希斯能不能找得到。"

可尽管这件事情已经到此为止，她母亲准备把罗萨琳当成长期靠山的这种趋势还是萦绕在林恩的心头。这也唤醒了她对于大卫那几句冷嘲热讽的回忆。

她觉得很生气，想要发脾气，于是便出来散散步，期望能以此一扫低落的心情。

在邮局外面她遇到了凯西舅妈，这也没能让她的心情好多少。凯西舅妈倒是兴致高昂。

"亲爱的林恩，我想咱们就快要听到好消息啦。"

"您这话是什么意思啊，凯西舅妈？"

克洛德太太一边点头一边微笑，看起来一副足智多谋的样子。

"我收到了最最令人惊讶的信息——真的是令人惊讶。我们所有的烦恼都将会有一个简单而快乐的结局。我遇到过一次挫折，不过从那以后我就明白要一遍又一遍地尝试。如果一开始你没能成功啊什么什么的……我不打算泄露任何天机，林恩亲爱的，我最不愿意做的事情就是早早地给人一种虚假的希望。不过我这次有最最坚定的信心，事情马上就要圆满解决啦，而且还解决得特别是时候。我其实特别担心你舅舅，在打仗期间他太玩命地工作了。他真的需要退休，然后致力于他的专业研究——可当然啦，没有足够的收入他也做不了那个。而且有时候他还会很奇怪地一阵阵紧张，我真是担心死他了。他真的是非常古怪。"

林恩若有所思地点点头。莱昂内尔·克洛德的变化并没有逃过她的眼睛，同时也包括他情绪上的奇怪改变。她怀疑他偶尔可能会靠吸毒来激励和刺激自己，她不知道从某种程度上来说他算不算是个瘾君子。这也许可以解释他那种极端的紧张易怒从何而来。她想知道凯西舅妈知道或者猜出了多少。林恩心想，凯西舅妈才不像她看上去的那么傻呢。

她沿着高街往下走，一眼瞥见杰里米舅舅正走进他自家大门。林恩心中暗想，就在最近这三个星期，他看起来一下子便苍老了许多。

她脚下生风，想要逃离沃姆斯雷谷，到山上开阔的地方去。脚步轻快起来以后，她很快就感觉好些了。她打算好好来一次六七英里的徒步——同时把事情真正都想个清楚。从小到大她一直是个坚毅果敢、头脑清晰的人，知道自己想要什么和不想要什么。迄今为止，她从来都不会满足于苟且偷生……

没错，就是这么回事儿！苟且偷生！漫无目的，杂乱无章的生活方式，自打她从军队退伍一直到现在都是这样。一股对于战时岁月的怀念之情掠过她心头。在那段日子里，职责分工明确，生活有条不紊——不需要自己去做决定。可正当脑海中闪出这种想法的时候，她又被自己吓到了。是所有人心里真的都偷偷有着这种感觉吗？难道这就是战争最终对人造成的影响吗？那不是身体上的危险——海里的水雷，从天而降的炸弹，或者是当你驱车穿越沙漠时步枪子弹破空而过的清脆响声。不，那是一种精神上的危险，当你发现一旦停止了思考，生活就将变得何其简单……她，林恩·玛奇蒙特，不再是入伍时那个头脑清晰、聪明果敢的姑娘。她的才智已经变得专业化，被引导到了明确界定的轨道上。如今再次成为自身以及自己生活的主人，她却并不情愿去抓住机会解决个人问题，这让她自己都感到震惊。

林恩突然苦笑了一下，暗自心想：如果说在经历过战争的洗礼之后，她真的变成了报纸上写的那种"家庭主妇"角色可就奇怪了。那些女人被不计其数的"不应该、不可以"所束缚，就算知道哪个是明确的"应该、可以"，她们也无法从中受益。那些女人不得不去计划、思考、即兴发挥，不得不去动用她们所拥有的一切聪明才智，去展现她们并不知道自己已经具备了的创造天赋！林恩现在觉得，唯有她们可以无须依靠，独立于世，并且为自己和他人负责。而她呢，林恩·玛奇蒙特，受过良好的教育，聪明，还从事过需要头脑和高度专注的工作，如今却是漫无目标，缺乏决断——对，就是那个说出来让人讨厌的词：苟且……

那些一直待在家里的人，比如说，罗利。

不过林恩的思绪马上就从含混不清的普遍性问题转回到迫在眉睫的个人问题上来。她自己和罗利。这就是问题所在，真正的问题所在——也是唯一的问题。她真的想要嫁给罗利吗？

地上的影子渐渐变长，融入薄暮黄昏之中。就在这郊外山坡上的一片小树丛中，林恩一动不动地坐在那里，双手支着下巴俯瞰着山谷。她不清楚已经过了多久，但她知道她很莫名其妙地不愿意回到白屋的家里。在她下面，左手边的远处就是长柳居。长柳居,如果她嫁给罗利的话那就是她的家了。

如果!又回到这个问题上来——如果——如果——如果!

一只鸟儿惊叫着从树林中飞出来,叫声就像是生气的孩子。一列火车驶过,车头喷出的烟雾翻腾而起,在空中仿佛形成了一个个巨大的问号:

???

我该嫁给罗利吗?我想要嫁给罗利吗?我曾经想过要嫁给罗利吗?不嫁给罗利的话我能受得了吗?

火车喷着烟雾沿山谷驶去,喷出的烟雾袅袅散去,但林恩心头的问号却无法消逝。

她入伍离开之前是爱罗利的。"但回家后的我已经变了,"她想,"我跟以前的林恩不一样了。"

她的脑海里浮现出一行诗句。

生活,世界和我自己都已改变……

而罗利呢?罗利没有变。

是的,就是这样。罗利并没有改变。罗利还像四年前她离开的时候那样。

她想要嫁给罗利吗?如果不想,那她又想要什么呢?

她身后的小树丛中传来树枝断裂的噼啪声,一个男人嘴里骂骂咧咧地从树丛中挤了出来。

她大叫了一声:"大卫!"

"林恩!"他从灌木丛里钻出来的时候看上去很惊讶,"天哪,你在这儿干什么?"

他是一路跑过来的,有点儿上气不接下气。

"我也不知道。只是在想事情——坐下来思考一下。"她有些心虚地笑了,"我猜——现在已经很晚了。"

"难道你一点儿时间概念都没有?"

她茫然地低下头看了看自己的手表。

"表又停了,我把表给弄坏了。"

"不光是表!"大卫说,"还有你心中的激情、活力、生命。"

他朝她走过来,她隐约觉得有些不安,连忙站起身来。

"天已经黑下来了,我必须赶快回家去。现在几点了,大卫?"

"九点一刻。我必须得赶快跑。我非得赶上九点二十去伦敦的火车不可。"

"我都不知道你回来了。"

"我不得不回弗罗班克拿点儿东西,但我必须赶上这趟车。罗萨琳正一个人在公寓里——要是让她独自在伦敦过夜的话她会害怕的。"

"在一栋提供服务的公寓里?"林恩的口气中透出轻蔑。

大卫厉声说道:

"害怕是没有逻辑可讲的。你要是也被轰炸过——"

林恩忽然觉得有些惭愧,为自己的话感到后悔。她说:

"真抱歉。我忘记了。"

大卫突然间语带苦涩地大声喊道:

"是啊,很快就被忘掉了——所有的事情。又安全了!又变得温顺驯服了!又回到这场血腥战争开始时的样子了!又爬进我们那烂糟糟臭烘烘的小窝里明哲保身去了。你也一样,林恩——

你跟他们其他人一模一样!"

她叫道:"我不是。我不一样,大卫。我只是在想——现在——"

"想我?"

他的反应如此迅速,吓了她一跳。他用胳膊搂住她,把她拉到身前,用他愤怒而炽热的嘴唇吻了她。

"罗利·克洛德?"他说,"那个笨蛋?上帝啊,林恩,你是属于我的。"

然后,如同他突然一下子抱住她一样,他又突然松开了手,几乎是在推开她。

"我要赶不上火车了。"

他猛地向山坡下跑去。

"大卫……"

他转回头来叫道:

"我到伦敦以后会给你打电话的……"

她眼看着他跑入渐浓的暮色之中,轻盈矫健,洋溢着自然之美。

接着,她的心头传来一阵莫名其妙的悸动。她感到心乱如麻,带着这种感觉,她晃晃悠悠、慢慢吞吞地朝家的方向走去。

进门之前她迟疑了一下。一想到母亲热情的迎接,以及她的各种问题她就有点儿畏缩不前……

她这位朝她瞧不起的人借了五百英镑的妈妈。

"我们没权利瞧不起罗萨琳和大卫,"林恩一边轻手轻脚地走上楼去一边心想,"我们也都一样。为了钱——我们也会做任何事情。"

她站在自己的卧室里,好奇地看着镜子里自己的脸。她觉得这是一张陌生人的脸……

随后,愤怒忽然让她感到心烦意乱。

"如果罗利真心爱我的话,"她想,"他总会想办法给我弄到五百英镑。他会的——一定会。他不会让我因为不得不从大卫那里借钱而蒙受耻辱。大卫……"

大卫说过他到伦敦以后会给我打电话。

她走下楼去,就好像走在梦中一般。

梦,她心想,可能是极其危险的东西……

第十四章

"哦,你在啊,林恩,"阿德拉的语气轻快,带着如释重负的感觉,"我都没听见你进来,亲爱的。你回来很久了吗?"

"噢,是的,好半天了。我在楼上呢。"

"我希望你回来的时候能告诉我一声,林恩。天黑以后你要是一个人出去的话我总是很紧张。"

"妈,您难道真觉得我还没法照顾好自己吗?"

"哎呀,最近报纸上老登一些可怕的事情。这些个退伍的士兵啊,他们会非礼女孩子。"

"我觉得那些女孩子是自找的。"

她露出一个微笑——一个有点儿扭曲的微笑。

是啊,女孩子们的确会以身试险……说到底,谁又真的想要那种波澜不惊的生活呢?

"林恩,亲爱的,你在听我说吗?"

林恩猛然间回过神来。

她母亲刚才一直在说个不停。

"您说什么了,妈妈?"

"我刚才说起你的伴娘呢,亲爱的。我猜她们应该都能拿出配给券来。你简直太幸运了,有你那些复员军人的配给券。我真心觉得如今那些只能靠她们的普通配给券结婚的姑娘特别可怜。我的意思是,她们什么新东西都买不着。我不是说表面上的。看看现在举国上下大家伙儿穿的这些内衣都是什么玩意儿,就这些货色还是咱们不得不想方设法去弄到手的呢。没错,林恩,你真是够走运的了。"

"噢,特别幸运。"

她在屋子里走来走去,四处徘徊,拿起一样东西又放下,再拿起一样再放下。

"你非得这么坐立不安吗,亲爱的?你都让我觉得提心吊胆了!"

"对不起,妈妈。"

"没出什么事儿吧?"

"能出什么事儿啊?"林恩尖锐地反问道。

"好吧,别对我这么凶,亲爱的。现在就说伴娘的事儿。我真心觉得你应该找麦克雷家的姑娘来。别忘了,她妈妈是我最好的朋友,咱们要是不找她我认为她真的会伤心——"

"我讨厌琼·麦克雷,向来都讨厌。"

"我知道,亲爱的,但那真的很要紧吗?我保证玛乔丽会觉得伤心——"

"说真的,妈,这是我的婚礼,不是吗?"

"是,我知道,林恩,可——"

"如果真的有婚礼的话!"

她不是有意要这么说,可还没仔细想好话就脱口而出了。她本想把这句话收回去,却已来不及。玛奇蒙特太太一脸警觉地看着她。

"林恩,亲爱的,你这是什么意思?"

"噢，没什么，妈妈。"

"你跟罗利没吵架吧？"

"没有，当然没吵架。别大惊小怪的，妈妈，什么事儿都没有。"

但阿德拉依然警惕地看着女儿，她对于林恩皱着眉头的外表之下隐藏着的骚动非常敏感。

"我一直都觉得你要是嫁给罗利的话会特别稳妥可靠。"她可怜巴巴地说。

"谁想要稳妥可靠啊？"林恩轻蔑地问道，然后猛地转过身去，"刚才是电话响吗？"

"不是啊。怎么了？你在等电话吗？"

林恩摇摇头，觉得自己在等电话铃响很丢人。他说过今晚会给她打电话。他肯定会打的。"你疯了，"她对自己说，"疯了。"

为什么这个男人会如此吸引她？他那张闷闷不乐的脸浮现在她眼前。她试图把它赶走，想要用罗利那张宽阔俊美的脸庞来代替。他恬淡悠然的微笑，他深情款款的眼神。可是她想，罗利真的关心自己吗？如果他真的关心的话，那么那天她去找他，恳求他借给自己五百英镑的时候他就应该理解她才对。他应该理解她，而不是像那样理性实际得让人发狂。嫁给罗利，住在农场里，再也不会离开，再也看不到他国的天空，闻不见异域的味道——永远不会再有自由……

刺耳的电话铃声响起。林恩深吸了一口气，穿过大厅拿起了听筒。

接着她觉得像是挨了当头一棒似的，因为凯西舅妈的声音从电话线那头有气无力地传来。

"林恩？是你吗？噢，我太开心了。你知道吗？我怕我已经把事情搞得一塌糊涂——是关于在学院的会议——"

电话里细弱而颤抖的声音还在继续。林恩听着,不时插上几句评论,说上几句宽心的话,再接受几句感谢。

"你太会安慰人了,亲爱的林恩,你总是那么体贴还那么实事求是。我真是想象不出我怎么会把事情弄得这么乱七八糟。"

林恩也同样想象不出来。要说起把最简单的事情搞砸的本领,凯西舅妈在这方面简直就是个天才。

"不过我总是说,"凯西舅妈的话就要说完了,"祸不单行。我们家的电话出毛病了,我不得不出来到公共电话亭打,而我到了这儿现在身上连两个便士的硬币都没有,只有半个便士——我还得找人去——"

声音最终还是听不见了。林恩挂上电话回到客厅。警觉的阿德拉·玛奇蒙特问了声:"是不是——"随后便住了口。

林恩马上说道:"是凯西舅妈。"

"她要干什么?"

"哦,只不过跟平时一样,她又搞砸了一件事。"

林恩拿了本书又一次坐下来,抬眼看了看钟。没错,现在还太早,她不用指望会有她的电话。十一点过五分的时候电话铃声又响了,林恩慢腾腾地走出去接。这一次她不会再期待——有可能还是凯西舅妈……

可这回不是。"是沃姆斯雷谷三十四号吗?能请林恩·玛奇蒙特小姐接一个伦敦打来的私人电话吗?"

她的心跳似乎停了一拍。

"我就是林恩·玛奇蒙特小姐。"

"请别挂断。"

她等待着,先是混乱的杂音,然后是一片寂静。电话服务越来越差劲了。她还在等着,到最后终于愤怒地放下了听筒。另一个女声从听筒中传来,漠然,冷淡,毫无热情。"请您挂上电话吧。稍后会再打给您。"

她挂断电话,走回客厅去。伸手刚要推门,电话铃声就再次响起。她急忙回去接起电话。

"喂?"

一个男声说道:"是沃姆斯雷谷三十四号吗?从伦敦打来的私人电话,找林恩·玛奇蒙特小姐。"

"我就是。"

"请稍等。"接着声音变得模模糊糊,"大点儿声,伦敦,请讲话……"

然后大卫的声音突然响起来:

"林恩,是你吗?"

"大卫!"

"我必须要跟你谈谈。"

"嗯……"

"听我说,林恩,我觉得我最好离开——"

"你什么意思?"

"彻底离开英国。噢,这其实太简单了。在罗萨琳面前我一直装作很难离开的样子,其实只是因为我不想离开沃姆斯雷谷。可是这又有什么用呢?你和我——不会有结果的。你是个好姑娘,林恩。而我呢,我就是个无赖,一直都是。别太自以为是,觉得我会为了你改邪归正。我可能想改,但改不了。不,你最好还是嫁给那个单调乏味的罗利吧,在你有生之年他都不会让你担心焦虑,而我会让你备受煎熬。"

她握着听筒站在那里,什么话都没说。

"林恩,你还在吗?"

"在,我还在。"

"你一句话都没说。"

"有什么可说的呢?"

"嗯?"

奇怪的是,即使隔着那么远的距离,她还是能清晰地感受到他的激动,以及他心情的迫切……

他先是轻声地咒骂了一句,接着暴躁地说道:"噢,让一切都见鬼去吧!"然后便挂断了电话。

玛奇蒙特太太从客厅里走了出来,问道:"是不是——"

"打错了。"林恩说完便快步上楼去了。

第十五章

无论住店的客人要求几点钟被叫醒,斯塔格的惯例都是简单地大声敲敲房门,然后喊上一句"八点半了,先生",或者"八点钟了"之类的,雷打不动。如果客人特别提到要早茶,那么早茶也会被端来放在房门外的垫子上,放下的时候还会发出陶质茶具相碰的声音。

就在这个星期三的早晨,年轻的格拉迪斯按照通常的惯例来到五号房间门前,叫了一声"八点一刻了,先生",随后把托盘砰的一声重重放在了地上,罐子里面的牛奶也洒出来一些。接着她又往前走,叫醒更多的客人,然后就继续去做其他的事情。

直到过了十点钟,她才发现五号房间的早茶依然放在门口的垫子上。

她使劲地敲了几下门,里面没有回应,于是她便走了进去。

五号房的先生不是那种会让自己睡过头的人,而她又刚好想起房间的窗户外面有个很方便的屋顶平台。格拉迪斯心想,五号房的客人也有可能没付房钱就溜之大吉了呢。

然而这位以伊诺克·雅顿之名登记的男子并没有逃之夭夭。他正脸朝下趴在房间中央的地板上,而就算没有任何医学常识,格拉迪斯也毫无疑问地知道他已经死了。

格拉迪斯的头往后一仰,尖叫了一声,随后冲出房间跑下楼去,一边跑一边还在尖叫。

"噢,利平科特小姐——利平科特小姐——噢——"

比阿特丽斯·利平科特在她自己的房间里,莱昂内尔·克洛德医生正在给她包扎割伤了的手。这姑娘突然闯进来的时候医生把手里的绷带掉在了地上,他生气地转过身来。

"哦,小姐!"医生怒气冲冲地说,"怎么回事儿啊?怎么了?"

"出什么事儿了,格拉迪斯?"比阿特丽斯问道。

"小姐,是五号房间的那位先生。他倒在地板上,死了。"

医生瞪大了眼睛看看这个姑娘,然后又看看利平科特小姐。而后者先看了看格拉迪斯,然后又看了看医生。

最后,克洛德医生自己也犹豫着说了一句:

"胡说八道。"

"死透了都,"格拉迪斯说,接着又津津有味地补充了一句,"他的脑袋被敲烂了!"

医生把目光投向了利平科特小姐。

"或许我最好——"

"是啊,麻烦您了,克洛德医生。不过说真的……我觉得这简直……这听起来也太难以置信了。"

格拉迪斯在前面带路,他们一起上了楼。克洛德医生看了一眼便跪下来,朝着那个倒在地板上的人俯过身去。

然后他抬头看着比阿特丽斯。他的态度发生了变化,变得生硬而专断。

"你最好给警察局打个电话。"他说。

比阿特丽斯·利平科特走出房间,格拉迪斯跟在她身后。

格拉迪斯用充满敬畏的口气低声说道：

"噢，小姐，您觉得这是谋杀吗？"

比阿特丽斯用一只颤抖的手把一头金色的鬈发向后捋平整。

"你闭嘴吧，格拉迪斯，"她厉声说道，"在你确知一件事是谋杀之前就说它是谋杀，那可是诽谤中伤，你可能会因为这个被告上法庭的。弄得流言满天飞对斯塔格来说也没有任何好处。"接着她又和蔼可亲地让了一步，"你可以去给自己泡上一杯好茶。我敢担保你需要来一杯。"

"嗯，可不是吗，小姐，我真的需要。我胃里都已经翻江倒海了！我会给您也带一杯来！"

对此比阿特丽斯并没有拒绝。

第十六章

斯彭斯警司若有所思地隔着桌子望着对面的比阿特丽斯·利平科特，她正紧抿着嘴唇坐在那里。

"谢谢你，利平科特小姐，"他说，"你能想起来的就是这些吗？我会找人帮你把这些打出来，让你看一下，然后如果你不介意在上面签个字的话——"

"哦，天哪，希望我用不着上治安法庭去做证。"

斯彭斯警司表示抚慰地笑了笑。

"我们也希望事情不至于走到那一步。"他言不由衷地说道。

"有可能是自杀。"比阿特丽斯满心希望地提出了自己的看法。

斯彭斯警司忍住才没说出口，自杀的人通常是不会拿一把钢火钳敲自己后脑勺的。相反，他以同样随和的口气回答道：

"贸然下结论不会有什么好处。谢谢你，利平科特小姐，你能这么快就主动站出来提供这份证词可真是太好了。"

她被领出去以后，他在心里又迅速过了一遍她的证词。他对比阿特丽斯·利平科特了解得一清二楚，很明白她说的话在多大程度上是准确可信的。其实也不过就是一段她偷听并且记下来的对话而已，再加上一些因为兴奋的缘故而添枝加叶的成分，还有一点点因为五号房间的卧室里发生了谋杀而进行的额外提炼。不过把那些添加的部分去掉以后，留下来的内容就邪恶丑陋并且耐人寻味了。

斯彭斯警司看了看面前的这张桌子。上面有一块表蒙子被摔得粉碎的手表，一个刻着姓名首字母的金色小打火机，一支金色外壳的口红，以及一个笨重的钢质火钳，沉重的火钳头上沾着锈褐色的污迹。

格雷夫斯警长往屋里看了一眼，说罗利先生正在外面等着。斯彭斯点点头，警长领着罗利进了屋。

正如他对比阿特丽斯·利平科特了解得一清二楚一样，他对罗利·克洛德也同样了如指掌。如果罗利来到警察局，那就说明他有事要说，而且这件事情是确切、可靠的，没有掺杂什么想象的成分。事实上，这件事应该值得一听。然而，罗利又是那种慎重仔细的人，要让他开口说话可能需要花些时间。对罗利·克洛德这种人你不能催促。要是催，他们就会惊慌失措，开始说车轱辘话，这样一来反倒要多花上一倍的时间……

"早上好，克洛德先生。很高兴见到你。你能给我们的这个难题提供帮助吗？就是在斯塔格被杀死的那个男人。"

让斯彭斯有点儿吃惊的是，罗利一开口就先问了个问题。他出其不意地问道：

"你们认出那个人是谁了吗？"

"没有，"斯彭斯慢条斯理地说，"我没法说我们认出来了。他登记的名字是伊诺克·雅顿，可是他的所有物品当中没有任何东西能够表明他就是伊诺克·雅顿。"

罗利皱起了眉头。

"那不是……有点儿奇怪吗？"

这件事其实非常奇怪,然而斯彭斯警司并不打算只是跟罗利·克洛德讨论他觉得有多奇怪。他反而很亲切地说道:"好啦,克洛德先生,问问题的人应该是我才对。昨天晚上你去找了这个死者。为什么?"

"您认识比阿特丽斯·利平科特吗,警司?她是斯塔格的人。"

"认识啊,当然认识。而且,"警司知道自己想要让他长话短说,"我已经听过她讲的事情经过了。她主动告诉我的。"

罗利看上去如释重负。

"那就好,我还怕她不想跟警察的事情搅和在一起呢。这些人有时候想法挺可笑的。"警司点点头。"嗯,比阿特丽斯把她偷听到的话告诉了我,而在我看来——我不知道您会不会也有同感——这件事情显然很可疑。我的意思是说……我们,呃,我们都与此事有关。"

警司再次点了点头。他对戈登·克洛德之死抱有浓厚的兴趣,和本地人普遍的想法一样,他也认为戈登家的人被亏待了。他赞同戈登·克洛德太太"不是个淑女"的看法,而戈登·克洛德太太的哥哥则是那些年轻的精力充沛的突击队队员之一,尽管他们在战争期间有用武之地,可在和平时期却没人正眼看他们。

"我觉得我不需要再跟您解释,警司,假如克洛德太太的第一任丈夫还活着的话,对我们家的人来说那就大不相同了。比阿特丽斯的这个故事第一次提醒我这种情况是有可能存在的。我以前连做梦都没想过这种事,就觉得她肯定是个寡妇。我得说,这个消息可是吓了我一跳。也可以说,我花了点儿时间才反应过来。您知道,我非得好好地琢磨琢磨不可。"

斯彭斯又点点头。他仿佛能看到罗利在慢慢咀嚼这件事,在心里翻来覆去地想。

"首先,我觉得我最好去找一趟我的伯伯——当律师的那个。"

"杰里米·克洛德先生?"

"是的,于是我就去了。那会儿肯定有八点多了,他们还在吃晚饭,而我则坐在老杰里米的书房里等他,一边等一边还在心里琢磨这件事。"

"然后呢?"

"到最后我决定,在让我伯伯知道这件事之前,我自己可以先干点儿什么。我已经发现了,警司,律师全都是一个样,慢慢腾腾,谨小慎微,必须要对他们所知道的事实有绝对把握才会介入。而我这条消息得到的方式有点儿不那么光明正大,我不知道老杰里米会不会在采取行动的问题上支支吾吾,犹豫不决。我决定去趟斯塔格,亲自会会这个家伙。"

"那你后来去了?"

"是的。我直接回了斯塔格。"

"那时候是几点?"

罗利回想了一下。

"让我想想啊,我到杰里米家的时候肯定已经八点二十左右,前后差不了五分钟……嗯,我不想把话说得太死,斯彭斯,八点半之后吧……也许在八点四十左右。"

"然后呢,克洛德先生?"

"我知道那家伙住哪个房间——比跟我提到过他的房间号——所以我直接上去敲门,他说了句'进来',我就进去了。"

罗利顿了一下。

"不知道为什么,我觉得自己对这件事处理得不是特别好。"

我走进房间的时候认为我应该是那个处于上风的人,不过那家伙肯定是个相当聪明的人,我没办法从他嘴里套出任何话来。我以为当我暗示他这么做有点儿敲诈勒索的意思时他会害怕,可他似乎只是觉得挺好玩儿。他问我——也真他妈够厚颜无耻的——是不是也想买他的消息?'你别想跟我耍这种肮脏的把戏,'我说,'我可没什么见不得人的事儿。'然后他不无卑鄙地说他不是那个意思。他说关键的问题在于他手头有一些消息要卖,问我要不要买?'你什么意思?'我说。他说:'你——或者你们全家人——愿意付多少钱买据传已经死在非洲的罗伯特·安得海其实依然活蹦乱跳的明确证据呢?'我问他我们究竟凭什么要付钱?他哈哈大笑着说道:'因为我有一个客户今天晚上要来,这个客户肯定会花很大一笔钱买罗伯特·安得海已经死了的铁证。'然后呢——嗯,然后我怕是有点儿憋不住火气,我告诉他我们家人还不习惯干这种肮脏的勾当。'假如安得海当真还活着的话,'我说,'这个事实也应该很容易就能得到证明。'接着,就在我往外走的时候他笑了,用一种相当怪异的语气说道:'我觉得没有我的合作你们证明不了什么。'他说这句话的样子真是挺奇怪的。"

"然后呢?"

"呃,坦率地说吧,我回家的时候心里相当烦乱。你知道吗?就是觉得我把事情搞得一团糟。说到底,要是我当时把这件事交给老杰里米来处理就好了。真该死,我的意思是说,律师都习惯跟狡猾的家伙们打交道。"

"你是几点钟离开斯塔格的?"

"我也不知道。等一下。肯定是在快到九点的时候,因为我走在村子里时听到了新闻整点报时的声音——是从一扇窗子里传出来的。"

"雅顿有没有说他在等的人是谁?那个'客户'?"

"没说。我想当然地认为一定是大卫·亨特。还能有谁呢?"

"他看起来对于将要发生的事情没有表现出一丝一毫的担心吗?"

"我告诉你吧,那家伙自己高兴得不得了呢,简直就是欣喜若狂!"

斯彭斯做了个轻微的手势,指了指那把沉甸甸的钢火钳。

"你注意到壁炉里的这件东西了吗,克洛德先生?"

"那个?没有,我没注意。屋里没生火。"他皱起了眉头,试图回想起当时的情景,"壁炉里头有生火用的工具,这个我能确定,但我没法说我注意到的都是些什么。"他又接着问道,"这个莫非就是——"

斯彭斯点点头。

"把他脑壳敲烂的东西。"

罗利紧皱双眉。

"奇怪。亨特是个身体瘦弱的家伙,雅顿可是个大块头——很有劲儿的样子。"

警司用很平淡的语气说道:

"医学证据表明他是从身后被人击倒毙命的,而火钳头打中他的那几下都是从上面打下来的。"

罗利若有所思地说:

"当然,他是个极其自负的家伙,不过换成我的话,就算是这样,我也不会在屋子里背对着一个我打算狠敲他一笔把他榨干的人,而且这个人在战争期间还打过硬仗。看来雅顿可不算是那种特别小心谨慎的人啊。"

"他要是够小心谨慎的话,很有可能就能活到现在了。"警司冷冷地说道。

"我倒希望他还活着呢,"罗利热切地说,"实际上我觉得我把事情彻头彻尾地搞砸了。要是我没有那么自命不凡地扬长而去的话,我可能就能从他那里搞到些什么有用的东西。我真应该假装成我们都想买他的消息,不过这话说起来也真是够蠢的。我的意思是,我们是什么人啊,出价怎么可能比得过罗萨琳和大卫呢?他们手里有钱,而我们当中谁也筹不出五百英镑来。"

警司拾起了那个金色打火机。

"以前见过这个吗?"

罗利的眉心现出了一道皱纹。他缓缓说道:

"我以前在哪儿见过,没错,不过我记不得是在哪儿了。不算太久以前。不行——我想不起来。"

斯彭斯并没把打火机交到罗利伸出来索要的手上。他把它放在桌上,又拿起了那支口红并拔掉了盖子。

"那这个呢?"

罗利咧着嘴笑了。

"说真的,这个我可不在行啊,警司。"

斯彭斯边思索边在手背上涂了一点儿。他把头歪向一边,带着欣赏的眼光研究起来。

"我想是深褐色的。"他评论道。

"你们警察知道的都是些稀奇古怪的事儿,"罗利说着站起身来,"而你们并不知道——确定不知道——那个死者是谁吗?"

"你有什么想法吗,克洛德先生?"

"我只是想知道,"罗利慢悠悠地说道,"我是说,这家伙是我们能够找到安得海的唯一线索。现在他死了,嗯,寻找安得海就变得跟大海捞针一样。"

"还有舆论的帮助呢,克洛德先生,"斯彭斯说,"别忘了,到时候媒体上就会出现一大堆的相关报道。如果安得海还活着,并且看到了这些报道,嗯,他也许就会自己站出来。"

"是啊,"罗利将信将疑地说,"他可能会。"

"可你觉得他不会?"

"我觉得,"罗利·克洛德说,"第一回合是大卫·亨特赢了。"

"我觉得不一定。"斯彭斯说。罗利走出去以后,斯彭斯拿起了那个金色的打火机,端详着上面的大写字母D.H.。"挺贵的东西,"他对格雷夫斯警长说,"不是大规模生产的,辨认起来应该非常容易。去格雷特雷克斯或者邦德街上的其他哪家店,找人看看!"

"是,长官!"

接着警司又看着那块手表——表蒙子的玻璃已经破碎,指针指向了九点十分。

他看了看警长。

"拿到关于这块表的报告了吗,格雷夫斯?"

"拿到了,长官。是主发条断了。"

"那指针的机械装置呢?"

"没什么问题,长官。"

"那依你之见,格雷夫斯,这块表能告诉我们什么呢?"

格雷夫斯小心翼翼地低声说道:"它似乎能告诉我们罪案发生的时间。"

"啊,"斯彭斯说,"等你像我似的在咱们这行里干了那么久之后,你就会对任何唾手可得的东西都抱着一点点怀疑态度,比如一块摔碎了的手表。它有可能是真的,但它同时也是一个尽人皆知的老掉牙的把戏。把表的指针拨到一个你认为合适的时间，然后把表摔烂，这样就可以拿出合理的不在场证明了。但你没法用这种方法去抓个老油条。说到这件案子发生的时间，我一直都没有先入为主的看法。法医的证据表明：事情发生在晚上八点到十一点之间。"

格雷夫斯警长清了清嗓子。

"弗罗班克的二号花匠爱德华兹说他七点三十分左右看见大卫·亨特从一个边门出来。女仆们都不知道他回来了，她们以为他和戈登太太一起在伦敦呢。这说明当时他就在附近，毫无疑问。"

"是的，"斯彭斯说，"我倒挺有兴趣听听亨特对于自己的行为有些什么说辞。"

"看起来似乎是桩很清楚的案子，长官。"格雷夫斯看着打火机上的大写字母说道。

"嗯嗯，"警司说，"还有这个需要解释呢。"

他指了指那支口红。

"这个是滚到衣柜底下去的，长官。可能已经在那儿有段时间了。"

"我核实过，"斯彭斯说，"那个房间最后一次给女客人住是在三周以前。我知道现如今的旅店服务都不怎么样，但我还是觉得在这三周之内他们怎么着都得用拖把拖一下家具底下。就整体而言，斯塔格算是保持得相当干净整洁了。"

"没有什么迹象表明雅顿和哪个女人有瓜葛啊。"

"我知道，"警司说，"那也正是我把这支口红称为未知数的原因所在。"

格雷夫斯警长想说"去找那女人①",他忍住了才没说出口。他说法语的发音很好听,但他也明白犯不着用这一点去吸引斯彭斯警司的注意从而惹毛他。格雷夫斯警长是个很有分寸的年轻人。

---

① 原文为法语。本文中一律用仿宋字体表示。全书同。

第十七章

在走进梅费尔的牧羊人庭院那扇让人赏心悦目的大门之前，斯彭斯警司先抬头看了看这栋大楼。它端庄地坐落于牧羊人市场附近，显得低调，奢华，不那么惹眼。

一进大楼，斯彭斯的双脚便陷入了柔软的绒毛地毯之中，大厅里摆着一张天鹅绒面的长靠背椅和一个栽满了开花植物的花盆。他的对面是一部小的自动电梯，电梯的一边还有一段楼梯。大厅的右手边有一扇门，门上写着办公室的字样。斯彭斯推开门走了进去。他发现自己身处一个带柜台的小房间，柜台后面有一张桌子、一台打字机和两把椅子。其中一把放在离桌子很近的地方，而另一把带有更多装饰的则摆得和窗户形成了某种角度。房间里一个人都没有。

斯彭斯看见桃花心木柜台上嵌着一个电铃，于是便按了一下。什么动静也没有。他又按了一下。过了一分钟左右，对面墙上的一扇门开了，一个身着华丽制服的人走了出来。他看上去就像个外国将军或者陆军元帅什么的，不过一开口就是一嘴的伦敦腔，而且还是没怎么受过教育的那种。

"有事儿吗，先生？"

"我找戈登·克洛德太太。"

"在四楼,先生。要我先打个电话过去吗?"

"她人在这儿,是吧?"斯彭斯说,"我还想着她人有可能在乡下呢。"

"没有,先生,她从上星期六开始就住在这儿了。"

"那大卫·亨特先生呢?"

"亨特先生也在这儿。"

"他没出去过?"

"没有,先生。"

"他昨天晚上在吗?"

"够了,"陆军元帅说道,态度突然变得咄咄逼人起来,"你到底要干什么?想打听每个人的底细吗?"

斯彭斯一声不吭地出示了他的警察证件,陆军元帅马上就像泄了气的皮球似的又变得合作起来。

"不好意思,这回我信了,"他说,"我一下子也分不清楚,是不是?"

"行啦,亨特先生昨天晚上在这儿吗?"

"在,先生,他在这儿,至少据我所知他在。换句话说,他没说他要出去。"

"假如他出去你能知道吗?"

"呃,一般来说,我不知道。我不会知道的。不过先生们和女士们如果不打算待在这儿的话通常都会说一声,关照一下要是有信件怎么办,或者有人来电话他们想怎么答复。"

"打进来的电话都会通过这间办公室转接吗?"

"不会,绝大多数房间都有自己的电话线。有一两户不想装电话,我们就通过内部线路通知他们,他们会下楼来到大厅里的电话亭去接电话。"

"但是克洛德太太的公寓里有自己的电话?"

"是的,先生。"

"而就你所知,昨天晚上他们两个人都在?"

"没错。"

"那吃饭呢?"

"这儿有个餐厅,但克洛德太太和亨特先生并不常在餐厅吃饭。他们正餐通常都是出去吃。"

"早餐呢?"

"早餐都是送到房间里。"

"你能查查今天早上有人给他们送过早餐吗?"

"可以,先生。我可以通过客房服务查到。"

斯彭斯点点头:"我现在要上去。等我下来的时候告诉我。"

"好极了,先生。"

斯彭斯走进电梯,按下了四楼的按钮。这栋楼每层只有两间公寓。斯彭斯按响了九号房间的门铃。

大卫·亨特打开了门。他并没见过警司,所以说起话来生硬无礼。

"哎,什么事儿啊?"

"是亨特先生吗?"

"是我。"

"我是欧斯特郡警察局的斯彭斯警司。我能跟您说两句话吗?"

"太抱歉了,警司,"他咧着嘴笑了,"我还以为你是推销员呢。快请进。"

他在前面引路,进入一间装饰时髦而迷人的房间。罗萨琳·克洛德正站在窗边,听到他们进屋便转过身来。

"这位是斯彭斯警司,这是罗萨琳。"亨特说,"请坐吧,警司。喝点儿什么吗?"

"不了,谢谢你,亨特先生。"

罗萨琳刚才一直微微歪着头。现在她坐下了,背冲着窗户,两只手放在膝盖上紧紧地握着。

"抽烟吗?"大卫把烟盒递过来了。

"谢谢。"斯彭斯拿了一支烟,等待着……看着大卫把一只手伸进口袋又拿出来,皱皱眉头,四下里看了看,然后拾起了一盒火柴。他划着了一根,替警司点上烟。

"谢谢你,先生。"

"好吧,"大卫一边给自己也点着烟,一边从容不迫地说,"沃姆斯雷谷出什么事儿啦?是我们的厨子参与黑市交易了吗?她给我们准备的饭菜棒极了,我就一直怀疑这背后有没有点儿见不得人的事儿。"

"比那个可严重多了,"警司说,"有个男人昨天晚上死在了斯塔格旅馆。你或许在报纸上看到报道了?"

大卫摇了摇头。

"没有,我没注意到这个。他怎么了?"

"他不仅仅是死了。他是被人杀害的。事实上,他的脑袋被人打烂了。"

罗萨琳发出了一声近乎哽住的惊叫。大卫连忙说道:

"警司,请您别再详细描述任何细节了,我妹妹比较敏感脆弱。她实在是忍不住,可如果您要是提到血和什么恐怖的事情的话,她大概就要晕倒了。"

"噢,不好意思,"警司说,"其实也不会说到什么血腥的事情。不过那的的确确是一桩谋杀。"

他停了一下。大卫的眉毛挑了起来,他彬彬有礼地说道:"您说得我都感兴趣了。我们跟这件事有什么关系呢?"

"我们希望你能告诉我们一些跟这个男人有关的事情,亨特先生。"

"我?"

"上周六晚上你去拜访过他。他的名字——或者说他用来登记的名字——叫伊诺克·雅顿。"

"没错,当然了。我现在想起来了。"

大卫说话的时候很平静,没有丝毫局促不安。

"怎么样,亨特先生?"

"嗯,警司,我恐怕帮不上你的忙。我对这个人几乎是一无所知。"

"他的名字真的叫伊诺克·雅顿吗?"

"我对此也非常怀疑。"

"你为什么要去见他?"

"就算是通常都可能碰上的倒霉事儿呗。他提起了某些地方,战争经历,还有人——"大卫耸耸肩,"我觉得他也就是随口一说。整件事怎么看怎么像是唬人的。"

"你给他钱了吗,先生?"

大卫开口之前先停顿了一小下:

"也就给了他五英镑——为了图个吉利。他还真是打过仗的。"

"他提到了一些人的名字是你认识的?"

"对。"

"那些名字里有没有一位罗伯特·安得海上尉?"

他这句话总算是达到了效果,大卫变得有点儿不自然。在他身后,罗萨琳轻轻发出了一声害怕的喘息。

"您怎么会这么想呢,警司?"大卫终究开口问道。他的目光小心翼翼,带着探询的意味。

"根据我收到的消息。"警司无动于衷地说。

一阵短暂的沉默。警司很清楚大卫正在仔细打量他,对他进行品评判断,拼尽全力地想要知道……他自己则静静地等待着。

"您知道罗伯特·安得海是谁吗,警司?"大卫问道。

"你来告诉我吧,先生。"

"罗伯特·安得海是我妹妹的第一任丈夫。他几年前死在了非洲。"

"这件事就这么肯定吗,亨特先生?"斯彭斯立刻问道。

"非常肯定。是这样的吧,对不对,罗萨琳?"他转向她。

"噢,是啊。"她马上说道,似乎有点儿喘不过气来,"罗伯特是发烧死的——黑水热①。实在太让人难过了。"

"有时候四处传播的说法也不一定都是真的,克洛德太太。"

她一言不发,眼睛并没有看着他,而是看着她哥哥。过了一会儿她才说道:

"罗伯特死了。"

"从我所掌握的消息来看,"警司说,"这个叫伊诺克·雅顿的男人自称是已故的罗伯特·安得海的朋友,同时他还告诉你,亨特先生,说罗伯特·安得海还活着。"

大卫摇了摇头。

"胡说八道,"他说,"完全是一派胡言。"

"你可以肯定地说罗伯特·安得海的名字没有被提起过吗?"

---

① 又称黑尿热,是恶性间日疟的一种严重并发症,患者红细胞被大量破坏后导致尿液呈黑色或非常深的颜色。

"噢,"大卫露出了一个迷人的微笑,"提到过啊。这个可怜的家伙认识安得海。"

"这里面就没有敲诈勒索的可能吗,亨特先生?"

"敲诈勒索?我不明白你什么意思,警司。"

"你真的不明白吗,亨特先生?另外顺便问一句,只是例行公事啊,你昨天晚上人在哪儿?这么说吧,在七点到十一点之间?"

"警司,假如我也只是例行公事地拒绝回答呢?"

"你不觉得这么做有点儿孩子气吗,亨特先生?"

"我不觉得。我不喜欢——我一向不喜欢被人胁迫。"

警司心想这倒有可能是真的。

他以前就了解像大卫·亨特这样的证人。这种证人会因为有点儿不爽便成为调查的阻碍,而绝非因为他们有什么事情想要隐瞒。仅仅是要求他们说明一下自己的来去行踪,似乎就会激起他们充满敌意的自尊心和愠怒的情绪。他们会故意尽己所能地给法律制造各种麻烦。

尽管斯彭斯警司一直觉得自己是个公正的人,并且引以为豪,但他来牧羊人庭院的时候心里还是非常坚信大卫·亨特是杀人凶手。

而现在,他第一次感到有些不确定。大卫公然反抗时那种极其孩子气的样子反倒唤起了他心中的疑虑。

斯彭斯看了看罗萨琳·克洛德。她随即就做出了回应。

"大卫,你为什么不告诉他呢?"

"对啊,克洛德太太。我们只不过是想把事情澄清一下——"

大卫很粗鲁地打断了他的话:

"你别再欺负我妹妹了,听见没有?我究竟是在这儿,还是在沃姆斯雷谷或者廷巴克图① 关你什么事？"

斯彭斯用警告的口气说道：

"调查审讯的时候你会被传唤，亨特先生，到那个时候你就非得回答问题不可了。"

"行啊，我会等着调查审讯的！而现在呢，警司，你能不能从这儿滚出去？"

"很好，先生，"警司泰然自若地站起身来，"但我还有点儿事情想先请克洛德太太帮个忙。"

"我不想让我妹妹担惊受怕。"

"的确如此。但我想让她去看一眼尸体，然后告诉我们她认不认识这个人。这在我的权力范围之内，而且这件事迟早得做。为什么不让她现在就跟我去把这件事办了呢？有证人听到已故的雅顿先生说他认识罗伯特·安得海，因此他有可能认识安得海太太，所以安得海太太也有可能认识他。如果他的名字不叫伊诺克·雅顿，我们需要知道他的真名叫什么。"

有些出乎意料的是，罗萨琳·克洛德站了起来。

"当然，我会去的。"她说。

斯彭斯本来料想大卫又要粗鲁无礼地发作一通，但令他吃惊的是对方竟然咧着嘴笑了。

"了不起啊，罗萨琳，"他说，"我得承认，其实我自己也挺好奇的。毕竟，你真有可能会叫出这家伙的名字呢。"

斯彭斯对她说：

"你在沃姆斯雷谷没有亲眼见过这个人？"

她摇摇头。

---

① 马里的著名城市。

"我从上星期六起就一直在伦敦了。"

"而雅顿是星期五晚上到的,没错。"

罗萨琳问道:"你想让我现在就去吗?"

她问这个问题的时候带着某种小女孩式的顺从。警司不由得对她产生了几分好印象,在她身上有一种他未曾想到过的温顺和心甘情愿。

"你实在是太好了,克洛德太太,"他说,"我们能越快把一些事实确定下来就越好。只是很抱歉,我没开警车来。"

大卫穿过房间,走到电话机旁。

"我给戴姆勒租车公司打个电话。这个不符合法律的规定,不过我认为您能摆平,警司。"

"我想这个还是能搞定的,亨特先生。"

他站起身:"我会在楼下等你们。"

他乘电梯下了楼,再次推开办公室的门。

陆军元帅正在等着他。

"怎么样?"

"两张床昨天晚上都有人睡过,先生,浴室和毛巾也都用过。早餐是九点半送到他们公寓房间里的。"

"而你不知道亨特先生昨晚是几点钟回来的?"

"我恐怕没法再告诉您更多的事情了,先生!"

好吧,就这样吧,斯彭斯心想。他很想知道在大卫拒绝开口的背后,除了那种纯粹孩子般的反抗挑衅之外,还有没有别的原因。他肯定意识到一项谋杀的指控已经在他头顶盘旋。他肯定也明白越早讲出他的故事越好,跟警方对着干从来都不会有什么好结果。但斯彭斯又心存遗憾地想到,大卫·亨特恰恰就喜欢跟警察对着干。

一路上他们几乎没怎么说话。等到达停尸房的时候,罗萨琳已经脸色煞白。她的手颤抖不已。大卫很关切地看着她,对她说话的时候就仿佛她是个小孩子似的。

"宝贝儿,只要一两分钟就好了。什么事儿都没有,什么事儿都没有啊。别紧张。你跟警司进去,我会等着你的。什么都不用担心。他看起来会很安详,就像睡着了一样。"

她冲他微微点了点头,然后把手伸了过去。他轻轻地捏了一下。

"做个勇敢的姑娘吧,我的乖乖。"

她一边跟在警司身后一边轻声说道:"警司,您肯定会觉得我是个十足的胆小鬼。但是在经历伦敦的那个可怕夜晚之后——他们全都死在屋子里——除了我之外全死了——"

他温和地说:"我能理解,克洛德太太。我知道您在您丈夫遇难的那次空袭中有过很糟糕的经历。这次真的只要一两分钟就行。"

斯彭斯做了个手势,盖尸体的单子就被掀开了。罗萨琳·克洛德站在那里,低头看着这个自称是伊诺克·雅顿的男人。斯彭斯不声不响地站在一边,实际上却在密切地注视着她。

她好奇地看着那个死去的人,似乎也觉得有些惊讶。她并没有表现出被吓了一跳的样子,也没有流露什么感情或者显出认识此人的模样,只是那么久久地带着疑惑地看着他。接着,她悄无声息,几乎不带任何感情地在胸前画了个十字。

"愿上帝安置他的灵魂吧,"她说,"我这辈子从来没见过这个人。我不知道他是谁。"

斯彭斯心里暗想:

"你说的若不是实话的话,你就是我所见过的最好的演员之一了。"

晚些时候,斯彭斯给罗利·克洛德打了个电话。

"我已经请那个寡妇来过了,"他说,"她明确地说那个人不是罗伯特·安得海,她以前从未见过那个人。所以这个问题就算解决了!"

先是一阵静默。随后罗利缓缓说道:

"真的就算是解决了吗?"

"我想陪审团会相信她的话。当然,是在没有相反证据的前提下。"

"好……吧。"罗利说完便挂了电话。

接着他皱着眉头拿起了电话簿,这本电话簿不是当地的,而是伦敦的。他的食指有条不紊地沿着字母P往下搜寻,没一会儿他便找到了想要找的名字。

第二部

第一章

1

赫尔克里·波洛小心翼翼地把他让乔治出去买的所有报纸中的最后一份折了起来。报纸上提供的信息稍微有点儿少。法医学证据表明是一系列重击导致了该男子的颅骨骨折，调查审讯已经被推迟了两周，凡能够提供与一位据信最近才从开普敦抵达的名叫伊诺克·雅顿的男子相关信息的人，都要与欧斯特郡警察局局长联系。

波洛把报纸摞得整整齐齐之后陷入了沉思。他对这件事挺感兴趣的。若不是因为有了莱昂内尔·克洛德太太最近的来访，报纸上最开始那一小段话他或许就会一扫而过，毫不留意。但是那次来访让他无比清晰地回想起了空袭那天在俱乐部里发生的事情。他还记得波特少校说话的声音，言犹在耳："或许在千里之外的某个地方会冒出个伊诺克·雅顿先生，生活又重新开始了"。他现在特别想了解更多关于这个横死在沃姆斯雷谷的名叫伊诺克·雅顿的男人的事情。

他想起他跟欧斯特郡警察局的斯彭斯警司有些交情，还想起年轻的梅隆住的地方离沃姆斯雷希斯并不算太远，而年轻的梅隆认识杰里米·克洛德。

就在他正打算要给年轻的梅隆打个电话的时候,乔治进来通报说有个罗利·克洛德先生想见他。

"啊哈,"赫尔克里·波洛心满意足地说道,"领他进来吧。"

一位相貌英俊又忧心忡忡的年轻男子被领了进来,他看上去似乎有些困惑,不知该从何处说起。

"啊,克洛德先生,"波洛帮了他一把,"我能为你做些什么呢?"

罗利·克洛德心怀疑虑地打量着波洛。夸张惹眼的八字胡,裁剪优雅的衣着,白色的鞋罩和尖头漆皮皮鞋,这一切都让这个保守的年轻人内心充满了显著的担忧。

波洛对他的心思心知肚明,同时还觉得有点儿好玩。

罗利·克洛德颇为沉闷地做了开场白:

"我恐怕得先解释一下我是谁之类的问题。您不知道我叫什么名字——"

波洛打断了他的话:

"但其实,我对你的名字一清二楚。你知道吗?你婶婶上周来找过我。"

"我婶婶?"罗利的下巴都快掉下来了,他极其惊讶地睁大了眼睛瞪着波洛。很显然,这件事对他来说是个新闻。波洛一开始还推测这两个人的来访有关联,现在他不得不把这个想法放在一边。有那么一瞬间,他觉得两个克洛德家族的成员在这么短时间之内都选择来向他请教似乎是个不同寻常的巧合,但一眨眼的工夫他就意识到这并不是巧合——只不过是由一个最初的起因自然而然发展而成的结果罢了。

他大声地说道:

"我猜莱昂内尔·克洛德太太就是你婶婶。"

如果说有什么区别的话,那就是罗利看上去比刚才更为惊讶了。

他用极端难以置信的口气说道:

"凯西婶婶?想必——您说的难道不是——杰里米·克洛德太太吗?"

波洛摇了摇头。

"可凯西婶婶她来找您究竟能有什么——"

波洛小心谨慎地喃喃自语道:

"我听她说,她是在神灵的指引之下来找我的。"

"哦,天哪!"罗利说。他看上去松了一口气,似乎被逗乐了。他仿佛在给波洛吃定心丸,说道:"您也知道,她不会害人的。"

"这我可说不准。"波洛说。

"您这话什么意思?"

"有谁是从来都不会害人的吗?"

罗利目不转睛。波洛叹了口气。

"你来找我是想问我些事情吧?对吗?"他温和地提醒了一句。

那副忧心忡忡的样子又回到了罗利脸上。

"恐怕这就说来话长了——"

波洛其实也有同样的担心。他一眼就看出罗利·克洛德不是那种说话能够直击要害的人。他向后靠去,半闭着眼睛听着罗利开始讲起来:

"您知道,我伯父是戈登·克洛德——"

"戈登·克洛德的事情我都知道。"波洛帮他省去了麻烦。

"好。那我就不需要解释了。他在去世之前的几个星期刚刚结婚,和一个姓安得海的年轻寡妇。自从他去世以后她就一直住在沃姆斯雷谷——她和她的一个哥哥。我们都听说她的第一任丈夫因为热病已经死在了非洲,但现在看来似乎不是这么回事儿。"

"啊,"波洛坐了起来,"你凭什么会这么认为呢?"

于是罗利描述了伊诺克·雅顿出现在沃姆斯雷谷的事情:"或许您已经在报纸上看到过了——"

"是的,我看过了。"波洛再次帮助他长话短说。

罗利继续说下去。他讲述了他对这个雅顿的第一印象,他去斯塔格的经过,他收到的比阿特丽斯·利平科特写给他的信,最后说到了比阿特丽斯偷听到的那段交谈。

"当然,"罗利说,"谁也说不准她到底听见了些什么。她可能多多少少有点儿添油加醋,或者甚至可能听错了。"

"她把这件事告诉警察了吗?"

罗利点点头。"我跟她说最好告诉。"

"请原谅——我还是不太明白——你为什么要来找我呢,克洛德先生?你想让我去调查这桩……谋杀案吗?因为我猜这是一桩谋杀。"

"天哪,不,"罗利说,"我不是想让您去干那种事情,那是警察的活儿。毫无疑问,他就是被人干掉了。不,我想知道的是这个。我想让您查清楚这个家伙究竟是谁。"

波洛眯起了眼睛。

"你觉得他是谁呢,克洛德先生?"

"呃,我的意思是……伊诺克·雅顿不是个真名。见鬼,那是引用过来的。丁尼生①的作品。我费了九牛二虎之力去查证过,说的是一个家伙外出归来,结果发现他老婆嫁给了另一个家伙。"

"所以你觉得,"波洛平静地说道,"伊诺克·雅顿就是罗伯特·安得海本人?"

罗利慢吞吞地说道:

"嗯,他有可能是——我是说,年龄和相貌什么的都符合。当然,我已经反复跟比阿特丽斯追溯过了。她自然是没法一字不差地把他们两个人说的话都记下来。那家伙说罗伯特·安得海现在很落魄,身体很糟糕,亟须用钱。好吧,他也有可能说的就是他自己,对不对?他似乎还说过什么假如安得海出现在沃姆斯雷谷,恐怕不合大卫·亨特心意之类的话,听起来好像他人就在那儿,只不过是用了个化名而已。"

"在调查审讯的时候有什么跟身份辨认相关的证据吗?"

罗利摇摇头。

"什么事情都不确定。只有斯塔格的人说他就是那个到他们那里投宿并且以伊诺克·雅顿为名登记入住的客人。"

"那他的证件呢?"

"他什么证件都没有。"

"什么?"波洛吃惊得坐直身子,"什么证件都没有?"

"什么都没有。只有一些备用的袜子,一件衬衫,一把牙刷什么的,但没有证件。"

"没有护照?没有信件?甚至连定量配给簿都没有吗?"

"什么都没有。"

---

① 阿尔弗雷德·丁尼生(Alfred Tennyson,1809—1892),十九世纪英国著名诗人。文中指的是丁尼生最著名的诗作之一《伊诺克·雅顿》。

"那样的话,"波洛说,"可就太有意思了。没错,非常有意思。"

罗利继续说道:"大卫·亨特,也就是罗萨琳·克洛德的哥哥,在这个人抵达之后的第二天晚上就去拜访过他。他跟警察说的是他收到这家伙给他的一封信,信里说自己是罗伯特·安得海的朋友,现在穷困潦倒。应他妹妹的要求,他去了趟斯塔格,见到了这家伙,还给了他五英镑。这是他自己讲的,他绝对会一口咬定!当然,警方现在对于比阿特丽斯偷听到的话还在保密中呢。"

"大卫·亨特说他以前不认识这个人?"

"他是这么说的。不管怎么样,我猜亨特应该从来都没见过安得海。"

"那罗萨琳·克洛德呢?"

"警方也猜想她有可能认识那个人,所以就请她去认尸。结果她告诉他们说她根本不认识他。"

"好吧,"波洛说,"这么一来也就回答了你的问题!"

"回答了吗?"罗利直言不讳,"我觉得没有啊。如果这个死掉的男人真是安得海的话,罗萨琳就怎么也不能算是我伯父的妻子了,那样的话我伯父的钱她就一分都拿不到。您觉得在这种情况下她会承认她认识他吗?"

"你不信任她?"

"他们俩我都不信任。"

"肯定应该有很多人都能确定无疑地说出死了的男人究竟是不是安得海吧?"

"似乎没有那么简单。那也正是我想请您做的事,找个认识安得海的人。很显然他在英国没有活着的亲戚,而且他一直都是个性格孤僻的家伙。我猜肯定会有一些以前的仆人、朋友什么的,可是战争把一切都搞得四分五裂,人们也都失散各地。我自己可不知道该如何着手去解决这个难题,再说我也没时间。我是个农民,而且我自己那儿还缺人手呢。"

"为什么找我?"赫尔克里·波洛说。

罗利看起来有些局促不安。

波洛的眼睛里闪过一丝微弱的光亮。

"神灵指引?"他喃喃自语道。

"我的老天啊,不是,"罗利像是被吓到了似的,"事实上,"他迟疑了一下,"我听一个我认识的人说起过您,说您在这种事情上是个奇才。我不知道您的酬金要多少——我估计应该很贵——我们差不多都是身无分文,但是我敢说我们大家凑一凑还是能勉强凑够数的。也就是说,假如您能够答应下来的话。"

赫尔克里·波洛慢条斯理地说:

"可以,我认为我或许能帮上你的忙。"

他的记忆,无比精准确切的记忆,又回来了。俱乐部里招人烦的家伙,沙沙作响的报纸,单调乏味的声音。

那个名字——他听到过那个名字——他马上就能想起来。如果没想起来,他总还可以去问问梅隆……不,他想起来了。波特。波特少校。

赫尔克里·波洛站起身来。

"今天下午你能再来一趟吗,克洛德先生?"

"唔……我也不知道。能吧,我觉得我可以。不过在这么短的时间里,您肯定也干不了什么吧?"

他带着敬畏和怀疑瞅着波洛,波洛要是能抵挡得住诱惑而不去卖弄一下本领的话可能就不是他了。带着满脑子以才智超群的

前辈自居的记忆,他一本正经地说道:

"我自有办法,克洛德先生。"

很显然这句话说得恰到好处,罗利脸上的神情已经变得无比恭敬。

"好的。当然,说真的,我不知道你们这些人都是怎么办成这些事情的。"

波洛并没有给他解释清楚。罗利走了以后,他坐下来写了一张便条。他把便条交给乔治,吩咐他把它带到加冕俱乐部去,并且要听候回音。

回复令人非常满意。波特少校向赫尔克里·波洛先生问好,他很高兴于当天下午五点在坎普顿山艾吉维街七十九号会见他和他的朋友。

2

四点半的时候,罗利·克洛德再度现身。

"运气怎么样,波洛先生?"

"挺好的,克洛德先生,我们现在就去见一位罗伯特·安得海上尉的老朋友。"

"什么?"罗利的嘴都合不上了,他就像个小男孩看着魔术师从帽子里变出兔子来一样吃惊地瞪着波洛,"可这太不可思议了!我真不明白你是怎么办到的——天哪,这才短短几个小时啊。"

波洛不以为意地挥了挥手,努力让自己看起来谦逊一些。他还不想说破这个简单的小戏法是怎么变的,能给这个单纯质朴的罗利留下深刻印象也让他的虚荣心得到了满足。

两个人一起出门，叫了一辆出租车，直奔坎普顿山而去。

3

波特少校住在一栋破旧小房子的二楼。一个衣着邋遢的乐呵呵的女人给他们开了门并带他们上楼。这是间四四方方的房间，四周摆着书架和一些不入流的体育图片。地板上有两块小地毯，地毯倒是很好，是那种挺雅致的暗淡颜色，只是已经破旧不堪。波洛注意到地板的中央新刷过一层厚厚的漆，相比之下，周边的漆则显得老旧斑驳。他马上就明白这里不久之前还铺过别的更好的地毯——是那种现如今很值钱的地毯。他抬头看了看壁炉边的那个男人，对方站得笔直，穿着一身裁剪得体却已破旧的衣服。波洛猜测对于波特少校这位退役的军官来说，生活过得其实已经到了山穷水尽的地步。税款和增加的生活开销对于这些老兵的打击是最沉重的。但他猜，有些事情是波特少校会坚持做到最后的，比如说交他的俱乐部会费。

波特少校一顿一顿地开口说道：

"我恐怕不记得见过你了，波洛先生。你说是在俱乐部吗？两年以前？当然了，你的大名我已经久仰了。"

"这位，"波洛说，"是罗利·克洛德先生。"

波特少校甩了甩头算是行了个礼。

"你好，"他说，"恐怕我是没法请你们喝上一杯雪利酒了，我的葡萄酒供应商在那次空袭中损失了他所有的库存。我有点儿杜松子酒，不过我老觉得那玩意儿有点脏了吧唧的。要不来点儿啤酒？"

他们同意喝啤酒。波特少校拿出一个烟盒。"抽烟吗？"波洛接过一支烟。波特少校划着了一根火柴替波洛点上烟。

"你不抽,我知道,"少校对罗利说道,"我抽我的烟斗不介意吧?"他拿起烟斗便是一阵吞云吐雾。

"那么,"所有这些准备步骤都已经完成以后,他说道,"到底是怎么回事儿啊?"

他看看其中一个人,又看看另一个。

波洛说:"您应该已经看到报纸上写的一个男人死在了沃姆斯雷谷吧?"

波特摇了摇头。

"也许看过。但我觉得没有。"

"那个男人姓雅顿。伊诺克·雅顿。"

波特依然摇摇头。

"他是在斯塔格旅馆被发现的,后脑勺被打烂了。"

波特皱起了眉头。

"让我想想……没错,我想我确实看到过这方面的报道——几天以前。"

"是的。我这儿有一张照片,是报纸上的照片,恐怕不太清楚!波特少校,我们想知道的是,您以前有没有见过这个人?"

他把照片递过去,那是他能找到的显示死者面部最清楚的一张。

波特少校接过照片,皱着眉头看起来。

"等一下。"少校拿出眼镜,调整好它在鼻梁上的位置,凑得更近地端详起这张照片来——接着他突然一惊。

"上帝保佑我的灵魂吧!"他说,"啊,真该死!"

"您认识这个人吗,少校?"

"我当然认识他。他是安得海啊——罗伯特·安得海。"

"这一点您能确定吗？"罗利的声音中洋溢着胜利的意味。

"我当然确定啦。就是罗伯特·安得海！无论走到哪儿，我都敢发誓肯定是他。"

第二章

电话铃声响了,林恩过去拿起了听筒。

是罗利的声音在说话。

"林恩吗?"

"罗利?"

她的声音听上去有些消沉。他说:

"你在忙什么呢?这些天我一直都没看见你。"

"噢,嗯……就是些家务事。你也知道,提着个篮子四处跑,等着买鱼啊,为了一丁点儿令人作呕的蛋糕排大队啊……都是这些事儿。居家过日子呗。"

"我想见你。我有事情要告诉你。"

"什么事儿啊?"

他轻笑了一声。

"是个好消息。到罗兰小树林那边来找我,我们在那边犁地呢。"

好消息?林恩放下电话听筒。对罗利·克洛德来说,什么能算得上是好消息呢?财务方面?是他把那头初生的小牛犊卖了个好价钱,比他预期的还要多吗?

不对,她心想,肯定不止这样。当她走到罗兰小树林旁边的田野时,罗利从拖拉机上下来,迎了过来。

"嗨,林恩。"

"嗨,罗利。你看起来……不知为什么,有点儿跟平常不一样?"

他笑起来。

"我也这么觉得。咱们时来运转啦,林恩!"

"你这话什么意思?"

"你还记得老杰里米提起过一个叫赫尔克里·波洛的家伙吗?"

"赫尔克里·波洛?"林恩皱起了眉头,"对,我还真记得一些——"

"好久以前了。那时候还打着仗呢,他们在那个阴森森的俱乐部里,然后还赶上了空袭。"

"那又怎样?"林恩不耐烦地问道。

"那家伙穿衣服什么的也都不对劲,是个法国佬——要么就是比利时人。怪里怪气的家伙,不过确实有两把刷子。"

林恩双眉紧蹙。

"他难道——不是个侦探吗?"

"没错。还有,你知道,那个在斯塔格被人杀死的家伙。我没跟你说,但我一直有个想法,觉得他有可能就是罗萨琳·克洛德的第一任丈夫。"

林恩笑了。

"就因为他自称是伊诺克·雅顿?这个想法太荒谬了!"

"没那么荒谬啦,我的小姑娘。老斯彭斯让罗萨琳去看了他一眼,而她则很坚决地发誓说那个不是她丈夫。"

"那就完事儿了?"

"本来有可能就此结束的,"罗利说,"要不是有我的话!"

"有你?你干什么了?"

"我去找这个赫尔克里·波洛了。我跟他说我们还想要听听其他人的意见,问他能不能找个真正认识罗伯特·安得海的人?我的天哪,这家伙绝对是个奇才,就像能从帽子里变出兔子的魔术师似的!他在几个小时之内就找到一个人,还是安得海最好的朋友。一个姓波特的老头儿。"罗利停了下来,接着又咯咯地笑起来,笑声中有按捺不住的激动,这让林恩吓了一跳,"这事儿可别到处张扬,林恩。警司让我发誓保密——不过我想让你知道。死了的那个人就是罗伯特·安得海。"

"什么?"林恩向后倒退了一步。她呆呆地凝望着罗利。

"是罗伯特·安得海本人。波特非常确定。所以你看,林恩——"罗利兴奋得声音都提高了,"我们赢啦!我们终于赢啦!我们挫败了那些该死的骗子!"

"什么该死的骗子?"

"亨特和他妹妹啊。他们被打败了——出局了。罗萨琳拿不到戈登的钱了,我们得到了。戈登在他娶罗萨琳之前立下的遗嘱仍然有效,这样的话按照遗嘱钱就是由我们来分,我能拿到四分之一。明白了吗?假如她嫁给戈登的时候她的第一任丈夫还活着,那她压根儿就不能算是嫁给了戈登。"

"你——你刚说的这些话,你都能确定吗?"

他瞪着她,脸上第一次显露出一点点困惑。

"我当然能确定啊!这是最起码的。现在一切问题都迎刃而解,跟戈登原本预想的完全一样,所有的一切都一样,就像那对宝贝儿从来也没有进来掺和过似的。"

所有的一切都一样……但是,林恩想,你不可能把已经发生过的事情全都抹去，你没法假装那些事从来都不曾发生过。她缓缓说道：

"他们怎么办？"

"啊？"她心里明白罗利到现在还没有考虑过这个问题，"我不知道。我猜哪儿来的就回哪儿去吧。你知道，我想——"她能看出来他正在慢慢地贯彻自己的想法，"是的，我认为我们应该为她做点儿什么。我是说，她嫁给戈登的时候完全是诚心诚意的。我猜她是真的相信第一任丈夫已经死了，那不是她的错。没错，我们必须为她做些什么——给她一笔说得过去的生活费。由我们大家来分担。"

"你喜欢她，对不对？"林恩说。

"唔，是啊，"他思索着，"从某个方面来说我确实喜欢她。她是个乖孩子，一见着小奶牛就能认出来。"

"我就不行。"林恩说。

"噢，你会学会的。"罗利亲切地说道。

"那——大卫呢？"林恩问道。

罗利的脸阴沉下来。

"让大卫见鬼去吧！反正钱也从来都不是他的。他只不过是到这儿来吃他妹妹的软饭而已。"

"不，罗利，不是那样的——不是。他不是个吃软饭的人。他是……是个冒险家，或许——"

"还是个十足的杀人凶手！"

她屏息说道：

"你什么意思？"

"嗯，你觉得是谁杀了安得海呢？"

她大叫道：

"我不相信！我不信！"

"当然是他杀的啊！还能是谁呢？他那天就在这儿，五点半到的。我当时在车站接一些货，远远地看见了他。"

林恩尖声说道：

"他那天晚上回伦敦去了。"

"在杀掉安得海之后。"罗利得意扬扬地说道。

"你不该说这种话，罗利。安得海是几点钟遇害的？"

"呃——我知道得也不太确切。"罗利的语速慢了下来，一边思考一边说，"我觉得在明天的调查审讯之前咱们不可能知道。我猜应该是在九点到十点之间吧。"

"大卫赶上了那趟九点二十回伦敦的车。"

"哎，林恩，你是怎么知道的？"

"我……我碰上他了——他正跑着去赶车。"

"那你又是怎么知道他赶上了呢？"

"因为他后来从伦敦给我打了个电话。"

罗利怒气冲冲地绷起了脸。

"他到底为什么要给你打电话啊？林恩，要是让我——"

"噢，罗利，那又有什么要紧的呢？不管怎么说，那表明他赶上了那趟车呀。"

"先杀死安得海再跑去赶火车时间也足够。"

"他要是九点钟以后才被人杀死的话就不够。"

"好吧，那他也有可能是在九点钟之前被人杀死的啊。"

不过他的声音听起来有点儿不确定。

林恩半闭起眼睛。难道这就是事实吗？那个上气不接下气，嘴里骂骂咧咧地从小树丛中钻出来，后来又把她揽入怀中的大卫，真的是一个刚刚杀过人的凶手吗？她还记得他那种莫名的兴奋——那种不顾一切的心情。那会是谋杀对他所产生的影响吗？她不得不承认，有这种可能。到目前为止，大卫和谋杀能撇得清关系吗？他会杀死一个从来都不曾伤害过他的人——一个往日的阴魂吗？这个人唯一的罪孽就是挡在了罗萨琳和一笔巨额的遗产之间，挡在了大卫和他享用罗萨琳这笔钱的权利之间。

她喃喃自语道：

"他为什么要杀死安得海呢？"

"我的老天哪，林恩，这还用问吗？我刚刚都告诉过你了啊！安得海要是还活着的话，那就意味着咱们能拿到戈登的钱了！而且再怎么说，安得海也是在敲诈他呀。"

啊，这样就更能说得通了。大卫可能会杀死一个敲诈勒索者，事实上，那不正是他会用来对付敲诈勒索者的方法吗？没错，这样就都能对上号了。大卫的匆匆忙忙，他的兴奋骚动，他那狂热、几近愤怒的调情，还有后来他宣布与她断绝来往的话语。"我最好离开……"是啊，都能对上。

罗利的声音仿佛从很遥远的地方传过来，她听见他在问：

"你怎么了，林恩？你感觉还好吗？"

"还好，当然。"

"哦，看在上帝的分儿上，别那么闷闷不乐的。"他转过身，看着山坡下面的长柳居，"谢天谢地，现在我们可以让那个地方变得更漂亮一点儿了，在里面添些能让人省力的小玩意儿，让它更适合你住。林恩，我可不想让你在里面过像猪一样的日子。"

那里会成为她的家——那栋房子，成为她和罗利的家……

而在某天早上八点，大卫则会脖子上套着绞索被活活吊死……

第三章

大卫把手搭在罗萨琳的肩膀上,他的脸色苍白,毅然决然,眼神中透出警惕。

"不会有事儿的,我告诉你,什么事儿都不会有的。但你必须要保持冷静,完全照我说的去做。"

"那他们要是把你带走了呢?这也是你说的啊!你真的说过他们有可能会把你带走的。"

"是有这种可能性,没错,但那也不会太久的。只要你能保持冷静就不会。"

"你怎么说我就怎么做,大卫。"

"这才是好姑娘呢!你需要做的全部事情,罗萨琳,就是咬定你的说法,坚持说那个死了的人不是你丈夫罗伯特·安得海。"

"他们会想办法诱使我说一些我不想说的话。"

"不——他们不会。没问题的,我都告诉过你了。"

"不对,这样是错的——自始至终一直都是错的。拿那些本来不属于我们的钱。我整夜整夜地醒着躺在那里想这件事情,大卫。拿那些不属于我们的东西。上帝正在为了我们所做的坏事惩罚我们呢。"

他看着她,眉头紧锁。她垮掉了——没错,她绝对是垮掉了。她的性格中一直都带着那种对于宗教的虔诚，她的良心也从来都没有得到过安宁。如今，除非他撞了大运，否则她就会彻底崩溃。好吧，就剩这一招了。

"听我说，罗萨琳，"他柔声说道，"你想让我被绞死吗？"

她吓得瞪大了双眼。

"噢，大卫，你不会的……他们不能……"

"只有一个人能送我上绞架——那就是你。你一旦承认那个死了的男人有可能是安得海，无论是通过神态还是动作还是言语，你就等于把绳子套在了我脖子上！你明白吗？"

是的，这句话她听明白了。她睁大眼睛惊骇地凝视着他。

"我太笨了，大卫。"

"不，你不笨，但不管怎么说你也用不着有多聪明。你需要郑重地发誓说那个死了的人不是你丈夫，这点你能做到吗？"

她点点头。

"你要是愿意的话就表现得傻一点儿，看起来就像是你不太明白他们在问你什么。那样倒也没什么坏处，不过一定要坚持咱们统一过的口径。盖伊索恩会照顾你的，他是个非常出色的刑事律师——这也是我找他的原因。调查审讯的时候他会到场，保护你不让你受到质问。但就算对他你也得坚持自己的说法。看在上帝的分儿上，别试图耍聪明，也别想着用你自己的什么方法来帮助我。"

"我会的，大卫，我会完全照你说的去做。"

"好姑娘。等这一切都过去以后咱们就离开这儿，去法国南部，去美国。同时你还得保重自己的身体，别再整宿整宿不睡觉地躺在那儿烦恼焦躁折磨自己。吃点儿克洛德大夫给你开的安眠药——那些溴化物镇静剂之类的，每天晚上吃一片，高兴起来，记住好日子马上就要来了!

"现在——"他看了看表,"该去参加调查审讯了。通知咱们是十一点。"

他环顾了一下这个宽阔而漂亮的客厅。优美、舒适、富丽堂皇……他已经全都享受过了。弗罗班克,一栋豪宅。或许要就此作别……

毫无疑问,他让自己陷入了一场困境,不过即使到了如今他也不觉得有什么遗憾。至于将来——好吧,他还会继续去冒险碰碰运气。

倘不能顺水行舟,我们的事业就会一败涂地。

他看着罗萨琳。她也正用饱含恳求的大眼睛回望着他,出于直觉,他知道她想要什么。

"我没杀他,罗萨琳,"他轻声说道,"这一点我可以在你日历上的每一位圣徒面前向你发誓保证!"

第四章

调查审讯在谷物市场举行。

验尸官佩伯马什先生是个颇为挑剔的小个子,他戴着眼镜,深知自己的重要性。

他身旁坐着大块头的斯彭斯警司。在一个不起眼的位置上坐着另一个小个子,看起来像个外国人,留着黑色的八字胡。克洛德家的人:包括杰里米·克洛德夫妇,莱昂内尔·克洛德夫妇,罗利·克洛德,玛奇蒙特太太和林恩——悉数到场。波特少校独自坐着,显得心神不宁。大卫和罗萨琳到得最晚,他们两个人单独坐在一边。

验尸官清了清嗓子,环视了一圈由九位地方知名人士组成的陪审团,开启法律程序。

皮科克警员……

文警长……

莱昂内尔·克洛德医生……

"格拉迪斯·艾特金去找你的时候,你正在斯塔格为一名病人出诊。她跟你说了什么?"

"她告诉我五号房间的客人倒在地上死了。"

"于是你就去了五号房间?"

"是的,我去了。"

"你能描述一下你在那儿都发现了什么吗?"

克洛德医生描述了一番。一个男人的躯体……脸朝下……头部外伤……颅骨的后面……火钳。

"你认为,这些外伤是由这把火钳造成的吗?"

"其中有一些毫无疑问是的。"

"而且确实打了好几下?"

"是的。我并没有做详细的检查,因为我认为在触碰他的身体或者改变其位置之前应该先报警。"

"非常正确。那个男人已经死了吗?"

"是的。他已经死了好几个小时了。"

"你觉得他死了多久?"

"要让我确切地说出他死了多久可能不行,不过我推测至少十一个小时——很可能有十三或十四个小时——姑且说是在头天晚上的七点半到十点半之间吧。"

"谢谢你,克洛德医生。"

随后是警方的法医,对伤口做了完整而专业的描述。在下颌上有一处擦伤和肿胀,颅骨底部遭受了五至六下重击,其中有几下是死后击打的。

"这是一次极其野蛮的袭击吗?"

"完全正确。"

"实施这几下击打需要很大的力气吗?"

"呃……不,不全是靠力气。只要抓住那把火钳的这一端,很容易就可以挥动,不需要使很大力气。由沉重的钢球构成的火钳前端可以成为一件可怕的武器,即使是很纤弱的人也可以造成那样的伤势,更确切地说,假如这些击打是在极度的狂暴之下发生的话。"

"谢谢你,医生。"

接下来是尸体情况的细节描述。营养良好,身体健康,年龄在四十五岁上下,没有疾病的征象——心肺等器官功能都很好。

比阿特丽斯·利平科特说明了死者到达时的情况。他登记的名字是伊诺克·雅顿,从开普敦来。

"死者出示配给簿了吗?"

"没有,先生。"

"你找他要了吗?"

"一开始没有。我也不知道他要住多久。"

"但你最终还是找他要了?"

"是的,先生。他是周五到的,周六我就跟他说如果逗留的时间超过五天的话能否请他把配给簿给我看一下。"

"对此他是怎么说的?"

"他说他会给我的。"

"但他实际上没给你?"

"没给。"

"他也没说把它弄丢了吗?或者索性说没有?"

"噢,他没这么说。他只是说:'我会找找看,然后拿过来。'"

"利平科特小姐,周六的晚上,你有没有偶然听到一段谈话?"

比阿特丽斯·利平科特先是做了一大堆详尽的解释,说明她去四号房间的必要性,然后讲出了她的故事。验尸官很精明地在一边引导她。

"谢谢你。你偶然间听到的这段对话曾经对人说起过吗?"

"说起过，我告诉了罗利·克洛德先生。"

"你为什么要告诉克洛德先生？"

"我觉得他应该知道。"比阿特丽斯的脸涨得通红。

一个瘦高个的男子（盖伊索恩先生）站起身来，请求允许提个问题。

"在死者和大卫·亨特先生谈话期间，死者在任何时候可曾明确提到过他本人就是罗伯特·安得海吗？"

"不，没有，他没提过。"

"事实上他谈及'罗伯特·安得海'的时候就好像罗伯特·安得海完全是另一个人对吗？"

"是的。对，是这样。"

"谢谢您，验尸官先生，我想弄清楚的就是这件事。"

比阿特丽斯·利平科特离开了证人席，罗利·克洛德被传唤上来。

他证实了比阿特丽斯确实告诉过他这个故事，然后讲述了他与死者会面的经过。

"他最后跟你说的是，'我觉得没有我的合作你们证明不了什么'吗？这个'什么'指的是罗伯特·安得海还活着这件事？"

"是的，他就是这么说的。而且他还笑了。"

"他笑了，是吗？你觉得这些话是什么意思？"

"唔……我那时只是觉得他想要让我给他开个价，但是后来我又想——"

"好的，克洛德先生，后来你怎么想没什么关系。我们可不可以说，正是这次会面让你开始想要找一个认识已故的罗伯特·安得海的人呢？而且在某些人的帮助之下，你成功地找到了。"

罗利点点头。

"是这样。"

"你离开死者的时候是几点？"

"就我所知应该是差五分钟九点。"

"你怎么能确定是这个时间？"

"我走在街上的时候从一扇开着的窗户里听见了九点钟整点报时的声音。"

"死者有没有提起过他等的这个客户什么时候来？"

"他说'随时'。"

"他没有提到任何名字？"

"没有。"

"大卫·亨特！"

沃姆斯雷谷的居民们伸长脖子看着这个又高又瘦、一脸怨恨的年轻人时，人群中发出了一阵低柔的嗡嗡声，只见他目中无人地站在验尸官的面前。

程序性的过场话很快讲完了。验尸官继续说道：

"周六晚上你去见过死者吗？"

"去过。我接到了他的一封求助信，信里说他以前在非洲的时候认识我妹妹的第一任丈夫。"

"你还有这封信吗？"

"没了，我不留信件。"

"你已经听到比阿特丽斯·利平科特关于你与死者之间谈话的陈述。这份陈述是真实情况吗？"

"完全不是事实。死者说到他认识我已故的妹夫，抱怨自己有多倒霉多落魄，请求我给他一些经济上的援助，而且就像惯例一样，他很有信心将来能还得上。"

"他有没有告诉你罗伯特·安得海还活着？"

大卫微微一笑：

"当然没有。他说：'要是罗伯特还活着的话，我知道他会帮助我的。'"

"这可和比阿特丽斯·利平科特告诉我们的大不一样。"

"偷听的人，"大卫说，"一般都只会听到只言片语，因为要补上漏掉的细节全靠他们自己丰富的想象力，所以常常会把整件事情完全搞错。"

比阿特丽斯愤怒地跳起来，大声嚷道："喂，我从来没——"验尸官马上出言予以阻止："请肃静。"

"好了，亨特先生，在周二的晚上你又一次去拜访过死者吗？"

"没有，我没去过。"

"你刚才也听到罗利·克洛德先生说死者当时在等一位客人吧？"

"他有可能是在等一位客人。就算是的话，那也不是我。我之前已经给过他五英镑，我觉得这对他来说已经足够了。没有什么证据能证明他以前认识罗伯特·安得海。我妹妹自打从她丈夫那儿继承一大笔遗产之后，就已经变成这附近所有写化缘信的人们和想要吃大户的寄生虫们的目标了。"

他让自己的目光静静地扫过聚集在一起的克洛德家的人。

"亨特先生，你能告诉我们周二晚上你在哪儿吗？"

"你自己查呗！"大卫说。

"亨特先生！"验尸官轻轻敲了敲桌子，"你这么说可算是愚蠢至极，太不明智了。"

"我为什么要告诉你我在哪儿，以及我在做什么啊？在控告我谋杀那个男人之前，你们有足够的时间去查。"

"你要是坚持用这种态度的话，我们控告你的时间可能会比你预想的还要快。你认得这个吗，亨特先生？"

大卫倾身向前，把那个金色的打火机拿在手里，脸上写满了困惑。他一边把它交还回去，一边缓缓说道："没错，这是我的。"

"你最后一次拿着它是在什么时候？"

"我把它弄丢了——"他打住话头。

"然后呢，亨特先生？"验尸官的声音很温和。

盖伊索恩有点儿坐不住，像是有话要说的样子。可是大卫比他抢先了一步。

"我上周五还带着它呢——周五早上。从那以后我就不记得还看见过它了。"

盖伊索恩先生站了起来。

"请允许我说句话，验尸官先生。周六的晚上你去拜访过死者，亨特先生。你当时不会是把打火机落在那儿了吧？"

"也有可能，我想，"大卫缓缓道，"我确实不记得周五以后还见过它——"他接着问道，"在哪儿找到的？"

验尸官说：

"我们稍后再细说这个问题。你现在可以离开证人席了，亨特先生。"

大卫慢吞吞地回到他的座位上，低下头去小声地跟罗萨琳·克洛德说着什么。

"波特少校。"

波特少校磨磨叽叽地走上了证人席。他笔直地站在那儿，就像军人在接受检阅似的。只有不断舔嘴唇的动作显示出他其实非常紧张。

"你是前皇家非洲来复枪团少校乔治·道格拉斯·波特吗?"

"是的。"

"你对罗伯特·安得海熟悉到什么程度?"

波特少校就像在阅兵场上一样大声报出了一串地点和日期。

"你已经看过死者的遗体了吗?"

"看过了。"

"你能认出这具遗体的身份吗?"

"能认出来。这是罗伯特·安得海的遗体。"

法庭里响起一片兴奋的嗡嗡声。

"你可以不带丝毫疑问地断言吗?"

"我可以。"

"你没有认错人的可能?"

"一点儿都没有。"

"谢谢你,波特少校。戈登·克洛德太太。"

罗萨琳站起身来,从波特少校身旁走过。他有点儿好奇地看着她,她却连扫都没扫他一眼。

"克洛德太太,警方已经带你去看过死者的遗体了吗?"

她打了个冷战。

"是的。"

"你非常肯定地声明这具遗体是属于一个你完全不认识的人吗?"

"是的。"

"鉴于波特少校刚刚做出的陈述,你想不想收回或者修正你自己的陈述呢?"

"不想。"

"你依然坚持宣称这具遗体不是你丈夫罗伯特·安得海吗?"

"这不是我丈夫的遗体。这个人我这辈子从来都没见过。"

"好吧,克洛德太太,波特少校已经确定认出这具遗体就是他的朋友罗伯特·安得海了。"

罗萨琳面无表情地说道:

"波特少校认错人了。"

"在这个法庭上你没有宣过誓,克洛德太太,但是你有可能很快就要在另一个法庭上宣誓。你是打算到时候仍然发誓说这具遗体不是罗伯特·安得海,而是另一个素不相识的陌生人吗?"

"我准备宣誓说这不是我丈夫的遗体,而是一个我根本不认识的男人。"

她的声音清楚而坚定,看着验尸官的眼神也毫不退缩。

他低声说道:"你可以退下了。"

接着,他取下夹鼻眼镜,对陪审团说起话来。

他们到这里来是为了弄清楚这个男人是怎么死的。就这一点来说,没有太大的问题。可能没有人认为这是桩意外或是自杀,也没有人觉得这是一起过失杀人。于是只剩下一个结论——蓄意谋杀。至于死者的身份,目前还无法确定。

他们已经听到一个证人,一个正直诚实、说话可靠的人说那具尸体是他以前的一个朋友罗伯特·安得海的遗体。而另一方面,罗伯特·安得海在非洲死于热病的结论很显然已经得到了地方当局的确认,后来也再没有什么异议。与波特少校的陈述相左的是,罗伯特·安得海的遗孀,也就是如今的戈登·克洛德太太非常肯定地宣称那具尸体并非罗伯特·安得海。这是两种完全相反的说法。抛开死者身份的问题,他们还不得不判定究竟有没有证据表明有人谋杀了死者。他们或许认为证据会指向某一个人,然而在案件真相大白之前需要有大量的证据、动机以及机会。

必须要有人于适当的时间在案发现场附近看见过这个人。如果缺乏这样的证据，最好的裁决也就是没有足够证据表明凶手是何人的蓄意谋杀。这样的裁决将会让警方放手去进行必要的调查。

随后他准许陪审团离席去考虑他们的裁决。

他们花了四十五分钟时间。

他们最终宣布的裁决是大卫·亨特犯下了蓄意谋杀罪。

第五章

"我就担心他们会这么干,"验尸官抱歉地说道,"地方性的偏见!感情用事,不讲逻辑。"

调查审讯之后,验尸官、郡警察局局长、斯彭斯警司和赫尔克里·波洛坐到一起磋商。

"你已经尽全力了。"郡警察局局长说。

"就算退一步讲,这也有点儿草率,"斯彭斯皱着眉头说道,"而且还妨碍了我们。你认识赫尔克里·波洛先生吗?是他帮忙找来了波特。"

验尸官彬彬有礼地说道:

"我听过您的大名,波洛先生。"而波洛本想着要表现得谦逊一些,却终究没有成功。

"波洛先生对这个案子也感兴趣。"斯彭斯笑着说道。

"的确,是这么回事儿,"波洛说,"也可以说,在有这桩案子之前我就已经身处其中了。"

在他们饶有兴趣的目光注视之下,他讲述了在俱乐部里他第一次听人提到罗伯特·安得海名字时那奇怪的小小一幕。

"等这件案子开庭审理的时候,这会是波特的证词里一个额外的细节。"郡警察局局长若有所思地说,"实际上,安得海计划好要装死,而且还说起过要用伊诺克·雅顿这个名字。"

接着他又喃喃自语道:"啊,可是这个能被作为证据采信吗?就凭一个已经死了的男人说过的几句话?"

"可能不会作为证据被接受,"波洛沉思道,"但是却打开了一条非常有趣又有启发性的思路。"

"我们想要的,"斯彭斯说,"不是什么启发,而是一些具体的事实。要某个在周二晚上在斯塔格或者那附近实实在在看见过大卫·亨特的人。"

"这应该挺容易的。"郡警察局局长皱着眉头说道。

"这要是在我们国家会非常容易,"波洛说,"我们那儿有小咖啡馆,会有人喝晚间咖啡——可这是在英国的乡下!"他两只手往上一甩。

警司点了点头。

"有些人会待在酒馆里,而且会一直待到关门的时候,其他人则待在他们的家里听九点的新闻。你要是八点半到十点之间走在这儿的高街上的话,绝对是空无一人,连半个人影儿都瞅不见。"

"他是看准了这一点吗?"郡警察局局长提示道。

"有可能。"斯彭斯说。他脸上的表情并不高兴。

不一会儿,郡警察局局长和验尸官就离开了,留下斯彭斯和波洛两个人。

"你不喜欢这桩案子,对吗?"波洛体恤地问道。

"那个年轻小伙子让我很烦心,"斯彭斯说,"他是那种你永远都摸不清楚底细的人。当他们在一件事情上完全无辜的时候,他们反倒表现得像有罪似的。而当他们有罪之时——哎呀,你又会发誓说他们简直就是光明使者啊!"

"你觉得他确实有罪?"波洛问道。

"你不觉得吗?"斯彭斯反问道。

波洛双手一摊。

"我很有兴趣知道,"他说,"你究竟掌握了多少对他不利的证据?"

"你不是指法律认可的吧?你是说关于可能性方面的?"

波洛点点头。

"先是那个打火机。"斯彭斯说。

"你是在哪儿找到它的?"

"尸体下面。"

"上面有指纹吗?"

"一个都没有。"

"啊。"波洛说。

"没错,"斯彭斯说,"我自己也不太喜欢这一点。然后死者的手表停在了九点十分,这和法医给出的证据非常吻合。而罗利·克洛德的证词说安得海在等一个随时可能会来的客户,想必当时那个客户也差不多要到了。"

波洛点了点头。

"是啊,一切都很干净利索。"

"而且在我看来,波洛先生,你无法回避的是也只有他(换句话说,他和他妹妹)是唯一有那么一点点犯罪动机的人。要么是大卫·亨特杀了安得海,否则的话就是另有其人,某个外来者出于某个我们一无所知的原因尾随安得海来到此地并且杀了他。不过这似乎也不太可能。"

"噢,我同意,我同意。"

"你看,没有哪个住在沃姆斯雷谷的人可能会有杀他的动机,除非某个人（除了亨特兄妹之外）碰巧过去跟安得海有关系。我从来都不排除巧合，但这里面没有丝毫跟巧合沾边儿的迹象。除了那兄妹俩，他们对所有人来说都是陌生人。"

波洛点点头。

"对于克洛德家的人来说，罗伯特·安得海就是他们的心头好，他们得想尽一切办法让他活着。一个活蹦乱跳的罗伯特·安得海就意味着那一大笔遗产会由他们来瓜分。"

"我的朋友，我要再一次满腔热情地赞同你的看法。活蹦乱跳的安得海正是克洛德一家人所需要的。"

"所以我们又说回来了——罗萨琳和大卫·亨特是仅有的两个有动机的人。罗萨琳·克洛德当时在伦敦。但是我们也知道，大卫那天就在沃姆斯雷谷，他坐的车五点三十分到达沃姆斯雷希斯车站。"

"所以我们现在掌握了动机，简直一目了然。还有一个事实，那就是从五点三十分之后到某个不确定的时间之间，他人在场。"

"完全正确。现在咱们再看看比阿特丽斯·利平科特的说法吧。我相信那个故事，她确实听到了她所说的那些话，尽管可能有点儿添油加醋，但那也算是人之常情吧。"

"就像你说的，人之常情。"

"我相信这姑娘除了因为我认识她之外，还因为有些事情不是她能捏造得出来的。比如说，她以前就从来没有听到过罗伯特·安得海这个名字。所以我相信她关于那两个男人之间谈话内容的说法，而不相信大卫说的。"

"我也一样，"波洛说，"她留给我的印象就是个特别诚实的证人。"

"我们已经确认她的说法是真实的。那你觉得那兄妹俩上伦敦是干什么去了呢?"

"这也是我最感兴趣的问题之一。"

"嗯,他们的财务状况是这样的:在戈登·克洛德的遗产当中,罗萨琳·克洛德只享有一份终身的收益。除去大概一千英镑之外,她不能动用本金——我相信她能支配的也就是这个数,但珠宝首饰之类的都归她。她进城以后干的第一件事就是拿着一些最值钱的物件上邦德街去卖掉。她亟须一大笔现金——换句话说,就是她得把钱付给一个敲诈勒索的人。"

"你把这点当成是不利于大卫·亨特的证据吗?"

"你不这么认为?"

波洛摇了摇头。

"要说这是存在敲诈勒索的证据,没错。但要把这当成是想要杀人的证据,不对。你不可能两边都占,我亲爱的朋友。那个年轻人要么就是打算付钱,要么就是计划着要杀人。你已经拿出他准备付钱的证据了。"

"对——是的,或许是这么回事儿。不过他也有可能改主意了呀。"

波洛耸耸肩膀。

"我了解他这种人,"警司若有所思地说道,"这种人在战争期间如鱼得水,浑身上下有使不完的勇气,胆大无畏,将个人安危置之度外,是那种愿意面对任何困境的人。这种人是有希望获得维多利亚十字勋章的——但是注意,常常是死了以后追授的。没错,在战争时期,像这样的人就是英雄。不过到了和平时期——嗯,在和平时期这种人通常都得死在监狱里。他们喜欢刺激,不能够正正经经做人,对这个社会也毫不关心,到最后他们就把人命都不放在眼里了。"

波洛点点头。

"我跟你说吧，"警司又重复了一遍，"我了解这种人。"

接下来的几分钟时间是一阵沉默。

"好吧，"波洛最终开口说道，"我们对凶手的类型特点有了一致看法，但也仅此而已。这并没能给我们带来什么进展。"

斯彭斯有些好奇地看着他。

"你对这件事情特别感兴趣吧，波洛先生？"

"是的。"

"我能冒昧地问一下原因吗？"

"坦率地说，"波洛两手一摊，"我自己也不太清楚。或许是因为两年前的一件事，那次我的胃觉得很不舒服（因为我不喜欢空袭，而且虽说我会努力表现得镇定，但其实我并不是很勇敢），就像我说的，是这里有种难受的感觉，"波洛比画着捂住自己的胃，"当时我正坐在朋友的俱乐部的吸烟室里，在那里打发日子的还有个俱乐部里很招人烦的家伙，就是正直的波特少校，他正在讲述一个没什么人听的冗长的故事。但是我在听，因为我希望能让自己从轰炸中分分心，而且在我看来，他讲的东西还有点儿意思，能引发联想。而我当时就暗想，从他讲的故事里没准儿哪天就会引出什么事情来。现在有些事情确实发生了。"

"出乎意料的事情发生了，是吗？"

"正相反，"波洛纠正他道，"是意料之中的事情发生了——这件事本身就已经够引人注目的了。"

"你早就料到会有谋杀发生？"斯彭斯的语气中透着怀疑。

"不，不，不是的！而是这个妻子再婚了。她的第一任丈夫不是有可能还活着吗？他确实还活着。他有可能突然出现吗？他确实突然出现了！有可能会有敲诈勒索吗？也确实发生了敲诈勒索!因此,那个敲诈勒索的人也有可能被迫闭嘴吧?好家伙,他还真的就被迫闭嘴了!"

"呃,"斯彭斯有些疑惑地看着波洛说道,"我觉得这种事情挺符合套路的呀。这是一种很常见的犯罪模式——敲诈勒索导致谋杀。"

"你可能会说没什么新鲜的吧?通常情况下的确是。但你知道吗,这件案子很有意思,因为,"波洛平静地说道,"一切都是错的。"

"都是错的?你说都是错的指的是什么?"

"我该怎么说呢,没有一件事情是对劲的?"

斯彭斯瞪大了眼睛。"贾普探长,"他说道,"总是说你的心思让人很难读懂。就你所说的错误能给我举个例子吗?"

"好吧,比如说那个死者,他就完全不对劲。"

斯彭斯摇了摇脑袋。

"你不那么觉得吗?"波洛问道,"噢,好吧,或许是我太异想天开了。那我们这么来看吧。安得海到达了斯塔格,他给大卫·亨特写了信,亨特第二天早上收到了信——是在吃早饭的时候吧?"

"对,是这样。他承认收到了一封雅顿写来的信。"

"这算是第一个暗示,不是吗?暗示说安得海已经到了沃姆斯雷谷?大卫·亨特所做的第一件事又是什么呢——匆匆忙忙地把他妹妹打发到伦敦去!"

"这个很好理解啊,"斯彭斯说,"他想要腾出手来按照自己的方式处理事情。他可能担心女人会比较优柔寡断。别忘了,他一直是占主导地位的,克洛德太太完全听命于他。"

"噢,没错,这点一目了然。所以他先把她送到伦敦,然后又去拜访了这个伊诺克·雅顿。从比阿特丽斯·利平科特那里我们已经很清楚地知道他们谈话的内容,而就像你所说的,显而易见的是大卫·亨特并不确定跟他说话的这个男人究竟是不是罗伯特·安得海。他怀疑他是,但不能确信。"

"可这件事一点儿都不奇怪呀,波洛先生。罗萨琳·亨特在开普敦和安得海结了婚,然后就和他一起直接去了尼日利亚。亨特和安得海从来没有见过面。所以如你所说,虽然亨特怀疑雅顿就是安得海,他也没法确信——因为他从来就没见过这个人。"

波洛若有所思地看着斯彭斯警司。

"这么说这件事里就没有任何让你觉得……奇怪的地方?"他问道。

"我知道你想说什么。安得海为什么不直截了当地说自己就是安得海呢?嗯,我觉得这也可以理解,有身份的人要是干了什么见不得人的事儿都喜欢维护一下脸面。他们喜欢把自己跟事情撇清关系,装出一副清白无辜样——如果你能明白我的意思的话。不,我没觉得这有什么特别不同寻常的地方。你得从人性方面来考虑一下。"

"是啊,"波洛说,"人性。我认为要说起为什么我会对这个案子感兴趣,这其实可能就是答案。我刚才在验尸官的法庭上一直在观察,观察所有的人,特别是克洛德一家。他们家人很多,全都被一个共同的利益联系在一起,而他们的性格、想法以及感受又都大相径庭。这么多年来,他们全都仰仗着那个强人,那个家里的主心骨,仰仗着戈登·克洛德!我指的或许不是那种直接的依附,他们也各有各的生存之道。但无论有意还是无意,他们已经,他们必然已经变得依赖起他来。那么接下来会怎么样呢——警司,我想问问你——如果橡树都倒了,缠绕其上的藤蔓又将何去何从呢?"

"这恐怕不是我这行的人能回答的问题。"斯彭斯说。

"你觉得不是吗?我认为是。亲爱的,人的品性并不是一成不变的。它既可以蓄积力量变得更好,也可以堕落腐化变得更坏。一个人其实是什么样子只有在考验来临——换句话说,也就是在你要自食其力的时候才能显现出来。"

"我真的不太明白你想说明什么,波洛先生。"斯彭斯看上去一头雾水,"不管怎么说,克洛德一家人现在都还好,或者说等法律手续办完之后就都没事儿了。"

波洛提醒他说,那可能需要一段时间。"而且戈登·克洛德太太的证词也还需要去撼动呢。毕竟,一个女人如果看见自己的丈夫总应该能认出来吧?"

他把头稍稍歪到一边,以探询的眼光注视着大块头的警司。

"如果一个女人只要假装说不认识自己的丈夫就能得到几百万英镑收益的话,这难道不值得她去试一试吗?"警司玩世不恭地问道,"再说,假如他不是罗伯特·安得海的话,那为什么会被人杀掉呢?"

"这个,"波洛喃喃自语道,"确实是个问题。"

第六章

波洛眉头紧皱着离开了警察局。他的脚步越来越慢，走到集市广场的时候他停了下来，向四下张望。他首先看到的是克洛德医生的家，门口的黄铜铭牌已经有些破旧，再过去不远的地方是邮局。另一边则是杰里米·克洛德的家。在波洛面前，稍往后一点的地方是一座罗马天主教的圣母升天教堂，与霸气十足地傲立于广场中央、直面谷物市场，足以宣告新教统治地位的圣玛丽像相比，显得又小又低调，甚至就像一朵羞答答的紫罗兰一样带着几分自卑。

一时兴起，波洛迈步穿过大门，沿着小径一直走到罗马天主教堂的门前。他脱下帽子，来到祭台前行屈膝礼，然后跪在其中一张椅子的后面。这时一阵令人心碎的抽噎声打断了他的祷告。

他转过头去，发现过道对面跪着个一袭黑衣的女子，脸埋在双手之中。没一会儿女子便站了起来，依然小声抽泣着向门口走去。波洛颇有兴趣地睁大了眼睛，接着站起身来跟了上去。他已经认出这是罗萨琳·克洛德。

她站在门廊里，努力想要控制住自己的情绪，这时波洛非常轻声地对她说道：

"夫人，需要我帮忙吗？"

她并没有表现出很吃惊的样子，只是像个不高兴的孩子那样简单地回了一句。

"不，"她说，"没人帮得了我。"

"你遇上了很大的麻烦。对不对？"

她说："他们带走了大卫……我就剩孤零零一个人了。他们说他杀了人……可他没有！他没杀人！"

她看着波洛又说道："您今天在场吗？在调查审讯会上。我看见您了！"

"是的。如果需要我的帮助，夫人，我会非常乐意效劳的。"

"我害怕极了。大卫说过只要有他在身边照顾我，我就是安全的。可现在他们把他带走了，我很害怕。他还说，他们都想让我死。这种话说出来真恐怖，不过也许这是真的。"

"我来帮帮你吧，夫人。"

她摇了摇头。

"不，"她说，"谁也帮不了我。我甚至都不能去忏悔。我必须独自一人承担我的罪恶，就连上帝都不会再宽恕我了。"

"上帝，"赫尔克里·波洛说道，"不会不宽恕任何人。这一点你很清楚，我的孩子。"

她再度看着他，眼神中带着任性和愁苦。

"我必须要忏悔我的罪孽——要去忏悔。要是我能去忏悔——"

"你怎么就不能忏悔呢？你来教堂就是要来忏悔的，难道不是吗？"

"我是来寻求……安慰的。可是我又能得到什么样的安慰呢？我是个罪人。"

"我们都是有罪之人。"

"但人必须要去忏悔啊……我必须得说……要说出来——"她用双手捂住了脸,"噢,我撒的那些谎——我撒的那些谎啊。"

"关于你丈夫的事你说谎了?关于罗伯特·安得海?在这里被杀害的那个人就是罗伯特·安得海,对不对?"

她猛地把脸转向他,眼神中充满了怀疑和警觉。她厉声喊道:

"我已经告诉你们那不是我丈夫。他一点儿都不像他!"

"死者一点儿都不像你丈夫吗?"

"不像。"她的口气中带着挑战的意味。

"告诉我,"波洛说,"你丈夫究竟长什么样子?"

她目不转睛地盯着波洛,面色变得僵硬,眼神也因为恐惧而黯淡下来。

她大声叫道:

"我再也不会跟你说话了!"

她迅速地从他身边经过,跑下小径,穿过大门,冲入集市广场。

波洛并没有试图跟上她,反倒非常满意地点了点头。

"啊,"他说,"原来如此!"

他缓缓地走出教堂,步入广场。

犹豫片刻之后,他沿着高街走下去,直到来到了斯塔格,这也是最后一栋建筑,再往前走便是一片开阔的田野。

在斯塔格的门前他遇见了罗利·克洛德和林恩·玛奇蒙特。

波洛饶有兴味地看着这个姑娘。一个很漂亮的姑娘,他想,而且也很聪明,但不是他喜欢的类型。他喜欢更温柔一些,更有女人味的姑娘。林恩·玛奇蒙特从本质上来说是个具有现代风格的姑娘——尽管你把它称之为伊丽莎白时期的风格也分毫不差。这种女人有独立思考的能力，什么话都敢说，并且钦佩男人身上的进取心和英勇无畏。

"我们非常感激您，波洛先生，"罗利说，"天哪，这真的就像是变魔术一样啊。"

可不就是这样嘛！波洛心想，当你被问到一个你知道答案的问题时，装模作样地耍个小把戏无论如何都不是一件难事。他心里很清楚，打个比方来说，对于单纯的罗利而言，他突然间找出一个波特少校来就跟魔术师从帽子里变出一大堆兔子来一样令人吃惊。

"对于您是怎么做到的，真是让我摸不着头脑。"罗利说道。

波洛并没有如实相告。毕竟他也只是个凡人，魔术师是不会告诉他的观众戏法是怎么变出来的。

"不管怎么样吧，林恩和我都感激不尽呢。"罗利继续说道。

波洛心想，林恩·玛奇蒙特看起来可没有特别感激的意思。她的眼角因为压力显露出了几道皱纹，手指也紧张地相互纠缠在一起。

"这会给我们将来的婚后生活带来很大的差别。"罗利说。

林恩立即接口道：

"你怎么知道？我相信还会有各种各样的手续和事情要办呢。"

"你们要结婚了，什么时候？"波洛很客气地问道。

"六月份。"

"那你们是从什么时候起就订婚了呢？"

"差不多有六年了，"罗利说，"林恩刚刚从皇家海军女子服务队退役归来。"

"在皇家海军女子服务队服役期间是不允许结婚的,对吗?"

林恩只说了一句:

"我一直都在国外。"

波洛注意到罗利立刻皱起的眉头。他马上说道:

"好啦,林恩,咱们必须得走了。我估计波洛先生也想回城里去了。"

波洛面带微笑地说道:

"但我还不打算回城里。"

"什么?"

罗利突然一下子愣在那里,呆若木鸡。

"我要在这儿住上一小段时间,就在斯塔格。"

"可——可是为什么呀?"

"这儿的风景很美啊。"波洛平静地说。

"是啊,当然……但您不是……嗯,我是说,您不是很忙吗?"

"我已经为自己精打细算过,"波洛微微一笑,说道,"我不需要把自己的弦绷得那么紧。我可以享受一下闲暇时光,把时间花在我爱好的事情上面。而沃姆斯雷谷就正合我的心意。"

他看见林恩·玛奇蒙特抬起头来,急切地望着他。而罗利呢,波洛认为他似乎有点儿不高兴。

"我猜您打高尔夫球吧?"他说,"在沃姆斯雷希斯那儿有一家好得多的旅馆。这家实在是太偏僻简陋了。"

"我的兴趣,"波洛说,"现在全都在沃姆斯雷谷。"

林恩说:

"走吧,罗利。"

罗利有几分不情愿地跟在她后面。林恩走到门口停住了脚步，接着又快步走了回来。她对着波洛轻声低语地说道：

"他们在调查审讯之后就逮捕了大卫·亨特。您——您觉得他们做得对吗？"

"小姐，在裁定之后，他们也别无选择。"

"我是说——您认为是他干的吗？"

"你认为呢？"波洛说。

但是罗利已经走回到她身边。她的脸上又变得面无表情，风平浪静。她说：

"再见，波洛先生。我……我希望我们还会再见面。"

"现在看来，我可说不准。"波洛心下暗想。

不一会儿工夫，在比阿特丽斯·利平科特为他安排好房间之后，他又再度出门。他的脚步带着他来到了莱昂内尔·克洛德医生家的门前。

"噢！"开门的是凯西阿姨，她往后退了一两步，说道，"波洛先生！"

"听候您的盼咐，夫人。"波洛躬身行礼，"我是来向您致意的。"

"啊，您真是太好了，真的。对了……呃……我想您最好还是进来吧。坐一下……我会把布拉瓦茨基夫人①都感动的……要不喝杯茶吧……只是点心实在是太不新鲜了。我原本打算去孔雀糖果店买点儿，他们家周三有时候会卖一些瑞士卷蛋糕。不过这个调查审讯把日常的家务都打乱了，您不觉得吗？"

波洛说他认为这是完全可以理解的。

他本来觉得罗利·克洛德对于他宣布要在沃姆斯雷谷逗留感

---

①即海伦娜·布拉瓦茨基夫人，十九世纪俄国著名的通神学家、预言家，擅长占星术。

到有些恼火，而凯西阿姨的态度毫无疑问也远谈不上是欢迎。她看着他的时候眼神里有种近乎于沮丧的东西。她向前探过身去，就像搞什么阴谋诡计似的用沙哑的声音低声说道：

"您不会告诉我丈夫我去找您商量过……呃，您知我知的那件事，对吧？"

"我会守口如瓶。"

"我是说——当然啦，那个时候我并不知道——那个罗伯特·安得海实际上就在沃姆斯雷谷呢。可怜的人啊，太悲惨了。在我看来，那件事仍然是最离奇不过的巧合！"

"本来还可以更简单，"波洛表示赞同，"如果占卜板直接把您带到斯塔格去的话。"

一提起占卜板，凯西阿姨又稍稍振作了些。

"在神灵世界里事情发生的方式似乎相当难以预料，"她说，"但我真觉得，波洛先生，所有事情的背后都有意旨所在。您在生活当中就没有这种感觉吗？没觉得总是有一种意旨存在吗？"

"有啊，是真的，夫人。就连我此刻坐在这里，在您的客厅里，这里面都存在着一种意旨。"

"哦，有吗？"克洛德太太看上去有些惊讶，"真的有吗？是吧，我觉得是有……当然，您就要回伦敦了吧？"

"现在还不回去。我要在斯塔格小住几天。"

"在斯塔格？噢……在斯塔格！可那儿不就是……噢，波洛先生，您觉得您这样做明智吗？"

"我是在指引之下到斯塔格去的。"波洛严肃地说道。

"指引之下？您什么意思啊？"

"在您的指引之下。"

"噢，可我从来没说过——我是说，我一点儿头绪都没有啊。

这一切都太可怕了,难道您不觉得吗?"

波洛难过地摇了摇头,说道:

"我才跟罗利·克洛德先生和林恩·玛奇蒙特小姐说过话。我听说他们就要结婚了,很快吧?"

凯西阿姨立刻就来了精神。

"亲爱的林恩啊,她可真是个可爱的姑娘,而且对数字方面的事情特别擅长。唉,我自己在这方面就一点儿天分都没有,完全不开窍。有林恩在家绝对是个福气。我要是遇见什么麻烦,她总是能帮我把事情理清楚。好孩子啊,我真心希望她能够幸福。当然啦,罗利也是个很好的人,但是可能……呃,有点儿无趣。我说的无趣是对于像林恩这样已经见过很多世面的女孩子而言。您知道,罗利在整个战争期间一直都在他的农场里待着。噢,当然了,这样也很好——我的意思是政府也想让他这样……在这方面没有任何问题,不像他们在布尔战争①期间表现出的那种胆小啊什么的。但我想说的是,这样一来就使得他在观念上多多少少受了些限制。"

"六年的婚约对爱情也是个很好的考验。"

"噢,说的是啊!但我觉得这些姑娘回到家乡以后就变得有点儿不那么安分了,而如果身边再有其他什么人……也许是某个有过冒险经历的人——"

"比如大卫·亨特?"

"他们俩之间可没有什么关系,"凯西阿姨急切地说道,"压根儿什么都没有。对于这一点我相当确信!要是有什么关系,结果他又是个杀人凶手的话,那也太可怕了吧,对不对?而且那还

---

① 十九世纪末至二十世纪初,英国人和布尔人为了争夺南非殖民地而展开的两次战争,英军最终艰难取胜,有观点认为布尔战争是大英帝国由盛而衰的转折点。

是他自己的妹夫！噢，不，波洛先生，不要错误地认为林恩和大卫之间有任何默契。说真的，他们俩每次一见面似乎除了吵架也没什么其他的了。我觉得吧——噢，不好，我想是我丈夫回来了。您还记得吧，波洛先生，关于咱们第一次会面的事情一个字也不要提，好不好？我那可怜的、亲爱的丈夫会很生气的，要是他认为……哦，莱昂内尔亲爱的，这位是波洛先生，就是他很聪明地找来了那个波特少校去认尸体。"

克洛德医生看上去既疲惫又憔悴。一双瞳孔细小的淡蓝色眼睛漫无目的地在屋子里扫来扫去。

"您好，波洛先生，要回城里了吧？"

"我的天哪，又一个催着我回伦敦的人！"波洛心想。

他不慌不忙地大声说道：

"不，我还要在斯塔格再住一两天。"

"斯塔格？"莱昂内尔·克洛德皱起了眉头，"哦？是警方想要让您再多留几天吗？"

"不。这是我自己的选择。"

"真的吗？"医生的脸上突然闪过一抹恍然大悟的神情，"这么说您还不太满意？"

"您怎么会这么想呢，医生？"

"嗨，老兄，是这么回事儿，对不对？"克洛德太太嘴里一边不停地说着要去沏茶，一边离开了房间。医生继续说道："您有种感觉，觉得有什么事情不对劲，是不是？"

波洛吃了一惊。

"您会这么说挺奇怪的。那您自己是不是也有这种感觉呢？"

克洛德犹豫了一下。

"不——呃，没有。也说不上是……或许就是一种不太真实的感觉吧。书里写敲诈勒索的人会被砸烂脑袋，现实生活中会是这样吗？很显然答案是会，但是这似乎不怎么自然。"

"这个案子以医学的观点来看，有什么耐人寻味的地方吗？当然了，我这是非正式地问一问。"

克洛德医生若有所思地说：

"不，我觉得没有。"

"有的——有问题。我能看得出来，这里有什么问题。"

只要波洛愿意，他的声音就能够产生出一种几乎可以催眠的效果。克洛德医生眉头微蹙，接着有些踌躇地说：

"当然，对于警方的案子我也没什么经验，而且任何医学上的证据都不像是外行人或者小说家所想的那样板上钉钉，一成不变。我们容易犯错误——医学科学是容易犯错误的。诊断是什么？就是一种猜测啊，基于很少的一点点知识，还有一些代表着不止一种意义的不确定线索。在麻疹的诊断上，或许我相当过硬，因为我这一辈子已经见过好几百例麻疹病例，对于各种症状和体征的变化了如指掌。你几乎见不到教科书上告诉你的那种麻疹'典型病例'。但我在这段时间里也知道了一些很奇怪的事情——我亲眼见过一个女人躺在手术台上，都做好准备要被拿掉阑尾了，结果到最后关头大夫很及时地诊断出她得的是副伤寒！我还见过一个得了皮肤病的孩子，有个很认真负责的年轻医生断定他患了严重的维生素缺乏。而当地的兽医来了以后对孩子的母亲说，孩子怀里正抱着的猫有猫癣，所以孩子也被传染上了！

"医生，跟其他任何人一样，都会受到先入为主的想法的影响。现在有一个男人，显然是被谋杀的，他倒在地上，身边还放着一把沾着血迹的火钳。如果说他是被其他什么东西打的，大家会觉得是在胡说八道，然而要让我来说的话，虽然我对脑袋被人敲烂的情况毫无经验可言,我还是会怀疑凶器是某种截然不同的东西——某种不那么圆滑的东西……某种……噢,我也不知道,某种更尖锐的东西吧,比如一块砖之类的。"

"这些话您在调查审讯的时候没说吧?"

"没说,因为我其实也不知道。詹金斯,就是那个法医,他觉得很满意,而他是说了算的人。可是这里边有种成见——尸体旁边放着的就是凶器。伤口可能是由这个东西造成的吗?没错,有可能。但你要是让我看完伤口,然后问我是什么东西造成的……好吧,我也不知道您会不会这么说,因为这真的有点儿说不通。我是想说如果您找到两个人,一个用砖头砸他,另一个用火钳——"医生停了下来,很不满意地摇了摇头,"说不通啊,对吗?"他对波洛说道。

"他有可能是倒在什么尖利的物体上面了吗?"

克洛德医生摇摇头。

"他是脸朝下倒在地板中央的——倒在一块很不错的厚实的老式阿克明斯特地毯上面。"

看见他太太走进屋来,他突然收住了话头。

"凯西端淡茶来了。"他说。

凯西阿姨端着个托盘,上面摆满了陶器,还有半条面包和一个两磅装的罐子,罐子底部盛着一些看起来让人完全提不起食欲的果酱。她在努力维持着平衡。

"我以为水开了。"她一边揭起茶壶盖往里窥探一边有些含糊地说道。

克洛德医生又轻轻哼了一声,咕哝道:"淡而无味的茶。"说完这句突然迸出来的话之后他离开了房间。

"可怜的莱昂内尔,自从打仗以来他的精神状态一直很糟糕。

他工作得太拼命了。好多医生都走了,他不给自己一点儿休息的时间,早上、中午和晚上都在外面。他还没彻底垮掉我都觉得奇怪。当然,他一直盼着战争一结束就退休。那些事儿戈登都已经为他安排好了。您知道,他的爱好是植物学,特别是中世纪时期的药草。他正在写一本这方面的书。他盼望着能过上一种安安静静的生活,然后做一些必要的研究。可然后呢,戈登就那么死了。唉,波洛先生,您也知道如今这日子是什么样子,既要缴税又有其他所有的事情,他都没有资本去退休,这让他变得满腹愁苦。这真的是太不公平了,戈登就那么死了,连个遗嘱都没留——唉,其实这也大大地动摇了我的信念。我的意思是说,我真不明白这一切的意旨何在。我总忍不住在想,这看起来就是个错误啊。"

她叹了口气,然后稍稍高兴了一些。

"不过从神灵世界我也得到了一些令人非常愉快的安慰。'有勇气,有耐心,就能找到出路。'说真的,今天当那个可敬的波特少校站起身来,以如此坚定且富有男子气概的方式断言这个被谋杀的可怜人就是罗伯特·安得海的时候——嗯,我分明看到出路已经找到了!这简直太棒了,事情怎么就有这么完美的结局呢,不是吗,波洛先生?"

"甚至还发生了谋杀。"赫尔克里·波洛说。

第七章

波洛走进斯塔格的时候依然沉浸在他的思绪当中，一阵凛冽的东风吹来让他微微打了个寒战。大厅里空无一人。他推开了右手边休息室的门，屋子里有一股陈腐的烟味，壁炉里的火刚刚熄灭。波洛轻手轻脚地走到大厅尽头写着"仅供房客使用"的那扇门前。这间屋子里的炉火正旺，但是一个身形庞大的老太太正坐在一张大扶手椅里舒舒服服地烤着她的脚，她对波洛怒目而视，波洛只好赔着礼退了出来。

他在大厅里站了片刻，目光从被玻璃围起来的空空如也的办公室转到一扇用坚实的过气字体写着咖啡室三个大字的门上。凭着对乡村旅店的经验，波洛很清楚地知道咖啡只会在早餐时间提供，这还带着几分不情不愿呢。即便如此，那所谓的咖啡里面主要成分其实也不过就是兑了好多水的热牛奶罢了。那些倒在小杯子里又甜又腻且浑浊不堪的液体被叫作黑咖啡，它们只在休息室里供应，而非咖啡室。晚上七点整，在咖啡室里能够吃到由温莎浓汤、维也纳牛排土豆和蒸布丁组成的晚餐。在那之前，斯塔格的客房区都笼罩在一片宁静之中。

波洛一边思索一边走上楼梯。他自己的十一号房间在左边，他却没有往左拐，而是转向右边，随后停在了五号房间门前。他看了看四周，安安静静，一个人都没有。他打开门走了进去。

警方已经搜查过这个房间，而且很显然，房间刚刚被清理和擦洗过。地板上没有地毯，那块"老式的阿克明斯特"很可能已经送到干洗店去了。毛毯在床上整整齐齐地叠成一摞。

波洛关上身后的房门，在房间里四处转了转。房间很干净，但奇怪的是，布置得一点儿人情味都没有。波洛看了看屋里的陈设——一个写字台，一个上等的旧式桃花心木五斗柜，一个同样质地的衣柜（想必就是用来挡住通往四号房间那扇门的），一张黄铜大双人床，一个带冷热水的水槽——这是现代化与仆人短缺共同带来的产物——一把很大却不怎么舒服的扶手椅，两把小椅子，一个老式的维多利亚时代风格的壁炉格栅，以及与那把火钳同属一套工具的一根拨火棍和一把带孔的铲子，还有一个巨大的大理石壁炉台和一个结实的方角大理石炉围。

波洛俯下身去，查看最后这几样东西。他用沾湿的手指擦了擦炉围右边的拐角，然后看了看结果。他的手指微微有点儿变黑。他又用另一个手指在炉围左边的拐角处故技重施。这一次他的手指非常干净。

"是啊，"波洛若有所思地自言自语道，"没错。"

他看了一眼安置合宜的洗手池，然后徐步踱到窗前。透过窗户可以看到下面有一些薄铅板——他觉得那是一个车库的屋顶，然后就是一条偏僻小巷。一条在里面走来走去都不会被五号房间的客人发现的捷径。不过就算是从楼梯上来到五号房间，想不被人看见也同样容易。他自己刚刚就做到了。

波洛悄无声息地从屋子里出来，轻轻地带上身后的房门。他径直回了自己的房间，发现房间里冷得厉害。他只好再度下楼，犹豫一番之后，终于还是在夜晚寒意的驱使之下大着胆子走进那间"仅供房客使用"的房间。他拉过第二张扶手椅到炉火前,然后坐了下来。

从近在咫尺的地方看去,那位身形庞大的老太太显得更加慑人。她有一头铁灰色的头发,一嘴茂密的小胡子。当她开口说话的时候,声音低沉而令人敬畏。

"这间休息室,"她说,"是给住在旅馆里的人预备的。"

"我就住在旅馆里。"赫尔克里·波洛回答道。

老太太在发起第二轮攻击之前先思索了片刻,接着以一种责难的口气说道:

"你是个外国人。"

"是的。"赫尔克里·波洛答道。

"依我看,"老太太说,"你们就应该都回去。"

"回哪儿去呢?"波洛问道。

"从哪儿来的就回哪儿去。"老太太斩钉截铁地说道。

随后她鼻子里哼了一声,又低声地附上了一句:"外国佬!"

"这个,"波洛委婉地说道,"有点儿难度。"

"胡扯,"老太太说,"我们打这场仗不就是为了这个吗,对不对?为了让大家都回到他们该去的地方,老老实实待着。"

波洛无意加入一场争辩。他早就知道,每个人对于"我们打这场仗是为了什么?"这个话题都会有不同的见解。

沉默中弥漫着几分敌意。

"我不知道情况还会变成什么样,"老太太说,"我真的不知道。每年我都会到这儿来小住。我丈夫是十六年前在这里去世的。他就埋在这儿,我每年都会来住一个月。"

"一次虔诚之旅。"波洛彬彬有礼地说道。

"而年复一年,情况越来越糟糕。什么服务都没有!饭菜也难以下咽！那个维也纳牛排也真可以了！做牛排要么就用后腿肉要么就用里脊肉——别拿剁碎了的马肉来充数啊！"

波洛悲哀地摇了摇头。

"倒是有一件好事儿——他们把机场给关了，"老太太说道，"那些年轻的飞行员带着那些让人讨厌的小姑娘跑到这儿来也是够丢人现眼的。那可真的是小姑娘啊！我都不知道如今那些当妈的心里都是怎么想的，就让她们那么到处游荡。这点我得怪政府，把当妈妈的全都送到工厂里干活儿去了，只在她们有小孩子的时候才放过她们。小孩子，全都是胡扯！谁都能照顾小小孩儿！小小孩儿可不会跟在当兵的屁股后头乱跑。而十四岁到十八岁的小姑娘，她们才是需要照顾的人呢！她们需要母亲。当妈的得知道小姑娘心里在想什么。当兵的！飞行员！她们满脑子都是这些。美国人！黑鬼！波兰人渣！"

此时，一肚子的怒气惹得老太太咳嗽起来。等到缓过劲儿来以后，她再次让自己沉浸在一种让人愉悦的慷慨激昂之中，而把波洛当成了她发泄怨气的靶子，继续开口说道：

"他们为什么要在营地周围装上带刺儿的铁丝网？是为了不让当兵的接近那些女孩子吗？不是，是为了不让那些女孩子们靠近当兵的！花痴啊，她们就是那个样子！看看她们的衣着吧。居然穿着裤子！有些可怜的笨蛋穿的还是短裤——她们要是知道从背后看是什么样子就不会那么穿了！"

"我同意您的看法，夫人，我真的同意。"

"她们脑袋上戴的又是些什么啊？正经的帽子吗？才不是呢，一堆弯弯曲曲的玩意儿，脸上抹抹画画的，满嘴涂的都是些脏兮兮的东西。不光手指甲是红的——就连脚指甲也都是红的！"

老太太突然停了下来，满怀期待地看着波洛。他叹了口气，摇了摇头。

"甚至在教堂里，"老太太说道，"也不戴帽子。有时候还连那些愚蠢的围巾都不戴，就露着那一脑袋难看的永远大波浪的头发。头发？现如今谁也不知道到底什么才算是头发。我年轻的时候都能坐在自己的头发上面。"

波洛偷偷瞟了一眼那几束铁灰色的头发。这个令人望而生畏的老太太看上去似乎不可能曾经年轻过！

"前几天某个晚上，她们当中的一个人还探头进来呢，"老太太接着说道，"裹着橙色的围巾，脸上涂脂抹粉。我看到了她。我只是那么看着她！她很快就走开了！"

"她不是这里的房客，"老太太还在继续，"我很欣慰，住在这儿的就没有她这号人！那她从一个男人的卧室里面出来又是干什么去呢？要我说，简直令人作呕。这件事我跟那个姓利平科特的姑娘说起过，不过她跟她们都是一路货色，只要是个男人就上赶着往上扑！"

波洛心里萌生出一丝微弱的兴趣。

"从一个男人的卧室里出来？"他问道。

老太太兴致盎然地转到这个话题上来。

"没错。我亲眼看见的。五号房间。"

"那是在哪天，夫人？"

"就在因为有个男人被谋杀而闹得鸡飞狗跳之前的那天。在这儿还能发生这种事情真是不光彩！这地方以前一直都是很体面很老派的。可现在——"

"这是白天几点钟的事情？"

"白天？根本就不是白天。是晚上，而且是很晚的晚上。实在是太不要脸了！是在十点钟以后。我都是在十点一刻的时候上床。她就那么大摇大摆地从五号房间里走出来，瞪着我，然后又躲回房间里面去，跟那里的男人有说有笑的。"

"您听见那个男人说话了？"

"难道我没告诉你吗？她躲回到房间里面，而他则大声喊道：'噢，去你的吧，从这儿滚出去。我已经受够了。'一个男人对一个姑娘这么说话也真够可以的。不过那也是她自找的！厚颜无耻的女人！"

波洛说："这件事您没向警方报告过？"

她以毒蛇一般的眼神死死盯着他，然后摇摇晃晃地从椅子里站起身来，居高临下地站在他面前，俯视着他说道：

"我从来都不跟警察打任何交道。就不跟警察打交道！还想让我上治安法庭？"

她气得浑身乱颤，最后恶狠狠地瞪了波洛一眼，接着便离开了房间。

波洛若有所思地抚摸着自己的胡子，又坐了几分钟之后他起身去找比阿特丽斯·利平科特。

"噢，是啊，波洛先生，您说的是利德贝特老太太吧？她是利德贝特牧师的遗孀，每年都来这儿。不过当然啦，就咱们私下里说，她挺让人头疼的。她有时候对人真的是特别粗鲁无礼，而且她似乎并不理解如今情况已经大不相同。当然，她都快八十岁了。"

"可是她脑子还清楚吧？她也知道自己在说什么吧？"

"噢，知道啊。她是个相当精明的老太太，有时候都有点儿过于精明了呢。"

"你知道周二晚上有一个来拜访被害人的年轻女子是谁吗？"

比阿特丽斯一副很吃惊的样子。

"我不记得那天晚上有个年轻女子来拜访过他啊。她长什么样儿?"

"她头上裹着橙色的围巾,而且我猜她应该浓妆艳抹的。周二晚上十点一刻的时候,她正在五号房间里跟雅顿说话。"

"说真的,波洛先生,我一点儿都不知道。"

波洛一路思索着去找斯彭斯警司。

斯彭斯一言不发地听完波洛的故事,然后向后靠回椅背上,缓缓点了点头。

"挺好笑的,不是吗?"他说,"人们总是要回到同一条老路上来的。去找那女人。"

警司的法语口音并不似格雷夫斯警长那么好,但他还是很引以为傲的。他站起身来,穿过房间,回来的时候手里拿着什么东西。那是一支装在烫金纸盒子里的口红。

"我们一直都掌握着这条暗示,这表明可能有一个女人牵涉其中。"他说。

波洛拿过那支口红,轻巧地在手背上涂了一点儿。"质地不错,"他说,"深樱桃红色。涂它的或许是个深褐色头发的女人。"

"对。这是在五号房间地板上找到的,它滚到了衣柜底下,当然,也有可能有段时间了。上面没有指纹。当然啦,现在不像以前似的口红品种那么多——只有几个标准的型号。"

"而你想必已经做过调查了吧?"

斯彭斯微微一笑。

"是的,"他说,"如你所说,我们已经调查过了。罗萨琳·克洛德用这种口红;林恩·玛奇蒙特也用;弗朗西斯·克洛德的口红颜色更柔和;莱昂内尔·克洛德太太压根儿就不用口红;玛奇蒙特太太用的是淡紫色的;比阿特丽斯·利平科特似乎不用这么贵的东西；那个女服务员格拉迪斯也不用。"

他停顿了一下。

"你调查得很彻底。"波洛说。

"还不够彻底。目前看来好像还有个外来者也牵涉其中，或许是安得海在沃姆斯雷谷认识的某个女人。"

"那么周二晚上十点一刻的时候是谁和他在一起呢？"

"是啊，"斯彭斯说，接着他又叹了口气，"这样的话就要放大卫·亨特一马了。"

"会吗？"

"会啊。他老人家最终还是同意作一份供述，在他的律师过来给他说清楚利害之后。这是他对于自己行踪的叙述。"

波洛读到的是一份打印工整的备忘录。

四点十六的火车离开伦敦前往沃姆斯雷希斯。五点三十到达。从小路步行到弗罗班克。

"按照他的说法，"警司打断道，"他回来的原因是要拿一些他落在这儿的东西。有信件和文书，一本支票簿，另外还要顺便看看几件衬衫有没有从洗衣店送回来——结果当然是没送回来！哎，现如今这洗衣店也是个问题，从他们上次到我们家里来都已经过了足足四周。我们家现在连一条干净毛巾都没有，我的所有东西都得我老婆自己动手洗。"

说完这段富有人性的小插曲之后，警司又回到大卫行踪的问题上来。

七点二十五离开弗罗班克，他说因为已经错过七点二十的火车,而下一班火车要等到九点二十,于是他就去散了个步。

"他往哪个方向散步?"波洛问道。

警司查阅了一下自己的笔记。

"他说是唐恩小树林,巴茨山和长岭那条线。"

"事实上,这是绕着白屋走了整整一圈啊!"

"哎呀,你很快就对这里的地形了如指掌了呀,波洛先生!"

波洛微笑着摇了摇头。

"不,我并不知道你刚才说的这些地方。我只是猜猜罢了。"

"哦,你真是猜的吗?"警司往一边歪了歪脑袋。

"然后,按照他的说法,走到长岭上的时候,他意识到他给自己留的时间已经相当紧张,于是他就穿过田野,一路飞奔到了沃姆斯雷希斯车站。他将将赶上了火车,十点四十五分抵达维多利亚车站,之后步行到了牧羊人庭院,到那儿的时间是十一点钟,最后这一点戈登·克洛德太太已经证实。"

"那其他的部分你有得到确认吗?"

"非常少,但还是有一些。罗利·克洛德还有其他几个人看见他抵达沃姆斯雷希斯。弗罗班克的女仆们都出去了(当然,他有自己的钥匙),所以她们没看见他,不过她们在书房里发现了一个烟蒂,我猜这激起了她们的好奇心,同时她们还发现放亚麻织品的橱柜里一片狼藉。此外有一个花匠在那儿干活干得比较晚,要关好花房的门之类的,他看见了大卫。玛奇蒙特小姐在马登树林那里也遇见了他,当时他正跑着去赶火车。"

"有谁看见他赶上火车了吗?"

"没有,但是他一回到伦敦就给玛奇蒙特小姐打了个电话,在十一点零五的时候。"

"这一点查证过了吗？"

"是的，我们已经查过那个号码拨打的电话了，十一点零四的时候拨出过一个到沃姆斯雷谷三十四号的长途电话，那是玛奇蒙特家的号码。"

"非常非常有意思。"波洛喃喃自语道。

斯彭斯还在有条不紊地往下说。

"罗利·克洛德离开雅顿那儿的时间是九点差五分，他很确定不会更早。大约九点十分的时候林恩·玛奇蒙特在马登树林看见了亨特。就算他从斯塔格出来以后一路飞奔，他能有足够的时间先跟雅顿会面，再和他发生争吵，继而杀死他，然后跑到马登树林里吗？我们在查证这一点，而我觉得那是办不到的。不管怎么样，我们现在又要从头开始了。雅顿不仅不是九点钟被人杀害的，而且他在十点十分的时候还活着呢，除非你那位老太太是在做梦。杀他的人要么是那个掉了口红、裹着橙色围巾的女人，要么就是某个在那女人离开之后进去的人。而不管是谁干的，那人都故意把手表的指针拨回到了九点十分。"

"假如大卫·亨特没有碰巧在一个几乎不太可能的地方遇见了林恩·玛奇蒙特的话，对他来说是不是就特别麻烦了呢？"波洛说。

"对，会很麻烦。九点二十那趟车是从沃姆斯雷希斯经过去伦敦的末班车。那时候天已经黑下来，通常会有一些打高尔夫球的人坐那趟车回去，但是没有人会注意到亨特——实际上车站的人就算看见也不认识他。而他到了那边以后也没搭出租车。所以对于他说自己回到牧羊人庭院的具体时间，我们也只有他妹妹说的话能够用来证实。"

波洛没有说话,斯彭斯问道:

"你在想什么呢,波洛先生?"

波洛说:"绕着白屋走了很长的一段路。在马登树林里的一次相遇。晚些时候的一通电话……而林恩·玛奇蒙特跟罗利·克洛德已经订婚了……我特别想知道他们在电话里都说了些什么。"

"吸引你的又是人性吗?"

"是的,"波洛说,"吸引我的总是人性。"

第八章

天色渐晚,但波洛还想再去拜访一个人。他去了杰里米·克洛德家。

一个小个子、看上去很聪明的女仆带他进了杰里米·克洛德的书房。

只剩他一个人的时候,波洛兴趣十足地四下打量起来。就算在自己家里,他心想,所有的一切也全是那么不逾法度,索然无味。书桌上摆着一张戈登·克洛德的大幅肖像照。在另一张已经褪色的照片里,爱德华·特伦顿勋爵骑在一匹马上,波洛正在看这张照片的时候杰里米·克洛德走了进来。

"啊,对不起。"波洛有些慌乱地把相框放下。

"是我岳父,"杰里米说,声音中带着一丝得意,"和他最好的马之一切斯特纳特·特伦顿,一九二四年在德比大赛①里跑了第二名。您对赛马感兴趣吗?"

"唉,不太感兴趣啊。"

"得花很多钱呢,"杰里米语气平淡地说,"爱德华勋爵就被它拖垮了,不得不跑到国外去生活。没错,这是一项昂贵的运动。"

---

① 每年在英国举行的著名三岁马赛马大会,由德比爵士创办,迄今已有二百余年历史。

不过他的口气里依然带着自豪。

波洛估计他自己宁可把钱扔到大街上也不愿意花在马身上，不过他心里对于愿意那么做的人还是很钦佩也很敬重的。

克洛德继续说道：

"有什么能让我为您效劳的吗，波洛先生？作为我们家来说，我觉得我们都欠您一份人情——是您找到波特少校来证明死者的身份。"

"您一家人对这件事似乎都很欢欣鼓舞啊。"波洛说。

"啊，"杰里米干巴巴地说道，"现在高兴为时尚早，事情还多着呢。毕竟安得海的死在非洲已经被认可接受，要推翻这种事情得花上好多年时间，而罗萨琳的证词又非常肯定——真的是非常肯定啊。您也知道，她给大家留下了很好的印象。"

看起来几乎就像是杰里米·克洛德自己都不希望他的前途会有任何改善似的。

"我不想用这样或者那样的方法去做出裁定，"他说，"一个案子会如何发展不好说。"

随后，他用一个很烦躁、几乎透着厌倦的动作把一些文件推到一边，接着说道：

"可您还是想见我？"

"我是想问您，克洛德先生，您真的很确定您哥哥没有留下遗嘱？我指的是，没有留下在他结婚以后订立的遗嘱吗？"

杰里米看上去很吃惊。

"我觉得他就从来没动过这样的念头。反正他在离开纽约之前肯定没立过遗嘱。"

"而他在伦敦的那两天时间里有可能立过。"

"去找那儿的律师吗？"

"或者自己写一份。"

"而且还找人见证了？找谁见证的呢？"

"当时家里有三个仆人，"波洛提醒他道，"都跟他死在同一天夜里了。"

"嗯，没错。不过就算他真的如您所言立了一份遗嘱的话，那份遗嘱也已经毁掉了。"

"问题的关键就在这里。最近，有很多看似已经被彻底毁坏的文件实际上都可以用一种新方法破解辨认。好比说，放在家里的保险箱里被烧了，但文件还没有毁坏到无法辨读。"

"嗯，说真的，波洛先生，您这个想法非常了不起……简直太了不起了。但我不认为——是的，我真的不相信它能有什么用处……就我所知，在谢菲尔德联排别墅的那栋房子里并没有保险箱，戈登把所有重要文件之类的东西都保存在他的办公室里，而那里确实没有遗嘱。"

"但是查一下总可以吧？"波洛还在坚持，"比如说从空袭预防局的官员那里？您愿意委托我去做这个调查吗？"

"噢，当然，当然。您自告奋勇承担这件事情实在是太好了。但不管怎么说，恐怕我都不相信您会成功。尽管如此——呃，我想这也是个难得的机会。您——您马上就要回伦敦去了，是吧？"

波洛的眼睛眯起来。杰里米语气中的迫切之意明白无误。回伦敦去……他们是都想让他别碍事儿吗？

还没容他开口回答，门就开了，弗朗西斯·克洛德走了进来。

有两件事令波洛印象深刻。第一件是她看起来病得很厉害。第二件则是她和照片中她的父亲长得极其相像。

"赫尔克里·波洛先生来看咱们了，亲爱的。"杰里米这句话说得有些多余。

她和他握了握手,杰里米·克洛德立即把波洛关于遗嘱的提议简要地说了一遍。

弗朗西斯看上去疑惑不解。

"这机会似乎太渺茫了。"

"波洛先生就要回伦敦去,他会很好心地替我们做调查。"

"我听说波特少校以前是那个地区的防空督察员。"波洛说。

克洛德太太的脸上掠过一抹奇怪的表情。她说:

"波特少校是什么人?"

波洛耸耸肩膀。

"一位退役的陆军军官,靠养老金过日子。"

"他以前真的在非洲待过?"

波洛好奇地看着她。

"确定无疑,夫人。为什么不可能呢?"

她有些心不在焉地说道:"我不知道。他让我看不透。"

"是啊,克洛德太太,"波洛说,"这个我能理解。"

她警觉地看着他,眼中浮现出一种近乎恐惧的神色。

接着,她转向她丈夫说道:

"杰里米,我特别担心罗萨琳。她现在孤身一人待在弗罗班克,大卫被捕肯定让她特别难过。我要是叫她来这里待几天你不会反对吧?"

"你真觉得这样做合适吗,亲爱的?"杰里米听上去有些怀疑。

"哦,合适吗?我也不知道!但人都是通人情的。她现在是那么无依无靠。"

"我真怀疑她会不会接受你的好意。"

"至少我可以先提出来啊。"

律师轻声说道:"如果这能让你觉得更幸福一点儿的话。"

"更幸福一点儿!"

这句话说出口的时候带着一种奇怪的苦涩。随后她又用疑惑的目光迅速瞟了一眼波洛。

波洛很正式地低声说道:

"现在我要告辞了。"

她跟着他走出房间,来到大厅里。

"您要回伦敦去吗?"

"我打算明天回去,不过最多也就待二十四小时,然后我就会回斯塔格来。如果您想要找我的话,夫人,可以到那儿去找。"

她机警地问道:

"我为什么要去找你?"

波洛并未回答这个问题,只是说了一句:

"我就住在斯塔格。"

那天晚上晚些时候,弗朗西斯·克洛德在黑暗之中对她丈夫说:

"我不相信那个人去伦敦是为了他说的那个理由。我也不相信所有那些关于戈登又立过一次遗嘱的说法。你相信吗,杰里米?"

一个绝望中还夹杂着些疲惫的声音回答她道:

"不相信,弗朗西斯。不,他回去是为了别的什么原因。"

"什么原因?"

"我不知道。"

弗朗西斯说:"我们该怎么办呢,杰里米?我们该怎么办?"

不一会儿他回答道:

"我觉得,弗朗西斯,要做的只有一件事情——"

第九章

带着从杰里米·克洛德那儿拿到的必要凭证，波洛得到了问题的答案。结论非常明确，那栋房子完全被毁掉了。为了准备重建，那块地方才刚刚被清理过。除了大卫·亨特和克洛德太太之外再没有其他幸存者。当时房子里有三名仆人：弗雷德里克·盖姆、伊丽莎白·盖姆和艾琳·科里根，三个人全都是当场死亡。戈登·克洛德被救出来的时候还活着，但是在送往医院的路上就死了，而且一直都没有苏醒过。波洛记下了那三个仆人的近亲属的名字和地址。"也有可能，"他说，"他们在跟亲戚朋友闲聊八卦或者评头论足的时候说起过什么，而这些或许会给我指点迷津，帮我得到一些我迫切需要知道的消息。"

听他说这番话的官员看上去满心怀疑。盖姆夫妇是从多塞特郡来的，而艾琳·科里根则来自科克郡。

波洛接着朝波特少校的家走去。他记得波特在证词中说过他本人是个督察员，他想知道空袭那天晚上他会不会碰巧当值，在谢菲尔德联排别墅出事的时候他有没有看到什么。

而且，他找波特少校还有别的原因。

就在转过街角走上埃奇威大街的时候，他吃惊地看到一名身着制服的警察站在他正要造访的那栋房子外面。一些小男孩和其他人群则围成一圈，站在那里望着那栋房子。波洛明白这架势代表着什么，心里不禁一沉。

那名警员拦住了波洛上前的脚步。

"这儿不能进去，先生。"他说。

"出什么事儿了？"

"您不住在这栋房子里，对吗，先生？"波洛摇摇头。"您打算来找谁？"

"我想找波特少校。"

"您是他的朋友吗，先生？"

"不，我算不上是他的朋友。出什么事儿了？"

"就我所知，那位先生开枪自杀了。啊，督察来了。"

门开了，走出来两个人。一位是当地的督察，另一位波洛认出是沃姆斯雷谷的格雷夫斯警长。警长也认出了他，又马上把他介绍给督察认识。

"还是先进来吧。"督察说。

三个人再次走进那栋房子。

"他们把电话打到了沃姆斯雷谷，"格雷夫斯解释道，"斯彭斯警司就派我过来。"

"是自杀？"

督察回答道：

"是的，情况看起来一目了然。也不知道是不是因为不得不在调查审讯的时候出庭做证让他心里备受煎熬。人有时候莫名其妙地就钻了牛角尖，不过我推测他最近应该是有点儿消沉。财务上遇到了困难，还有这样那样的事情，于是就用他自己的左轮手枪把自己崩了。"

波洛问道："能允许我上去看看吗？"

"如果您愿意的话,波洛先生。警长,带波洛先生上去吧。"

"好的,长官。"

格雷夫斯在前面带路,来到二楼的房间。这里跟波洛记忆中的样子别无二致:那些旧地毯的暗淡颜色,还有那些书。波特少校坐在那张大扶手椅里。他的姿势几乎称得上自然,只是脑袋向前耷拉着。他的右臂垂在身侧——在下方的地毯上是那把左轮手枪。空气中还能闻到一丝微微的刺鼻火药味。

"他们觉得大概是几个小时以前的事,"格雷夫斯说,"没有人听见枪响。女房东那时候出去买东西了。"

波洛皱着眉头,俯视着这个右侧太阳穴上有个烧焦小伤口的一动不动的死者。

"您知道他为什么要这么做吗,波洛先生?"格雷夫斯问道。

他很尊敬波洛是因为看到警司的态度,但他自己觉得波洛就是个吓唬人的退休老头。

波洛心不在焉地回答道:

"是的,知道,有个非常好的理由。难点不在这里。"

他的目光转向波特少校左手边的一张小桌子。桌子上有一个实心玻璃的大烟灰缸,旁边还有一个烟斗和一盒火柴。别的什么都没有。他的眼睛又在屋子里四下逡巡,随后走到一张打开的翻盖式写字桌前。

写字桌非常整洁,文件干净利落地分类摆放。写字桌中间有一本小的皮面记事簿,一个放着一支钢笔和两支铅笔的笔盘,一盒回形针和一本邮票册。所有的一切都工工整整,井然有序。一种平平常常的生活,一次井井有条的死亡。当然,就是它,缺的就是这样东西!

他对格雷夫斯说:

"难道他就没给验尸官留下什么字条或者信之类的吗？"

格雷夫斯摇了摇头。

"没有，他没留下。大家一般都会觉得退伍军人会留下这类东西。"

"是啊，这就非常奇怪了。"

波特少校活在世上一丝不苟，死的时候倒不拘小节了。波洛心想，波特一个字儿都没留这件事完全不对劲。

"这对克洛德家的人来说是个小小的打击，"格雷夫斯说，"这会让他们很失望的。他们不得不另外再去找一个跟安得海熟识的人。"

他稍稍有些烦躁不安："您还想再看看什么其他的吗，波洛先生？"

波洛摇摇头，跟着格雷夫斯走出了房间。

在楼梯上，他们遇见了房东太太。很显然，她对自己这种激动的状态乐此不疲，立刻又开始口若悬河起来。格雷夫斯巧妙地抽身避开，只留下波洛在那儿倾听一整套长篇大论。

"现在我似乎还有点儿喘不上气来呢。是心脏，就是那儿的毛病。心绞痛，我母亲就是死在这个病上，那次她在穿过喀里多尼亚市场的时候倒在地上人就没了。我发现他的时候自己也差点儿栽倒在地，噢，可真是吓了我一大跳啊！虽说他很长时间以来都萎靡不振，可也从来都没想到过会出这种事儿。我想他是为钱的问题发愁，而且吃得还少，都不够让他好好活着的。我们想给他点儿东西吃他也从来不接受。然后昨天他去了趟欧斯特郡——一个叫沃姆斯雷谷的地方——给一个死因调查讯问出庭做证。那让他心里可遭罪了，真的，他回来的时候看起来难受极了，昨晚一整夜都在那儿迈着沉重的步子四处溜达。走过来走过去，走过来走过去。听大家说，是为了一个被人谋杀的绅士，那人还是他的朋友。可怜的人啊，真让他难受坏了。走过来走过去，走过来走过去。后来我出去买了点儿东西，又不得不排了好长好长的队买鱼以后，我就上楼去想看看他愿不愿意来杯好茶。然后就看见他，可怜的老先生，往后靠在椅子里，那把左轮手枪从他的手里掉下来。可把我吓坏了。我不得不把警察找来，还有所有的那些事。真不是我说，这世界是要变成什么样儿啊？"

波洛慢条斯理地说道：

"这世界正在变成一个让人难以生存的地方——除了对那些强者而言。"

第十章

波洛回到斯塔格的时候已经八点过后。他发现弗朗西斯·克洛德留了一张便条,请他去找她。他立刻就动身了。

她正在客厅里等他。他以前没进过这个房间。敞开的窗户面朝着一个带有围墙的花园,花园里的梨树上梨花盛开。桌子上摆着几盆郁金香。费尽心力打过蜡的旧家具闪闪发光,黄铜炉围和煤篓也熠熠生辉。

波洛心想,这个房间真是漂亮极了。

"您说过我会想要找您,波洛先生。您说得很对,有些事情我必须要找人说出来,而我觉得您就是最佳人选。"

"夫人,把一件事情告诉一个已经对它心知肚明的人总是会容易一些的。"

"您认为您已经知道我想要说什么了吗?"

波洛点点头。

"从什么时候——"

她并没有把问题问完,但他随即便回答道:

"从我看到您父亲照片的那一刻起。您的家族特征实在是太明显了,谁也没法质疑您和他是一家人。而这种相似性在那个来到这里自称伊诺克·雅顿的人身上也同样明显。"

她叹了口气,这是一声闷闷不乐的深深叹息。

"对,没错,您是对的,虽然可怜的查尔斯留着胡子。他是我的远房堂兄,波洛先生,多多少少算是这个家族的败家子儿吧。我跟他从来都不是很熟,但我们小时候一起玩过,而现在是我把他引上了死路,还死得这么肮脏丑陋——"

她沉默了片刻。波洛轻声说道:

"您是想告诉我——"

她又打起精神来。

"是的,这件事非说不可。我们太需要钱了,一切都是因此而起。我丈夫……我丈夫他遇上了大麻烦,是最糟糕的那种麻烦。摆在他面前的是身败名裂,或许还会锒铛入狱,其实到现在也依然如此。请您明白这一点,波洛先生,制订这个计划并且实施都是我的主意,我丈夫和这件事一点儿关系都没有,无论如何这都不是他会制订出来的计划。这有点儿太铤而走险了,不过我从来都不介意冒点儿风险,而且我也觉得我向来都有点儿不择手段。听我说,首先我去找罗萨琳·克洛德借钱。我不知道如果只有她一个人的话,她会不会把钱借给我。可是她哥哥走了进来,他心情不太好,而且还毫无必要地侮辱我,至少我是这种感觉。所以我一想出这个计划就毫不犹豫地付诸实施了。

"为了把事情说清楚,我必须告诉您,我丈夫去年反复跟我说起过一条他从俱乐部里听来的挺有意思的消息。我相信您当时也在场,所以我就不必再详细重复一遍。不过这条消息揭示了一种可能性,那就是罗萨琳的第一任丈夫或许还没死。而且在那种情况之下,她自然也就没有任何权利去继承戈登哪怕一分钱。当然,这只是一种虚无缥缈的可能性,但在我们的内心深处一直有个想法,那就是再渺茫的机会也有可能变为现实。然后我就灵机一动，想着利用这种可能性也许可以做点儿什么。我堂兄查尔斯正好在国内，穷困潦倒。他大概坐过牢，而且也是个无所顾忌的人，但他在战争期间表现得很好。我把我的计划摆在他面前。当然，这是不折不扣的敲诈勒索，不过我们认为我们有很大机会能够逃脱惩罚。我觉得最坏的情况也就是大卫·亨特不上钩吧。我想他不会为了这件事去报警的，像他那样的人不喜欢警察。"

她的声音变得冷酷起来。

"我们的计划进展顺利。大卫上当了，情况比我们所期待的还要好。当然了，查尔斯不可能明确地冒充'罗伯特·安得海'，罗萨琳一眨眼的工夫就能让他露馅儿。不过幸好她去了伦敦，这就给查尔斯留下了机会，他至少可以暗示说他有可能就是罗伯特·安得海。嗯，如我所言，大卫看起来对我们的计划信以为真。他会在周二晚上九点钟的时候把钱带过来。可结果——"

她的声音颤抖起来。

"我们本该知道大卫是个……危险人物。查尔斯死了……被人谋杀了……要不是因为我的话，他可能还活着呢。是我断送了他的性命啊。"

过了片刻，她又用沙哑的声音继续说道：

"您可想而知，自那以后我心里是什么感受。"

"话虽如此，"波洛说，"您还是很快就计划好下一步要如何发展了吧？是您劝说波特少校把您的堂兄指认成'罗伯特·安得海'的？"

但她立刻激烈地爆发了：

"不，我向您发誓，没有。不是那样的！没人比我更吃惊……何止吃惊？当这个波特少校来到这里做证说查尔斯——居然说查尔斯！——是罗伯特·安得海的时候，我们简直就是目瞪口呆啊！我搞不懂，我到现在也依然搞不懂！"

"但确实有人去找过波特少校。有人说服或者收买了他，让他指认死者就是安得海吧？"

弗朗西斯斩钉截铁地说道：

"不是我，也不是杰里米。我们俩谁都不会干这种事情。噢，您大概会认为我说的话荒唐可笑！您觉得因为我打算要敲诈勒索，所以我也很容易就会堕落到去欺骗的地步。但是在我心里这两件事情有着天壤之别。您必须要明白，我以前认为——其实现在也依然认为——我们有权利得到一部分戈登的钱。用正当手段得不到的东西我就准备用点儿歪门邪道。但要说到处心积虑地制造证据，说罗萨琳根本就不是戈登的妻子，从她那儿把所有的一切都骗取过来……噢，不，波洛先生，真的不会，我不会做这种事情。请您，请您务必要相信我。"

"我至少会承认，"波洛慢条斯理地说道，"大家各有各的罪过。是的，我相信这一点。"

随后他用犀利的眼神看着她。

"克洛德太太，您知道波特少校今天下午开枪自杀了吗？"

她往后一缩，一双眼睛睁得大大的，充满了恐惧。

"噢，不，波洛先生。我不知道啊！"

"没错，夫人。您知道，波特少校骨子里是个很诚实的人。在经济上他极其拮据，所以当诱惑摆在面前的时候，他也跟其他很多人一样没有办法抵抗。或许在他看来，他的谎言在道义上几乎是无可厚非的，他可以让自己这么想。在心底，他对于朋友安得海迎娶的这个女人已经有了很深的成见。他觉得她对待他朋友的方式十分可耻，而如今这个没良心的小拜金女又嫁了个百万富翁，卷走她第二任丈夫钱财的同时还害苦了她丈夫的家人。阻挠她的行动在他看来肯定充满诱惑力，同时也顺理成章。而且只要去指认一个死人，他自己的将来就会高枕无忧。等克洛德家的人收回他们的权利，他本人也能分上一杯羹……没错，我能明白那种诱惑……不过就跟很多这类人一样，他缺乏想象力。在调查审讯的时候闷闷不乐，特别不高兴。这一点谁都能看得出来。用不了多久他就不得不在宣誓之后再次重复自己的谎言。还不止这些，现在有个男人被逮捕，被指控犯有谋杀罪，而死者的身份则为指控提供了强有力的证据。

"他回家之后直面这件事情，选择了一种在他看来最好的方法。"

"他开枪自杀了？"

"是的。"

弗朗西斯小声嘀咕道："他没有说是谁……是谁——"

波洛缓缓地摇摇头。

"他有他自己的行事准则。不管怎么说，他都没有提到过是谁怂恿他去做的伪证。"

他密切地注视着她。她的脸上是不是闪过了一丝松弛，一丝如释重负的表情呢？是的，但这也可能是很正常的反应啊……

她站起身来走到窗边，说道：

"所以说，我们又回到了原地。"

波洛很想知道此时此刻她的心里正在想些什么。

第十一章

第二天早上,斯彭斯警司说的话几乎跟弗朗西斯一模一样:

"这么说,我们又回到了起点,"他叹了口气说道,"我们必须得查清楚这个自称伊诺克·雅顿的家伙到底是谁。"

"这个我可以告诉你,警司,"波洛说,"他的名字叫查尔斯·特伦顿。"

"查尔斯·特伦顿!"警司吹了个口哨,"嗯哼!特伦顿家的人啊!我猜是她教唆他干的吧——我指的是杰里米太太……不过,我们也没法证明她跟这件事有关。查尔斯·特伦顿?我似乎记得——"

波洛点点头。

"没错。他有案底。"

"我也这么觉得。如果我没记错的话应该是在酒店行骗。他过去经常入住丽恩饭店,然后出去买上一辆罗尔斯①,让人家允许他试驾一上午,接着就开着这辆罗尔斯到处逛,去所有最昂贵的商店里买东西。我告诉你吧,一个有辆罗尔斯、在外面等着把他买的东西带回丽恩去的人,他的支票是不会被质疑的!再说,

---

①罗尔斯(Rolls),即劳斯莱斯的昵称。

他举止又得体,还很有教养。他会住上一个星期左右,随后就在别人开始起疑的时候,神不知鬼不觉地消失,再把各种东西贱卖给他那帮随随便便认识的朋友。查尔斯·特伦顿。嗯——"他看向波洛,"你都查清楚了,对不对?"

"你们起诉大卫·亨特的案子进展得怎么样了?"

"我们不得不放他走。那天晚上确实有一个女人和雅顿在一起。这倒也不只是靠那老悍妇一个人的说辞来证实的。吉米·皮尔斯当时正好被人从干草车酒吧里推出来准备回家,他总是喝上一两杯就喜欢跟人吵架。他看见一个女人从斯塔格出来,然后进了邮局外面的电话亭,那时候刚过十点。他说那个人他不认识,还以为是待在斯塔格的什么人呢。他管她叫'伦敦来的妓女'。"

"他离她不是很近吧?"

"不是很近,在街对面。这女人究竟是谁啊,波洛先生?"

"他说过她穿着什么衣服吗?"

"花呢大衣,他说,头上裹着橙色的围巾,穿着长裤,浓妆艳抹。跟那个老太太描述的一样。"

"没错,很符合。"波洛紧皱双眉。

斯彭斯问道:

"好吧,她是谁,她从哪儿来,又要到哪儿去呢?你知道我们这儿的火车运行时间,九点二十是最后一班开往伦敦的车,而十点零三的车是开往另一个方向的。难道那个女人一整夜都在外面游荡,然后坐上了早上六点十八的车吗?她自己有没有汽车?她有没有搭便车?我们已经派人到处去查问了,但是一无所获。"

"六点十八那趟车怎么样?"

"那趟车通常人满为患,不过绝大多数都是男人。我觉得他们会注意到一个女人的,说得更准确点儿,一个那种类型的女人。我猜她也有可能往返都是开车,不过如今在沃姆斯雷谷,一辆汽车会引起大家注意。你也知道,我们不在主路边上。"

"那天晚上没人注意到有车开过吗?"

"只有克洛德医生的车。他去出诊,在米德灵汉姆路上。你一定认为会有人注意到一个陌生女人开着一辆车。"

"也不一定非得是陌生人,"波洛缓缓说道,"一个略带醉意的人,距离一百码开外也有可能认不出一个他并不太熟悉的当地人。或许这个人的穿着跟平时大不一样呢。"

斯彭斯诧异地看着他。

"比如说,这个年轻的皮尔斯会认出林恩·玛奇蒙特吗?她离家在外可有好几年了。"

"林恩·玛奇蒙特当时在白屋,和她妈妈在一起。"斯彭斯说。

"你能确定?"

"莱昂内尔·克洛德太太——就是医生的老婆,没头没脑的那个——说她十点十分的时候给她家打过电话。罗萨琳·克洛德当时人在伦敦。杰里米太太嘛……嗯,反正我是从来没见她穿过宽松的长裤,而且她也不怎么化妆。再说,她也不年轻了呀。"

"噢,我的朋友。"波洛向前探了探身子。"在夜幕的昏暗朦胧之中,街灯的微弱光线之下,谁又能透过脸上的妆容看出这个人究竟年不年轻呢?"

"嘿,波洛,"斯彭斯说,"你到底要说什么啊?"

波洛往后一靠,半闭起眼睛。

"宽松的长裤,一件花呢大衣,一条包住头的橙色围巾,一脸浓妆,一支遗落的口红。这让人浮想联翩啊。"

"我觉得你就像德尔斐①的先知似的，"警司咆哮道，"反正我是不知道德尔斐的先知是个什么样子，年轻的格雷夫斯倒有可能装腔作势说自己知道，可这对于他干警察工作来说也帮不上忙。还有别的什么玄妙见解吗，波洛先生？"

"我告诉过你，"波洛说，"这桩案子有问题。作为例证我还跟你说过这个死者完全不对劲。如果他是安得海的话，那就确实不对劲了。安得海很显然是个古怪的，具有骑士精神的人，既老派又守旧。住在斯塔格的这个人则是个敲诈勒索者，他既没有骑士精神，不够老派，也不那么守旧，而且又算不上有多古怪，因此他不是安得海。他不可能是安得海，因为江山易改本性难移。可有意思的是波特却说他就是安得海。"

"所以你就去找了杰里米太太？"

"是相貌中的相似之处带着我找到杰里米太太。一张特别与众不同的脸庞，特伦顿家的脸。允许我开个小玩笑吧，这个死者要是查尔斯·特伦顿的话那就正好能对上号。但是依然有一些问题我们需要解开。大卫·亨特怎么能那么轻易就让自己被人敲诈勒索呢？他是那种人吗？你一定会特别肯定地说不是。所以他的举动太不符合他的性格了。还有就是罗萨琳·克洛德。她的一切行为都很令人费解，但其中有一件事我特别想知道，她为什么要害怕？她为什么会觉得现在她哥哥没法再保护她，她就会出什么不好的事儿呢？有什么人，或者是什么事情让她感到害怕。而且她并不是害怕失去她的财产，不，比那还要严重。她担心的是她的性命……"

"天哪，波洛先生，你不会是觉得——"

---

① 德尔斐是古希腊神话中的圣地所在，位于距雅典一百五十公里的深山里，被当时的人们认为是世界的中心。

"可别忘了,斯彭斯,就像你刚才说的,咱们又回到了起点。换句话说,克洛德一家人也回到了起点。罗伯特·安得海死在了非洲,而罗萨琳·克洛德这条小命现在就横亘在他们家人和享有戈登这笔钱的权利之间——"

"你真的认为他们中间的某个人会干这种事?"

"我是这么认为的。罗萨琳·克洛德今年二十六岁,尽管精神状况还有些不太稳定,但她身强体健。她也许能活到七十岁,还有可能会活得更久。就让我们按还有四十四年来算吧。警司,你不觉得对一个觊觎这份遗产的人来说,四十四年有点儿太久了吗?"

第十二章

波洛刚一离开警察局,几乎立刻就被凯西阿姨叫住搭上了话。她手里提着几个购物袋朝他走过来,气喘吁吁,透着一股急不可耐的劲头。

"可怜的波特少校的事情太可怕了,"她说,"我总忍不住在想,他的人生观肯定是物质至上的。您也知道,军队生活嘛,极其狭隘,尽管他这辈子很长时间都待在印度,但我恐怕他从来都没有好好利用过这个在精神层面上提升的良机。整天就是吃饱喝足,吃完了早饭吃午饭①,然后就去打打野猪——狭隘的军营日常。想想吧,他本可以像个门徒似的拜在某位古鲁②脚下!噢,那些错失的良机啊,波洛先生,太让人痛心了!"

凯西阿姨摇着头,不觉间松开了其中一个购物袋。一条看起来没精打采的小鳕鱼掉出来,滑到了排水沟里。波洛把它抓了回来,结果凯西阿姨一着急,又掉了一个购物袋,一罐金黄色的糖浆沿着高街飞速地滚远了。

"太谢谢您了,波洛先生。"凯西阿姨一把抓住鳕鱼,波洛则去追那罐金黄色糖浆,"噢,谢谢您,瞧我这笨手笨脚的。但我

---

①原文为北印度语。
②对印度北部锡克教地区的宗教领袖或宗师的称谓。

心里是真的很难过。那个不幸的人啊……哎，没错，这个的确很黏手，不过我真的不想用您的干净手帕。唉，您可真是太好了。就像我刚才正要说的，生即是死，死即是生，我要是看见哪个已故好朋友的灵体，我才不会大吃一惊呢。您知道吗？您走在街上有可能跟它们擦肩而过。还说呢……就在那天晚上，我——"

"容我帮您一把？"波洛把鳕鱼妥贴地放到了购物袋的底部，"您刚才说……什么来着？"

"灵体啊，"凯西阿姨说，"跟您说吧，我想要两便士的银币，因为我只有些半个便士的铜币。当时我就觉得那张脸很眼熟，只是我对不上号。现在我还是对不上，但那肯定是已故的哪个人。或许有一阵子了，所以我的记忆才特别模糊不清。在你需要帮助的时候就有人来到你身边的感觉真是很奇妙，哪怕只是为了打电话要点儿零钱这种小事。噢，天哪，孔雀糖果店那儿的队可真够长的，他们肯定不是在卖乳脂松糕就是在卖瑞士卷！希望我还来得及赶上！"

莱昂内尔·克洛德太太急忙冲过街道，排在了糖果店外那一队铁青着脸的妇女的队尾。

波洛继续沿着高街往前走。他并没有走进斯塔格，反倒是拐弯朝着白屋的方向而去。

他非常想跟林恩·玛奇蒙特谈谈，而他猜测林恩·玛奇蒙特也不会反感和他谈谈的。

这天早上的天气很好，像是春天里的夏日清晨，而那种清新的感觉又是真正的夏天里所没有的。

波洛拐个弯离开大路。他看见了那条向上经过长柳居，通往位于弗罗班克上方小山坡的小径。查尔斯·特伦顿在他死前的那个星期五就是从车站走这条路过来的。在下山的半途中，他遇见罗萨琳·克洛德正往山上走。他没认出她来，这并不令人感到意外，因为他不是罗伯特·安得海，而她出于同样的原因，自然也不会认出他来。但是当被领去辨认尸体的时候，她不是发誓说她从来都没有瞅见过这张在小径上从她身边经过的男人的脸吗？如此说来，她当时又在想些什么呢？难道说她碰巧正在想着罗利·克洛德？

波洛转上旁边通往白屋的小路。白屋的花园看上去非常漂亮。花园里种着很多开花的灌木、紫丁香以及金链花，在草地的中央有一棵粗大的奇形怪状的老苹果树。四肢伸直、躺在苹果树下的帆布躺椅里的便是林恩·玛奇蒙特。

当波洛用很正式的声音问候她"早安"的时候，她紧张得跳了起来。

"您真的吓着我了，波洛先生。我没听见您从草地那边走过来。这么说您还住在这儿——在沃姆斯雷谷？"

"我还在这儿，没错。"

"为什么呢？"

波洛耸了耸肩膀。

"这是一处舒适的世外桃源，可以让人放松休息。我想放松一下。"

"有您在这儿我真高兴。"林恩说。

"您对我说的话跟你们家其他人不一样，他们都问'您什么时候回伦敦去啊，波洛先生？'然后迫不及待地等着答案。"

"他们想让您回伦敦吗？"

"看来似乎是。"

"我不想。"

"没错，我感觉到了。为什么呢，小姐？"

"因为这意味着您并不满意。我是说您对于大卫·亨特是凶手这个结果并不满意。"

"而你特别希望他是清白的?"

他看到她古铜色的皮肤下面泛上了一抹淡淡的红晕。

"那是自然,我不愿意看到一个人因为他并没有做过的事情而被绞死。"

"自然……噢,是啊!"

"而警方呢,就是对他抱有偏见,因为他惹他们生气。这也是大卫最糟糕的一点——他就喜欢跟人对着干。"

"警方并不是像你想的那样对他抱有偏见,玛奇蒙特小姐。其实是陪审团的人心里对他有偏见。他们拒绝接受验尸官的引导,做出了不利于他的裁定,于是警方才不得不逮捕他。不过我可以告诉你,他们对于这桩不利于他的案子也远谈不上满意呢。"

她急切地说道:

"那他们会放了他吗?"

波洛耸了耸肩。

"他们觉得这桩案子究竟是谁干的呢,波洛先生?"

波洛慢吞吞地说道:"那天晚上有个女人也在斯塔格。"

林恩大声说道:

"我不明白。原先我们觉得那个人就是罗伯特·安得海的时候,一切似乎都还挺简单的。可如果他不是的话,波特少校为什么要说他是呢?他又为什么要开枪自杀呢?如今我们又回到了起点。"

"你是第三个这么说的人!"

"是吗?"她看上去吓了一跳,"那您都在做些什么呀,波洛先生?"

"跟大家说说话啊。这就是我做的事情。就是跟大家说说话。"

"可是您没问他们跟谋杀有关的事情吗？"

波洛摇摇头。

"没问，我只是——咱们该怎么说呢——听些闲言碎语、小道消息之类的吧。"

"那有用吗？"

"有时候有用。你要是知道在最近的几周时间里我了解了多少沃姆斯雷谷日常生活中的事情，也许会大吃一惊的。我知道谁去哪儿散过步，知道他们见过谁，有时候连他们说过什么我都知道。比方说，我知道那个自称雅顿的男人到村里来走的是弗罗班克旁边的那条小路，他找罗利·克洛德先生问过路，他后背上背着个包，没有行李。我知道罗萨琳·克洛德跟罗利·克洛德一起在农场待了一个多小时，她在那里非常开心，都不像她平日里的样子了。"

"是啊，"林恩说道，"这个罗利跟我说了。他说她就像是个放了一下午假的人似的。"

"啊哈，他这么说的？"波洛停顿了一下，接着说道，"是的，我知道一大堆各种各样的事情。而且我也听说了很多人遇到的困难，比如说，你和你母亲的。"

"我们当中谁都没有任何秘密，"林恩说，"我们全都试图去找罗萨琳讨过钱。您指的就是这个，对不对？"

"我没这么说过。"

"嗯，是真的！而且我猜您对我和罗利，以及大卫的事情也有所耳闻。"

"可你是打算要嫁给罗利·克洛德的吧？"

"是吗？我倒希望自己能知道……这也是那天我努力想要下定决心的事情，结果大卫从树林子里突然出现。这就像刻在我脑海里的一个巨大问号。我要嫁给罗利吗？要吗？就连行驶在山谷里的火车似乎都在问同样的问题，车头冒出的烟仿佛在天空中画出一个华丽的问号。"

波洛脸上现出一副好奇的神情。林恩曲解了他的意思，大声说道：

"噢，您难道还不明白吗？波洛先生，这个决定太难做了。问题根本就不在于大卫，而在于我！是我变了。我离开家乡有三四年时间。现在我回来了，但已经不是离开时的那个我了。这样的悲剧俯拾皆是。已经改变的人们回到家乡，又不得不让自己去重新适应。离家在外，过着一种完全不同的生活，你不可能不改变！"

"你错了，"波洛说，"人生的悲剧就在于人们并不会改变。"

她目不转睛地看着他，摇了摇头。他依然坚持道：

"但是没错，就是这样。那你当初为什么要离开呢？"

"为什么？我参加了皇家海军女子服务队，要去服役。"

"对，没错，可你当初又为什么要参加皇家海军女子服务队呢？你已经订了婚，你爱着罗利·克洛德，本可以像个乡下姑娘一样，就留在这里，留在沃姆斯雷谷务农，不是吗？"

"我想我本来是可以，可是我想要——"

"你想要逃离。你想要出国，去见见世面。或许，你想要从罗利·克洛德身边逃开……而你现在焦躁不安，还是想要——想要逃离！噢，不，小姐，人是不会改变的！"

"当我在遥远的东方时，我一直都盼望着回家。"林恩高声为自己辩白道。

"是啊,是啊,你不在哪里就想去哪里!或许你将来也一直都会是这样。你知道吗?你为自己勾画出了一幅情景,一幅林恩·玛奇蒙特回家的情景……然而这幅情景却没有变为现实,因为你想象中的那个林恩·玛奇蒙特并不是真实的林恩·玛奇蒙特,她只是你想要成为的林恩·玛奇蒙特。"

林恩语带尖刻地问道:

"那照您的说法,我就是无论走到哪儿都不会感到满足呗?"

"我可没这么说。我说的是当你离开的时候,你对自己的婚约并不满意,而现在你回来了,你对自己的婚约依然不满意。"

林恩折下一片烟叶,一边沉思着一边放在嘴里嚼起来。

"您看透事情的本事还真是挺神的,不是吗,波洛先生?"

"这是我的专长,"波洛谦逊地说道,"其实我觉得还有一件事你没有承认。"

林恩急切地说道:

"你是说大卫的事情,对不对?您是觉得我爱上了大卫?"

"这话得你来说。"波洛小心翼翼地低声说道。

"可我也不知道啊!大卫身上有些东西让我害怕,但也有些东西很吸引我……"她沉默片刻之后又继续说道,"我昨天跟他服役期间的准将谈过。他听说大卫被捕的消息以后就到了这儿来,想看看他能做点儿什么。他跟我讲了大卫的事情,讲到他是多么令人难以置信地勇敢。他说大卫是在他麾下效力过的最勇敢的人之一。可您知道吗?波洛先生,不管他怎么说,怎么对他赞不绝口,我还是觉得他并不那么确定,并没有绝对把握说这件案子不是大卫干的!"

"那你是不是也不那么确定呢?"

林恩脸上露出一丝哀婉扭曲的微笑。

"不确定。您知道,我从来都没有信任过大卫。您会爱上一个您不信任的人吗?"

"很不幸,有可能。"

"我对待大卫一直都不太公平,因为我不信任他。我听信了本地很多可憎的流言蜚语,那些话暗示说大卫其实根本就不是大卫·亨特,他只是罗萨琳的一个男朋友。所以当我见到那个准将,听他说从大卫还是个爱尔兰小男孩时起他就已经认识他,我简直觉得羞愧难当。"

"真不得了[①],"波洛喃喃道,"人居然可以这样从头错到尾啊!"

"您这话什么意思?"

"就是我说的意思。告诉我,克洛德太太——我指的是医生的太太——在谋杀发生的当晚有没有给你打过电话?"

"凯西舅妈吗?有啊,打过。"

"说了些什么?"

"她说她在一些账目上陷入了一塌糊涂的境地。"

"她是从自己家里打的电话吗?"

"不是,事实上她家的电话出了毛病,她不得已出去到公共电话亭打的。"

"在十点十分的时候?"

"差不多吧。我们家的钟从来都不是特别准。"

"差不多,"波洛一副若有所思的样子,接着又小心地问道,"这不是你那天晚上接到的仅有的一个电话吧?"

"不是。"林恩脱口而出。

---

① 原文为法语。

"大卫·亨特从伦敦给你打过电话?"

"对。"她突然之间发起火来,"我猜您是想知道他都跟我说了什么吧?"

"噢,我真的不能妄自揣度——"

"我毫不介意您知道!他说他要离开,从我的生活中消失。他说对于我来说他一点儿都不好,而且他也永远都不可能正正经经地做人,哪怕是看在我的分儿上。"

"而因为这有可能是真的,所以你并不喜欢这样。"波洛说。

"我希望他能离开,换句话说,假如他能够无罪开释的话……我希望他们俩都离开,去美国或者其他什么地方。然后,或许我们能够不再想起他们。我们会学着自食其力,也不会再心怀敌意。"

"敌意?"

"是的。我第一次感觉到是有一天晚上在凯西舅妈家里。她举行了一次宴会。或许是因为我刚刚从海外归来还有点儿心烦意乱吧,可我似乎能感觉到这种敌意弥漫在我们四周的空气之中。针对她的敌意——对罗萨琳。您看不出来吗?我们都希望她死。我们所有的人!盼着她死……这太可怕了,盼着一个从来都没伤害过你的人……去死——"

"当然,她的死才是唯一一件能给你们带来实际好处的事情。"波洛说这句话的口气轻快又务实。

"您是说在经济问题上对我们有好处?她光是在这儿就已经在所有重要的事情上对我们造成了伤害!忌妒一个人,怨恨她,还得向她央求乞讨,这样对谁来说都不好。如今,她就孤零零地一个人待在弗罗班克,看上去就像丢了魂儿似的。她看起来害怕得要死……她看起来……噢!仿佛已经精神错乱了一般。而且她还不让我们帮助她,我们谁想帮忙都不行。我们都已经尝试过了,妈妈叫她过来跟我们一起住,弗朗西斯舅妈让她上自己那儿去,就连凯西舅妈都去了弗罗班克,提出要在那儿陪着她。可她现在不愿意跟我们有任何瓜葛,而我也不能责备她。她连康罗伊准将都不想见。我认为她是生病了,都是担惊受怕、痛苦焦虑闹的。而因为她又不让我们帮忙,所以我们也只能袖手旁观。"

"你试过帮助她吗?就是你,本人?"

"试过,"林恩说,"我昨天去了一趟。我说有什么我可以帮忙的吗?她看着我——"她说到这儿突然住了口,不由得打了个哆嗦,"我觉得她恨我。她说:'尤其不用你帮。'我想大卫跟她说过,让她继续留在弗罗班克,而她对大卫一直都是言听计从。罗利从长柳居给她拿过去一些鸡蛋和黄油。我想我们当中她唯一喜欢的就是他。她感谢他,还说他一直都那么好。当然了,罗利就是挺好的。"

"有那么一些人,"波洛说,"就是会让人产生深深的同情,惹人怜悯,这些人身上背负着过于沉重的负担。罗萨琳·克洛德就让我觉得非常可怜。如果可能的话,我会帮助她的。哪怕是现在,假如她肯听——"

他像是突然下定了决心一般站起身来。

"来吧,小姐,"他说,"咱们去一趟弗罗班克。"

"您想让我跟您一起去?"

"如果你准备好要给予她慷慨和理解的话——"

林恩叫道:

"我准备好了……我真的准备好了。"

第十三章

他们只用了差不多五分钟就到达了弗罗班克。私人车道穿过斜坡上精心种植的大片杜鹃花丛,蜿蜒而上。为了把弗罗班克打造成名胜,戈登·克洛德说得上是不辞辛劳,不惜代价了。

到前门来应门的客厅女仆看见他们显得很是惊讶,她有些不确定能不能让他们见见克洛德太太。她说夫人还没有起床,但还是领着他们进了客厅,自己带着波洛的口信上楼去。

波洛四下里看了看。他把这间屋子和弗朗西斯·克洛德家的客厅比较了一番,后者是那种很私人化的房间,处处凸显着女主人的独特之处,而弗罗班克的这间客厅则毫无个人特色可言,说起来也只有满眼的财富,所幸品位还是很不错的。戈登·克洛德很注重品位,房间里的每件东西都品质上乘,颇具艺术价值,但完全看不到精挑细选的迹象,同时也丝毫体现不出女主人的个人品位。罗萨琳似乎并没有给这块地方打上任何具有她自己个人特色的印记。

她住在弗罗班克就像是一个外国游客住在丽思或是萨伏依酒店似的。

"我想知道,"波洛暗想,"假如另一个——"

林恩打断了他的思绪,问他在想些什么,为什么脸色看上去如此阴沉。

"小姐,据说罪恶的代价是死亡,但有时候罪恶的代价看起来又似乎是奢侈。我在想这能有多持久呢?和自己本来拥有的家庭生活被迫隔绝。或许也只能在回头之路被阻断之时才能够匆匆地瞥上一眼——"

他突然收住了话头。那个客厅女仆跑进房间,她那充满优越感的举止已经抛到了一边,现在她只是一个被吓坏的中年妇女,结结巴巴地几乎说不出一句整话来。

"噢,玛奇蒙特小姐!噢,先生,夫人她……在楼上……她糟透了……她不会说话了,我叫不醒她,她的手很凉很凉。"

波洛猛地转过身,奔出房间,林恩和女仆紧随其后。他急急忙忙跑上二楼。客厅女仆指着那扇正对楼梯口敞开的门。

这是一间华美的大卧室,阳光从敞开的窗户中倾泻而入,洒在漂亮的浅色地毯上。

罗萨琳躺在一张雕花大床上,看上去像是睡着了。她又长又黑的睫毛覆在脸颊之上,脑袋很自然地歪在枕头里,一只手里还握着一条皱巴巴的手帕,就像一个伤心的孩子,哭着哭着就睡去了。

波洛拾起她的一只手,摸了摸脉搏。手是冰凉的,等于证实了他已经猜到的事情。

他轻声地对林恩说道:

"她已经死了一段时间。她是在睡梦中死去的。"

"噢,先生……噢……我们该怎么办啊?"客厅女仆放声大哭起来。

"谁是她的医生?"

"莱昂内尔舅舅。"林恩说。

波洛对客厅女仆说道:"去给克洛德医生打电话。"她走出了房间,仍然抽噎个不停。波洛在房间里走来走去。床边有个白色的小纸盒,上面的标签写着"睡前服一剂"。他垫着自己的手帕推开了纸盒的盖子,盒子里还剩下三剂药。他走到壁炉前,接着又来到写字台边。写字台前的椅子被推到了一旁,吸墨纸簿是摊开的。那上面摆着一张纸,纸上的字迹幼稚潦草得犹如出自孩童之手。

"我不知道该怎么办……我没法继续下去了……我实在是太邪恶了。我必须找个人说说以求得安宁……我一开始并不想要如此邪恶。我并不知道所有这一切将会带来这样的结果。我必须要写下来——"

这段恣意书写的话以一个破折号作为终止。钢笔就摆在它被扔下的地方。波洛站在那里,低头看着纸上写的字句。林恩则依旧站在床边,俯视着那个死去的姑娘。

这时,门被猛力地推开,大卫·亨特气喘吁吁地大步走进屋里。

"大卫,"林恩迎上前去,"他们释放你了?我太高兴了——"

他丝毫没有理会她的话,就像他也完全无视她,直接走过去俯身看着那具一动不动的白色身躯,同时把她近乎粗暴地推到一边一样。

"罗莎!罗萨琳……"他摸着她的手,随后突然转向林恩,脸上火冒三丈。他的话语中夹带着愤怒和敌意!

"所以你们就把她杀了,对吗?你们终于还是把她也赶了出去!你们赶走了我,用捏造的罪名把我送进监狱,然后呢,在你们所有人当中,由你来把她赶走!是你们所有人一起?还是说只有你一个人?我才不管是哪种情况!你们杀了她!你们想要那笔该死的钱,现在你们如愿以偿了!她一死,钱就是你们的了!如今你们所有人马上就可以摆脱经济上的困境。你们全都变得有钱。这就是你们,一群卑鄙下流、杀人越货的家伙!只要我还在她身边,你们就没法对她下手。我知道怎么保护我妹妹。她从来都不会保护她自己,当她在这里落了单,你们就看到了机会,而且还付诸实施。"他停了下来,身子微微一晃,随后用颤抖的声音低声说了一句,"一群杀人凶手。"

林恩大声叫道:

"不,大卫。不是的,你搞错了,我们谁都不会杀害她。我们不会做那种事情。"

"你们当中的一个人杀害了她,林恩·玛奇蒙特。而你跟我一样心知肚明!"

"我发誓我们没有,大卫。我发誓我们没干过这种事情。"

他眼神中的那股怒气稍微和缓了一点。

"也有可能不是你干的,林恩——"

"不是我,大卫。我发誓不是——"

赫尔克里·波洛上前一步,咳嗽了一声。大卫突然转过身面对着他。

"我觉得,"波洛说,"你的假设有点儿太戏剧化了。你为什么这么急着认定你妹妹是被谋杀的呢?"

"你说她不是被谋杀的?你管这个——"他指着倒在床上的身影,"叫自然死亡?罗萨琳是有神经紧张的毛病,没错,可她的身体什么问题都没有。她的心脏健康着呢。"

"昨天晚上,"波洛说,"就在她上床睡觉之前,她坐在这儿写了些——"

大卫大步从他身旁掠过,俯下身去看桌子上的那张纸。

"别碰它。"波洛提醒他道。

大卫缩回手,站在那里一动不动地看着纸上的字迹。

随后他猛转回头,用探询的目光看着波洛。

"你在暗示她是自杀的?罗萨琳为什么要自杀呢?"

回答这个问题的人并不是波洛。斯彭斯警司那平静的操着欧斯特郡口音的声音从敞开的门口传来:

"假设上星期二晚上克洛德太太并没在伦敦,而是在沃姆斯雷谷呢?假设她去见了那个一直在敲诈勒索她的男人呢?假设在紧张造成的狂乱之下她把他杀了呢?"

大卫又转向了他,眼神里充满了冷酷与愤怒。

"星期二晚上我妹妹就是在伦敦。我十一点钟到达公寓的时候她就在那儿。"

"是啊,"斯彭斯说,"这是你的说法,亨特先生。而且我敢说你会把这种说法坚持到底。但是我没有义务非要相信你的说辞。而且不管怎么说,是不是都有点儿晚了呢——"他冲着床那头比画了个手势,"如今这案子再也用不着开庭了。"

第十四章

"他不会承认，"斯彭斯说，"但我觉得他知道是她干的。"他坐在警察局自己的办公室里，看着桌子对面的波洛，"说来真是好笑，我们一直都在仔细核实他的不在场证明。而对于她的，我们却从来没有多想过。我们压根儿就没确认过那天晚上她在伦敦的公寓里这件事。我们只听过他的说辞，说她在那儿。自始至终我们都知道只有两个人有干掉雅顿的动机——大卫·亨特和罗萨琳·克洛德。我一门心思地在他身上孤注一掷，结果却把她忽略了。事实是，她看起来那么温和柔弱，甚至还有点儿傻乎乎的，但我敢说这正好就是她被忽略的部分原因。很有可能大卫·亨特催着她赶快去伦敦也是出于这个原因。他可能意识到她已经方寸大乱，而他或许也知道她是那种惊慌起来就会变得很危险的人。另一件好笑的事情是，我其实经常看见她穿着一件橙色的亚麻布连衣裙四处走动，那是她最喜欢的颜色。橙色的围巾，带条纹的橙色连衣裙，橙色的贝雷帽。然而，就算是在利德贝特老太太说到一个脑袋被橙色围巾裹着的年轻女人时，我也还是没能一下子就想到那肯定是戈登太太本人。我依然认为那姑娘当时头脑不是特别清醒，负不了完全的责任。你说起她在这里的罗马天主教堂纠结徘徊的时候，听上去就好像她被懊悔和负罪感弄得神情恍惚了似的。"

"她是有一种负罪感,没错。"波洛说。

斯彭斯若有所思地说道:"她肯定是在盛怒之下袭击了雅顿。我猜他一点儿都没想到将会有什么事情发生在自己身上。他才不会对像她那么瘦弱的姑娘存有戒备之心呢。"他又沉思了片刻,随后说道,"还有一件事情我不是很清楚。是谁收买了波特呢?你说是不是杰里米太太?我敢打赌,应该就是她!"

"不,"波洛说,"不是杰里米太太。她向我保证过,而我相信她。在这件事情上我犯了傻,我本该知道是谁的,波特少校亲口告诉了我。"

"他告诉了你?"

"噢,当然啦,是间接的。他并不知道自己已经告诉了我。"

"好吧,那是谁呢?"

波洛把头往一边歪了歪。

"首先,能否允许我问你两个问题?"

警司看上去有些惊讶。

"你想问什么都可以。"

"罗萨琳·克洛德床边的一个盒子里有些安眠药粉。那是什么药?"

警司看上去更为惊讶。

"那些?噢,那些药都是无害的溴化物,对神经有镇定作用,她每天晚上服一剂。当然,我们化验分析过那些药,它们都没问题。"

"谁开的这些药?"

"克洛德医生。"

"他什么时候开的?"

"噢，有一阵子了。"

"是什么毒药把她害死的？"

"唔，我们其实还没拿到报告呢，不过关于这点我觉得也不会有太多疑问。吗啡，而且量还相当大。"

"那发现她手头上有吗啡吗？"

斯彭斯好奇地看着对方。

"没有。你问这个是什么意思，波洛先生？"

"我现在要问我的第二个问题，"波洛闪烁其词地说道，"那个星期二晚上十一点零五分时，大卫·亨特从伦敦给林恩·玛奇蒙特打过一个电话。你说你查过电话的问题，那是从牧羊人庭院的公寓里打出来的唯一一个电话。那么有没有打进去的电话呢？"

"有一个。在十点十五分，从沃姆斯雷谷打的。电话是从一个公共电话亭里拨出去的。"

"我懂了。"波洛沉默片刻。

"有何高见啊，波洛先生？"

"那个电话有人接吗？我是说，接线员会从伦敦那边的号码收到回应。"

"我明白你的意思了，"斯彭斯慢条斯理地说道，"公寓里肯定有人，这个人不可能是大卫·亨特，他当时正在回程的火车上。看起来似乎肯定是罗萨琳·克洛德了。而如果真是这样，那罗萨琳·克洛德就不可能在短短几分钟之前出现在斯塔格。你想说的意思，波洛先生，是那个裹着橙色围巾的女人并不是罗萨琳·克洛德。果真如此的话，杀死雅顿的就不是罗萨琳·克洛德。可那为什么她还要自杀呢？"

"这个问题的答案，"波洛说，"非常简单。她并不是自杀的。

罗萨琳·克洛德是被人杀害的！"

"什么？"

"她是被人蓄意冷血地谋杀的。"

"可又是谁杀了雅顿呢？我们已经排除了大卫——"

"不是大卫干的。"

"而现在你又排除了罗萨琳？真该死，只有那两个人可能有动机啊！"

"没错，"波洛说，"动机。就是这两个字让我们误入歧途。如果 A 具有杀死 C 的动机，而 B 具有杀死 D 的动机……嗯，那么 A 要是杀死了 D，B 杀死了 C 的话似乎就有点儿说不通了，对吗？"

斯彭斯呻吟道："慢慢说，波洛先生，慢慢说。你刚刚说的这些 A 呀、B 呀、C 呀什么的我可是一点儿都没明白。"

"这个很复杂，"波洛说道，"非常复杂。因为你看，现在有两种不同类型的谋杀，所以就会有，也一定会有两个不同的杀人凶手。第一个杀人凶手出场，然后第二个杀人凶手出场。"

"别在这儿引用莎士比亚，"斯彭斯抱怨道，"这可不是伊丽莎白时期的戏剧。"

"但是没错啊，这案子就是很莎士比亚的。这里面有全部的情感……人类的情感……连莎士比亚都会沉醉于其中……忌妒、憎恨……迅速而愤怒的行动。同时这里面也有成功的机会主义。'世间诸事总有潮涨潮落，若能乘势而上，便可坐拥富贵，功成名就……'有人便照此行事了，警司。抓住机会，去实现自己的目标——这个目标现在已经成功地达成，而且可以说就发生在你的鼻子底下！"

斯彭斯烦躁地揉了揉鼻子。

"话得说清楚啊,波洛先生,"他恳求道,"要是可能的话,把你的意思直说就好。"

"我会说得很明白的——一清二楚。已经发生了三起死亡事件,对不对?你会同意这种说法的,不是吗?有三个人死了。"

斯彭斯好奇地看着他。

"我肯定也得这么说……你不会是打算让我相信三个人当中有一个人还活着吧?"

"不,不是,"波洛说,"他们确实已经死了。但他们是怎么死的呢?换句话说,你会把他们的死亡如何归类呢?"

"嗯,关于这个问题,波洛先生,你知道我的看法。一桩谋杀,两起自杀。然而在你看来,最后这起自杀并非自杀,而是另一桩谋杀。"

"在我看来,"波洛说,"其中有一起自杀、一件意外和一桩谋杀。"

"意外?你是说克洛德太太自己服毒是意外?还是说波特少校饮弹自尽是意外?"

"不,"波洛说,"查尔斯·特伦顿——或者该叫他伊诺克·雅顿,他的死才是意外。"

"意外!"警司忍不住爆发了,"是意外?你居然说这样一桩格外残忍的谋杀,一个男人的脑袋被一次次重击打得粉碎是一件意外!"

波洛完全不为警司的气势所动,冷静地回答道:

"我说那是一件意外的时候,指的是并没有人想要杀他。"

"没有人想要杀他——当一个人的脑袋都已经被砸烂的时候!你想说他是被一个疯子袭击的吗?"

"我认为这已经非常接近事实了,尽管和你话里所言的含义不尽相同。"

"戈登太太是这桩案子里唯一古怪的女人，我也瞧见过她的神情极其怪异。当然，莱昂内尔·克洛德太太也有点儿想法荒诞，行为乖张，可她永远都不会使用暴力。如果要说有谁够精明的话，那当数杰里米太太。顺便问一句，你说收买波特的并不是杰里米太太？"

"不是。我知道是谁干的。我说过，是波特自己说漏了嘴。一句简短的议论——啊，如你所言，我恨自己真是愚蠢透顶，当时都没有注意到这一点。"

"然后就是你那个搞不清是谁的疯子ABC谋杀了罗萨琳·克洛德吗？"斯彭斯的语气越发充满了怀疑。

波洛用力地摇了摇头。

"绝对不是。这正是第一个杀人凶手退场而第二个杀人凶手登台的地方。这是一桩不同类型的犯罪，没有冲动，没有激情，是冷酷的蓄意谋杀，而我想让斯彭斯警司将杀害她的凶手绳之以法。"

他边说边站起身来，向门口走去。

"嘿！"斯彭斯叫道，"你得给我几个名字。你可不能就这样走啊。"

"用不了多久，没错，我就会告诉你的。但我还在等一样东西，确切地说，是从海外寄回来的一封信。"

"说话别像个十足的预言家似的！嘿——波洛。"

但波洛已经走了。

他径直穿过广场，按响了克洛德医生家的门铃。克洛德太太前来应门，当看见是波洛时她像通常一样倒吸了一口气。他一秒钟都不耽搁。

"夫人，我必须跟您谈谈。"

"噢，当然……进来说吧……恐怕我还没什么时间好好打扫屋子呢，不过——"

"我想问您些事情。您丈夫对吗啡成瘾有多久了？"

凯西阿姨的泪水立刻夺眶而出。

"天哪、天哪……我真的特别希望永远都没人知道……那是从战争期间开始的。他那个时候极度地劳累，同时还得了严重的神经痛。从那以后他一直在努力尝试减少用量，他是真的在努力，但这也使得他有时候特别容易急躁发脾气——"

"这是他需要钱的原因之一，对不对？"

"我想是的。噢，天哪，波洛先生。他已经答应过会去治疗的——"

"冷静一下，夫人，再回答我一个小问题。就在您给林恩·玛奇蒙特打电话的那天晚上，您去了邮局外面的公共电话亭，是不是？那天晚上您在广场上遇见什么人了吗？"

"噢，没有，波洛先生，一个人都没见着。"

"可就我所知，您不得不找人借了两便士的银币，因为您只有半便士的铜币。"

"哦，对了。我不得不问一个从那个电话亭里出来的女士借的。她给了我两便士，我只拿了半个便士——"

"这个女人长什么样子？"

"呃，有点儿像个女演员，如果您懂我的意思的话。她头上裹着条橙色的围巾。有意思的是我几乎可以确定我曾经在哪儿见过她，她的脸看起来太眼熟了。我想她肯定是已经去世的某个人。可您知道吗？我又想不起来是在哪儿又是怎么认识她的了。"

"谢谢您，克洛德太太。"赫尔克里·波洛说。

第十五章

林恩从屋里走出来，抬眼看了看天。

太阳正在西沉，天空中没有红色的晚霞，只有一道稍显反常的光芒。一个平静的傍晚，却带着一种让人喘不过气来的感觉。她心想，暴风雨一会儿就要来了。

唉，这一时刻现在已经到来。她不能再拖下去了，她必须去长柳居告诉罗利。她要当面亲口告诉他——她至少还欠他这个，而不是选择更容易的书面语言。

她心意已决——内心已相当坚定——她这样告诉自己的同时却又感到一种莫名的不情愿。她看看四周，心想："就要与所有这些告别了，告别我自己的世界，我自己的生活方式。"

她原本也没抱任何幻想。和大卫在一起生活是一场赌博，一场结局既有可能很糟糕也有可能很美妙的冒险。他本人已经警告过她……

就在谋杀发生的当晚，在电话里。

而现在，就在几个小时以前，他说：

"我本想从你的生活中走出去。我是个傻瓜，还以为我可以把你抛到脑后呢。我们去伦敦，通过特别许可把婚结了。噢，没错，我可不想给你犹豫不决的机会。你的根在这里，这些根会把你牢牢抓住。我不得不把你连根拔起。"他还说,"等你真正成为大卫·亨特夫人以后我们就去告诉罗利。可怜的家伙,这是告诉他真相的最好方式。"

对这一点她却不敢苟同,尽管当时她并没有说出来。不,她必须亲口告诉罗利。

她现在就是要去找罗利!

林恩轻叩长柳居大门的时候暴风雨才刚刚来袭。罗利打开门看见是她,显得非常惊讶。

"嗨,林恩,你为什么不先打个电话说你要过来呀?我有可能不在家呢。"

"我要跟你谈谈,罗利。"

他站到一边让她过去,然后跟着她走进了宽敞的厨房。他没吃完的晚饭还摆在桌子上。

"我计划要买个阿格炉或者爱喜炉①放在这里,"他说,"这样你比较方便。然后再安一个新的水槽,钢质的——"

她打断了他的话:"别制订什么计划了,罗利。"

"你是说因为那个可怜的孩子还没下葬?我想这看上去确实有些无情,不过她给我留下的印象从来都不是个很快乐的人。了无生气吧,我想,始终就没从该死的空袭中恢复过来。不管怎么说,就是这么回事儿。她现在死了,进坟墓了,对我来说,更确切地是对我们来说就有天壤之别了——"

林恩屏住了呼吸。

"不,罗利。没有什么'我们'了。我来就是要告诉你这个。"

---

① 均为英国著名炊具品牌。

255

他目不转睛地看着她。她心里暗恨自己,却又对自己的决心坚定不移,同时轻声地说道:

"我要嫁给大卫·亨特,罗利。"

她并不太清楚自己在期待什么样的后果——抗议,或者是勃然大怒——但她确实没想到会是这样的反应。

他先是盯着她看了片刻,接着穿过厨房,在火炉前拨弄了几下,最后几乎是有些漫不经心地转过身来。

"好吧,"他说,"咱们把话说清楚。你打算嫁给大卫·亨特。为什么?"

"因为我爱他。"

"你爱的是我。"

"不。我的确爱过你,在我离开这里的时候。但是四年过去了,我已经……已经变了。我们两个人都变了。"

"你错了……"他平静地说道,"我没变。"

"嗯,或许你的变化没那么大。"

"我压根儿就没变,我也没有什么机会去改变。我只是在这里辛苦地劳作。我可没有跳过伞,没在夜里爬过悬崖,也没在黑暗中用胳膊圈住一个男人然后把他捅伤——"

"罗利——"

"我没上过战场。我没打过仗。我不知道战争是怎么回事儿!我一直在这里,在这片农场上过着一种美好安逸的生活。多幸运的罗利啊!可是要作为丈夫的话,你会以我为耻!"

"不,罗利——噢,不会的!根本不是这样。"

"但我告诉你吧,就是这样!"他更靠近她一些。他的脖子涨得通红,额头上青筋暴露。他眼里的那种眼神她曾经见过一次,那是她从田里的一头公牛身边走过的时候。那头牛突然扬起头来,蹄子用力踏着地面,随后又缓缓低下那顶着一对大角的头。它被一股隐隐的怒火,一阵莫名的狂暴所驱使……

"别出声,林恩,你也换换角色,听我说。我已经错失了我本应拥有的东西。我错过了为国出征的机会。我看到我最好的朋友战死沙场。我眼看着我的女朋友……我的女朋友……一身戎装奔赴海外。而我只是那个被她留在身后的男人。我的生活糟糕透顶,你就不明白吗,林恩?真的是痛苦不堪。然后你回来了。而从那以后,这种痛苦又变本加厉。就从我在凯西婶婶家里看见你隔着桌子望着大卫·亨特的那天晚上开始。但他是不会得到你的,你听到了吗?如果你不属于我,那么别人也同样休想得到你。你以为我是什么啊?"

"罗利——"

她站起身来,同时往后退了一步。她吓坏了。这个男人已经不再是人,他就是一头残忍的野兽。

"我已经杀了两个人,"罗利·克洛德说,"你觉得我会对再杀第三个而迟疑不决吗?"

"罗利——"

他已经来到她面前,双手扼住了她的喉咙……

"我再也无法忍受了,林恩——"

掐住她脖子的手越来越紧,房间在旋转,眼前开始发黑,一片旋转的黑暗,窒息……一切都变得漆黑一片……

接着,突然传来一声咳嗽。一声一本正经、稍显做作的咳嗽。

罗利停了下来,他的双手松开,垂落在身体的两侧。被放开的林恩身体蜷曲着倒在地板上。

就在门内,赫尔克里·波洛站在那里抱歉地咳嗽着。

"我希望,"他说,"我没有打扰到你们吧?我敲门了。是真的,我敲过门,但是没人理我……我猜你们刚才正忙着吧?"

有那么一会儿气氛显得很紧张。罗利瞪着眼睛。那一刻就仿佛他准备要扑向赫尔克里·波洛似的,不过他最终还是忍住了。他用平板而空洞的声音说道:

"您来了,来得正是时候。"

第十六章

赫尔克里·波洛用他自己的方法从容不迫地化解了这种危险得有几分颤抖的气氛。

"水是不是开了?"他问道。

罗利沉闷而不知所措地说道:"对,是开了。"

"那么或许你愿意泡点儿咖啡?还是说沏点儿茶,如果这样更方便的话。"

罗利就像个机器人似的服从了指令。

赫尔克里·波洛从口袋里拿出一条干净的大手帕。他用冷水把它浸湿,再把它拧干,然后向林恩走去。

"来吧,小姐,请你把这个系在脖子上——就这样。好,我这儿有安全别针。好的,这样马上就能缓解疼痛。"

林恩用嘶哑的嗓音向他道了谢。在长柳居的厨房里,波洛忙得团团转。对她来说,这一切算得上是一场噩梦。她觉得难受极了,喉咙也疼得不得了。她摇摇晃晃地站起来,波洛轻柔地把她扶到一把椅子上坐下。

"好了。"他说,随后转过头去,"咖啡呢?"他询问道。

"准备好了。"罗利说。

他端来了咖啡。波洛倒上一杯,递给林恩。

"听我说,"罗利说道,"我觉得您还没弄明白。我刚才想要掐死林恩来着。"

"啧啧。"波洛的口气听起来有些恼火。他似乎是在谴责罗利刚才那段时间里的失态。

"说句良心话,已经有两个人死在了我手上,"罗利说,"她险些就成了第三个,如果您没赶到的话。"

"咱们还是把咖啡喝了吧,"波洛说,"别说什么死不死的。这话题不太招林恩小姐喜欢。"

"我的老天爷!"罗利说。他瞪着波洛。

林恩吃力地抿了一口又烫又浓的咖啡。不一会儿她就觉得喉咙不那么疼了,咖啡的兴奋作用开始显现出来。

"怎么样,好点儿了,是不是?"波洛说。

她点点头。

"现在我们可以谈谈了,"波洛说,"我这么说的意思,其实是该我说话了。"

"您知道多少事情?"罗利缓慢而沉重地说道,"您知道我杀了查尔斯·特伦顿吗?"

"是的,"波洛说,"我知道这点已经有一阵子了。"

房门突然被推开。进来的是大卫·亨特。

"林恩,"他叫道,"你从来没告诉我——"

他一脸困惑不解地住了口,眼睛看看这个人,又看看那个人。

"你的喉咙怎么了?"

"再拿个杯子吧。"波洛说。罗利从碗柜里拿来一个。波洛接过杯子,倒满咖啡以后递给大卫。局面再次为波洛所掌控。

"坐下,"他对大卫说,"我们就坐在这儿喝着咖啡,你们三个人都要听赫尔克里·波洛讲讲跟犯罪有关的事情。"

他环顾了他们一下，随后点点头。

林恩心想：

"这真是场匪夷所思的噩梦啊。这不是真实的！"

他们似乎全都处于这个留着大胡子的滑稽可笑的小个子男人掌控之下。他们顺从地坐在那里——罗利，凶手；她，他的受害人；大卫，爱着她的男人——手里都端着咖啡杯，聆听这个以某种奇怪的方式控制他们所有人的小个子男人说话。

"是什么导致了犯罪呢？"赫尔克里·波洛煞有介事地问道，"这是个问题。需要什么样的刺激？又必须要有什么与生俱来的本性呢？每个人都有本事犯罪——犯下某种罪行吗？究竟会发生什么，这是我打一开始就在问自己的问题——当一直受到保护，使其免受现实生活攻击和破坏的人们，突然之间被剥夺了这种保护的时候，究竟会发生什么呢？

"你们知道，我说的就是克洛德家的人。现在这里只有一个姓克洛德的人，所以我可以畅所欲言。从一开始我就被这个问题迷住了。有这么一大家子人，他们的生活环境使得他们从来都不必自食其力。尽管这个家族中的每个人都有着他或她自己的生活，自己的职业，可他们其实从来都没有脱离过一把仁慈的保护伞的庇护。他们向来都不会感到害怕。他们一直都生活在安全感之中——那是一种人为的不自然的安全感。戈登·克洛德始终在他们身后。

"我要跟你们说的是，在考验来临之前，你很难预料人性是什么样子的。对我们中的大多数人而言，这种考验在年轻时代便已降临。一个人很快就会去面对必须要自力更生的局面，去面对危险和困难并且按照自己的方式去处理。这种方式既有可能是正当途径，也有可能是歪门邪道。而无论采取哪一种方式，一个人通常很早就会认识到自己究竟是个什么样的人。

"然而克洛德家的人并没有机会了解自己的弱点，直到他们在突然之间被剥夺了保护，在毫无准备、措手不及的情况下被迫面对困境的时候。有那么一样东西，也就只有这一样东西，横亘在他们与能够重新获得的安全感之间，那就是罗萨琳·克洛德的命。我心里无比确信，克洛德家的每个人脑海里都曾经在某个时候有过这样的念头，'要是罗萨琳死了的话——'"

林恩打了个哆嗦。波洛停顿了一下，让他的话能够被充分领会，随后继续说道：

"关于死亡，关于她的死亡，每个人心里都曾有过这样的念头——对于这一点我很确信。那么进一步关于谋杀的念头也曾经出现过吗？在某个特定的时刻，这个念头又会不会超越想法的范畴而转化为实际行动呢？"

他转向罗利，说话的声调丝毫未变：

"你想过要杀她吗？"

"想过，"罗利说，"就在她到农场来的那天。那时候没有别人在场。我当时想，我可以轻而易举地杀了她。她看上去可怜兮兮的，而且非常漂亮——就像我送到市场去的那些小牛犊。你能看出来它们有多可怜，但你依旧会把它们送走。说真的，我很惊讶她当时一点儿都不害怕……她要是知道我心里的想法，她肯定会害怕的……没错，我从她手里接过打火机给她点烟的时候心里就是这么想的。"

"我猜她落下了打火机。这就是为什么你会拿着它。"

罗利点点头。

"我不知道那会儿我为什么没杀了她，"他自己也觉得奇怪地说道,"我想过这个问题。我本可以将其伪装成一次意外之类的。"

"这不是那种你会犯下的罪行,"波洛说,"这就是答案。你真正杀死的那个人,你在一怒之下杀死的人,我想你也不是存心要杀死他的吧?"

"天哪,不是的。我一拳打在他的下巴上,他往后仰过去,头磕在大理石的炉围上面了。发现他已经死掉的时候我简直无法相信。"

接着,他突然震惊地看了波洛一眼:

"您是怎么知道的?"

"我想,"波洛说,"我已经可以相当准确地还原出你的行动了。如果我说错了,你尽管纠正我。你去了斯塔格,比阿特丽斯·利平科特把她偷听到的谈话内容告诉了你,对不对?如你所言,你随即去了你叔叔杰里米·克洛德的家,想听听他从一个律师的角度对这件事有什么看法。接下来在那里发生了一件事情,一件让你改变主意、不想再征求他的意见的事情。我想我知道这件事情是什么。你看到了一张照片——"

罗利点点头。

"是的,照片就在桌子上。我突然之间意识到了那种相似之处,也意识到为什么那家伙的脸看起来那么眼熟。我恍然大悟,原来是杰里米和弗朗西斯找了她的一个亲戚来耍了个花招,想从罗萨琳那儿弄点钱出来。这可让我怒火中烧。我一气之下回了斯塔格,上楼来到五号房间,指责那家伙是个骗子。他哈哈大笑着承认了,说大卫·亨特当天晚上就要把钱带来交给他。在我看来,是我自己的家人欺骗了我,当我意识到这一点时实在是怒不可遏。我骂他是头猪,是个下流坯,接着打了他。他就像我说的那样倒了下去。"

一次短暂的停顿。波洛说:"然后呢?"

"然后就是那个打火机,"罗利缓缓说道,"它从我的口袋里掉了出去。我本来想着见到罗萨琳的时候还给她才随身带着。结果它掉在了尸体上,我看见了上面的姓名首字母D.H.。这是大卫的,不是她的。

"自从在凯西婶婶家开派对那天起我就意识到——唉,不提也罢。我有时候觉得我就要疯了,或许我就是有点儿发疯。先是约翰尼走了,然后就是战争,我……我说不了这些,但有时候我会气得失去理智。而现在又是林恩……和这个家伙。我把那个死人拖到房间中央,把他翻过来让他脸冲下。接着我拿起那把沉重的钢火钳……算了,细节我就不说了。我擦掉了指纹,清理干净大理石的炉围,随后我故意把手表的指针拨到九点十分并且把它摔碎。我拿走了他的配给簿和证件——我觉得通过这些可能会追查到他的身份。然后我就离开了。在我看来,结合比阿特丽斯讲述过的她偷听到的事情,大卫肯定是在劫难逃。"

"接下来,"波洛说,"你就来找我。你请我去找到几个认识安得海的证人,这是你在我那儿上演的一出挺别致的小喜剧,对不对?那时候我已经很清楚杰里米·克洛德早就把波特少校讲述的故事给他的家人讲过。将近两年的时间,全家人都在暗地里抱着希望安得海能够现身。莱昂内尔·克洛德太太在操作她的占卜板时也受到了那种愿望的影响——在不知不觉中,却又昭然若揭。

"好吧,我表演了我的'戏法'。我自以为给你留下了深刻的印象,而其实我才是那个彻头彻尾的笨蛋。没错,就在波特少校的房间里,他说,在他递给我一根烟之后,他对你说:'你不抽,

对吧？'

"他怎么会知道你不抽烟呢？按理说，他那时候才是第一次见到你啊。我真是太蠢了，我当时就应该看清真相——你和波特少校，你们已经在一起做好了你们的小小安排！难怪那天早上他那么紧张。对啊，我才是那个笨蛋，我就是那个要把波特少校带去辨认尸体的人。但我这个笨蛋不会一直当下去，不，我现在已经不是笨蛋了，对吗？"

他愤然地环视了一圈，随后继续说道：

"但是接下来，波特少校背弃了约定。他不愿意在一场谋杀案审判中做一名宣誓的证人，而这桩针对大卫·亨特的案子要想坐实很大程度上依靠的就是死者的身份。所以波特少校临阵脱逃了。"

"他写信跟我说这件事他做不下去了，"罗利粗声粗气地说，"这个该死的傻瓜。难道他不明白我们已经走得太远，回不了头了吗？我去找他，试图要再给他灌输一下这些观点。可我去得太晚了。他曾经说过如果问题涉及谋杀的话，他宁可开枪自杀也不愿意去发假誓做伪证。他家的门没上锁，我上楼后发现了他。

"我没法告诉你们我当时是种什么感觉。就好像我成了一个双重杀人凶手似的。要是他能再等等，要是他能让我跟他谈谈就好了。"

"那儿留了张字条吧？"波洛问道，"是你把它拿走了吗？"

"是的——反正我现在肯定也跑不了了，还不如全说出来呢。字条是写给验尸官的。上面只是简单地写着他在调查审讯的时候做了伪证。死者并不是罗伯特·安得海。我把字条拿走毁掉了。"

罗利一拳捶在桌子上："这就像是一场噩梦，一场可怕的噩梦一般！我一开始做这件事情，就不得不继续做下去。我想要钱去打动林恩，我还想让亨特上绞架。而后来……我无法理解的是，针对他的这个案子撤诉了，说是关于一个女人的什么事儿，一个后来跟雅顿在一起的女人。我无法理解，到现在也依然不明白。什么女人啊？一个女人怎么能够在雅顿死后还在那儿跟他说话呀？"

"没有什么女人。"波洛说。

"但是波洛先生，"林恩用嘶哑的嗓音说道，"那个老太太。她看到她了。她也听到她说话了。"

"啊哈，"波洛说道，"可她看见了什么？她又听见了什么呢？她看见一个穿着长裤和浅色花呢大衣的人。她看见一个像穆斯林那样被橙色围巾完全包裹住的脑袋，脸上化了妆，嘴上抹了口红。这些她都是在昏暗的灯光下看到的。那她又听见了什么呢？她看见那个'轻佻女子'退回到五号房间里，她听见从房间里传出来一个男人说话的声音：'快滚开，小妞儿。'好吧，她看见的是个男人，听见的也是个男人！但这真是个极其巧妙的主意啊，亨特先生。"波洛很平静地转向大卫，又补上这最后一句。

"你什么意思？"大卫厉声问道。

"现在我要给你讲个故事。你在九点左右来到了斯塔格。你来不是为了谋杀，而是打算付钱。你发现了什么呢？你发现那个曾经敲诈过你的男人倒在地板上，被人用特别残忍的方式谋杀了。你脑筋转得很快，亨特先生，你立刻意识到危险已经迫在眉睫。就你所知，你进斯塔格的时候没被别人看见，而你的第一反应是尽快离开，搭上九点二十的火车回伦敦，然后一口咬定那天你就没到过沃姆斯雷谷附近。要想赶上火车，你唯一的机会就是跑步穿过山野。你正跑在半路上的时候和林恩·玛奇蒙特小姐不期而遇，同时你也意识到你赶不上火车了。你看见了山谷里火车喷出的烟雾,但你并不知道她也看见了烟雾,只是她没有意识到那意味着你赶不上那趟火车了,而当你告诉她时间是九点一刻的时候,她对你的说法笃信不移。

"为了在她心里留下你确实赶上火车的印象,你制定出了一个非常巧妙的方案。事实上,你当时也不得不构思一个全新的计划,从而把嫌疑从你自己身上引开。

"你回到弗罗班克,用你的钥匙悄无声息地进了屋,随便裹上一条你妹妹的围巾,拿了她的一支口红,接着还以一种很夸张的方式给自己的脸化了个妆。

"你在适当的时机返回了斯塔格,让那个坐在'仅供房客使用'的房间里的老太太对你留下了深刻印象,她的特点就是喜欢在斯塔格传闲话。随后你上楼来到五号房间。当你听到她要去上床睡觉的时候,你就来到走廊上,接着又匆匆忙忙退回房间里,然后大声地说:'你最好快滚开,小妞儿。'"

波洛顿了顿。

"一出非常精妙的表演。"他评论道。

"这是真的吗,大卫?"林恩叫道,"是真的吗?"

大卫咧开嘴大笑起来。

"我觉得我很适合男扮女装。上帝啊,你们真该看看那个老丑八怪的脸!"

"但你怎么可能十点钟的时候在这里,十一点钟又从伦敦给我打电话呢?"林恩倍感困惑地问道。

大卫·亨特向波洛深鞠一躬。

"所有的事情都让赫尔克里·波洛来解释吧,"他说,"这个洞悉一切的人。我是怎么做到的呢?"

"非常简单,"波洛说,"你从公共电话亭给你在公寓的妹妹打了电话，留给她一些明确的指示。就在十一点零四分她拨通了一个到沃姆斯雷谷三十四号的长途电话。等玛奇蒙特小姐接起电话的时候，接线员先是核实号码，随后想必会说上一句'伦敦来的长途'，或者'伦敦请讲话'之类的吧？"

林恩点点头。

"接着罗萨琳·克洛德就挂上了电话。而你，"波洛转向大卫，"则小心留意着时间，拨打了三十四号的电话，接通之后，按下 A 键，用稍作伪装的声音说'伦敦要和你通话'，随后便开始说话。这些日子里，一通电话当中有个一两分钟的间隔也没有什么好奇怪的，只会让玛奇蒙特小姐觉得是重新接通了一次。"

林恩平静地说道：

"这么说来，这就是你给我打电话的原因喽，大卫？"

她语气中的某种东西，一如那平静本身，令大卫警觉地看着她。

然后他转向波洛，做了个投降的手势。

"毫无疑问。你真的什么都知道！说老实话，我当时吓坏了。我不得不想个办法出来。给林恩打完电话之后，我步行五英里到了达斯尔比，搭早上运牛奶的火车回到伦敦。正好来得及悄悄溜进公寓把床铺弄皱，然后跟罗萨琳一起共进早餐。我从来都没有想过警察会认为是她干的。

"当然啦，我一点儿都不知道是谁把他杀了！我就是想象不出有谁可能会想要杀死他。据我所知，除了我自己和罗萨琳之外，绝对没有人具有杀人动机。"

"这一点，"波洛说，"一直是很棘手的难题。动机。你和你妹妹有杀死雅顿的动机，而克洛德家族的每个成员都有杀死你妹妹的动机。"

大卫厉声说道：

"这么说来，她是被人杀死的？不是自杀？"

"不是。这是一桩深思熟虑、精心预谋的犯罪。她其中一包溴化物安眠药粉被人换成了吗啡，就是药盒最底下的那一包。"

"在药粉里。"大卫眉头紧蹙，"你不是说——你不会指的是莱昂内尔·克洛德吧？"

"噢，不是，"波洛说，"事实上克洛德家的任何一个人都有可能把药换成吗啡。凯西阿姨有可能在他们离开诊疗室之前把药粉掉包。在座的罗利到弗罗班克给罗萨琳送过黄油和鸡蛋。玛奇蒙特太太去过那儿。杰里米·克洛德太太也去过。就连林恩·玛奇蒙特都去过。而他们每个人都有动机。"

"林恩没有动机。"大卫叫道。

"我们都有动机，"林恩说，"您是这个意思吗？"

"是的，"波洛说，"正是这一点使得这个案子很难办。大卫·亨特和罗萨琳·克洛德有杀死雅顿的动机，但是他们并没有杀害他。所有你们克洛德家的人都有杀死罗萨琳·克洛德的动机，可你们当中谁也没有杀害她。这个案子一直以来都是这么颠倒错乱。罗萨琳·克洛德是被一个会因为她的死而蒙受巨大损失的人所杀害的。"他微微转过头来，"是你杀了她，亨特先生……"

"我？"大卫喊道，"我究竟为什么要杀死自己的妹妹啊？"

"你杀了她，因为她并不是你妹妹。罗萨琳·克洛德在将近两年前敌军的行动中死在了伦敦。你杀死的这个女人是一个年轻的爱尔兰女仆，名叫艾琳·科里根，我今天才从爱尔兰收到了她的照片。"

他边说边从口袋中掏出照片。大卫的动作疾如闪电，他一把从波洛手里夺过照片，一个箭步蹿到门旁，接着跳出门外扬长而去，同时重重地关上了身后的门。罗利一声怒吼，跟在他后面猛地冲了出去。

房间里剩下波洛和林恩两个人。

林恩大声说道："这不是真的。这不可能是真的。"

"噢，是的，这是真的。当你猜测大卫·亨特并非是她哥哥的时候，你已经看到了一半事实。这句话换个角度来说，一切就都顺理成章了。这个罗萨琳是位天主教徒（安得海的妻子并不是天主教徒），她受着良心的折磨，却又疯狂地爱着大卫。想象一下空袭那天晚上他的感觉吧，妹妹死了，戈登·克洛德奄奄一息，他那由安逸和财富构成的新生活全都被夺走。然后他就看见了这个岁数和他妹妹不相上下的姑娘，这个除了他自己之外唯一的幸存者，她被爆炸的冲击震晕，失去了知觉。他很可能已经向她表示过爱意，而且毫不怀疑他能让她言听计从。

"他对女人颇有一套。"波洛又平淡无奇地加上一句，眼睛并没有看向脸已经涨得通红的林恩。

"他是个投机分子，会抓住让自己发财的机会。他要把她当成自己的妹妹。恢复知觉以后，她发现他坐在床边。他连哄带骗地说服她接受这个角色。

"然而当收到第一封敲诈信的时候，你可以想象到他们的惊慌失措。自始至终我都在问自己，'亨特真的是那种允许自己轻而易举就被别人敲诈勒索的人吗？'而且对于敲诈他的这个人究竟是不是安得海，他其实看起来也没什么把握。但他怎么可能没把握呢？罗萨琳·克洛德马上就可以告诉他那个人是不是她丈夫啊。为什么要在她有机会瞅一眼那个男人之前就催着她匆匆忙忙去了伦敦呢？因为——也只可能有一个原因——他不能冒险让那个男人看见她,一眼都不行。如果那个人真是安得海,绝对不能让他发现罗萨琳·克洛德根本就不是罗萨琳·克洛德,绝对不行。他能做的事只有一件,付足够的钱,让敲诈勒索者闭嘴,接下来,就溜之大吉——逃到美国去。

"结果呢,让人始料不及的是,这个敲诈的陌生人被人谋杀了,而波特少校又指认他是安得海。大卫·亨特这辈子的处境从来都没有这么凶险过!更糟糕的是,那姑娘自己也开始要绷不住了。她的良知在日渐抬头。她正表现出一些精神崩溃的迹象。迟早她都会坦白,把整件事情和盘托出,这会使他受到刑事起诉。而且,他还发现她对他的要求越来越令人生厌。他已经爱上了你。于是他决定要减少自己的损失。艾琳必须死。他把克洛德医生给她开的其中一包药粉换成了吗啡,撺掇她每天晚上都要吃药,促使她对克洛德家族的人产生恐惧。大卫·亨特不会被怀疑,是因为他妹妹的死就意味着她的钱又回到了克洛德家人手里。

"这就是他的王牌:没有动机。就像我告诉你们的,这个案子一直都是颠倒错乱的。"

门开了,斯彭斯警司走进屋来。

波洛急忙问道,"怎么样?"

斯彭斯说:"搞定了。我们抓住他了。"

林恩低声说道:

"他……说什么了吗?"

"说他本来都已经得到了他的钱——"

"真好笑,"警司又继续说道,"他们怎么总是在不该开口说话的时候开口……当然,我们警告他了。但他说:'拉倒吧,老兄。我是个赌徒——可我也知道什么时候我会输掉最后一把。'"

波洛喃喃自语道：

> 世间诸事总有潮涨潮落
> 若能乘势而上，便可坐拥富贵，功成名就……

"是啊，潮水会涨，但也会落，而且还有可能会把你卷入大海之中。"

第十七章

一个星期天的早上,有人敲响了农场的门,罗利·克洛德前去应门,发现是林恩等在外面。

他向后退了一步。

"林恩!"

"我能进来吗,罗利?"

他又往后站了一点。她从他身边经过,走进厨房。她才去过教堂,还戴着一顶帽子。她的双手缓缓抬起,以一种几乎称得上仪式感的方式摘掉帽子,然后把它放在了窗台上。

"我回家来了,罗利。"

"你这到底是什么意思啊?"

"就这个意思啊。我回家来了,这儿就是家——这里,和你在一起。我太傻了,以前都不知道,明明看见了还浑然不觉这就是旅途的终点。你还不明白吗?罗利,我到家了!"

"你不知道你在说什么,林恩。我……我曾经想要杀死你呢。"

"我知道啊。"林恩做了个鬼脸,把手指战战兢兢地放在自己的喉咙上,"事实上,也正是觉得你会杀死我的时候,我才开始意识到自己真的就是个天大的傻瓜!"

"我不明白。"罗利说。

"噢,别犯傻了。我一直都想要嫁给你,难道不是吗?而后来我和你接触得少,失去了联系。在我看来你太平淡、太温顺,我觉得和你在一起的生活是如此波澜不兴,如此枯燥无味。我迷恋上大卫是因为他既危险又充满诱惑,而且说实话,也因为他太了解女人了。但这些东西没有一样是真实的。当你掐住我的喉咙,说如果我不属于你,那谁也别想得到我的时候……嗯……我当时就确信我是你的女人了!看起来不幸的是我明白得有点儿太晚了……所幸赫尔克里·波洛走进来挽回了局面。而我现在就是你的女人,罗利!"

罗利摇了摇头。

"不可能了,林恩。我已经杀了两个人,我谋杀了他们——"

"胡说,"林恩叫道,"别那么固执地夸大其词。如果你和一个笨重的大块头吵了一架,打了他,然后他摔倒了,头撞在炉围上——那可不是谋杀。那甚至连法律上的谋杀都算不上。"

"那算是过失杀人。我一样要因此坐牢。"

"可能吧。如果真是这样,那等你出来的时候我也会在台阶上等你。"

"还有波特的事儿呢。在道义上我对他的死负有责任。"

"不,你用不着。他是个可以对自己完全负责的成年人——他可以拒绝你的提议。一个人心里明明很清楚还决定去做的事情,他不能够责怪其他任何人。你提议他去做不诚实的事情,他先是接受,随后又反悔,最终走了条捷径一了百了。他就是个性格软弱、优柔寡断的人。"

罗利固执地摇着头。

"姑娘,没用的。你不能嫁给一个阶下囚。"

"我觉得你不会去坐牢。真要那样的话,警察早就到家里来抓你了。"

罗利瞪大了眼睛。

"可真该死啊,又是过失杀人,又是收买波特——"

"你凭什么认为警察已经知道,或者迟早会知道这一切呢?"

"波洛那家伙知道啊。"

"他又不是警察。我来告诉你警察怎么想的吧。他们认为和罗萨琳一样,雅顿也是大卫·亨特杀的,现在他们知道那天晚上他就在沃姆斯雷谷。他们不会以这个罪名来指控他,因为没有这个必要。再说,我相信人也不会因为同一个罪名被逮捕两次。但只要他们认定是他干的,他们就不会再去找其他人。"

"可波洛那家伙——"

"他告诉警司那是一起意外,而我推测警司只会嘲笑他。你要是问我的话,我觉得波洛不会对任何人说一个字。他这人还挺可爱的——"

"不,林恩。我不能让你为此去冒险。别的不说,我……呃,我想说,我能信任自己吗?我指的是,对你来说,这可能不怎么安全啊。"

"或许不安全吧……但你知道,罗利,我是真的爱你……你已经过了那么糟糕的一段日子……而我其实从来都不太在意安不安全的。"

Taken at the Flood
Copyright © 1948 Agatha Christie Limited. All rights reserved.
Letter for Chinese Reader, New Star Edition by Mathew Prichard © 2013 Mathew Prichard.
Translation © 2023 arranged by New Star Press, Agatha Christie Limited. All rights reserved.
www.agathachristie.com
The Poirot icon is a trademark, and AGATHA CHRISTIE, POIROT, *AgathaChristie*® and the AC Monogram Logo are registered trade marks of Agatha Christie Limited in the UK and elsewhere. All rights reserved.
Published by agreement with ACL.
Simplified Chinese edition copyright: 2023 New Star Press Co., Ltd.

图书在版编目（CIP）数据

顺水推舟 /（英）阿加莎·克里斯蒂著；周力译 . —— 北京：新星出版社，2023.6
（阿加莎·克里斯蒂侦探小说全集：精装典藏版）
ISBN 978-7-5133-4914-7

Ⅰ . ①顺… Ⅱ . ①阿… ②周… Ⅲ . ①侦探小说 – 英国 – 现代 Ⅳ . ① I561.45

中国国家版本馆 CIP 数据核字 (2023) 第 055139 号

午夜文库
谢刚 主持